琼 瑶

作 品 大 全 集

月满西楼

琼瑶 著

作家出版社

琼瑶，本名陈喆，作家、编剧、作词人、影视制作人。原籍湖南衡阳，1938年生于四川成都，1949年随父母由大陆赴台生活。16岁时以笔名心如发表小说《云影》，25岁时出版首部长篇小说《窗外》。多年来笔耕不辍，代表作包括《烟雨蒙蒙》《几度夕阳红》《彩云飞》《海鸥飞处》《心有千千结》《一帘幽梦》《在水一方》《我是一片云》《庭院深深》等。

多部作品先后改编成为电影及电视剧，琼瑶也因此步入影视产业。《六个梦》系列、《梅花三弄》系列、《还珠格格》系列等，影响至深，成为几代读者与观众共同的记忆。

琼瑶以流畅优美的文笔，编织了众多曲折动人的故事。其作品以对于梦的憧憬和爱的执着，与大众流行文化紧密结合，风靡半个多世纪，成为华文世界中极重要的文学经典。

我为爱而生，我为爱而写
文字里度过多少春夏秋冬
文字里留下多少青春浪漫
人世间虽然没有天长地久
故事里火花燃烧爱也依旧

                    复稼

目 录

形与影

一九三九年的盛夏，两个风尘仆仆的青年，提着旅行袋，停在成都东门外的一栋庄院的大门前面。

这儿已经算是郊区，大门前是一条碎石子铺的小路，路的两边全是油菜田。这时，油菜花正盛开着，极目望去，到处都是黄澄澄的一片。一阵风吹过去，黄花全向一个方向偃倒，飘来几缕淡淡的菜花香。这栋房子，却掩映在绿树浓荫之中，在高大的树木之下，露出红砖的围墙，和苍灰色的屋瓦，看来静悄悄的，有种世外桃源的风味。

两个青年站在那两扇黑漆大门外面，一个中等身材，剑眉朗目，鼻子端正，咧着张大嘴微笑着，穿着一件浅灰色的纺绸长衫，一股潇洒安闲的劲儿，虽然眉毛上都聚着汗珠，却仍然兴致勃勃地指手画脚谈论着。另一个白皙颀长，眉头微蹙，眼睛黝黑深邃，带着股若有所思的神情，凝视着那一望无际的油菜田。前者正挑着眉毛，愉快地说："绍泉，你看这油菜花如何？一到这儿，看到油菜花，就有一种农村的味道，比城市高明多了！"

那个叫绍泉的青年一语不发，只落寞地笑了笑。前者在他肩膀上狠狠地击了一下，说："绍泉，我把你带到成都来，就是要治好你的单恋病，你一路上的阴阳怪气看得我都要冒火了，假如你再这样愁眉苦脸的，我可懒得理你了！"

"谁叫你理我呢！"绍泉懒懒地说。

"好，又算我多管闲事了！"那青年咧咧嘴，把手叉在腰上，甩甩头说，"绍泉，你等会儿见了我姑母和表妹，也是这样一副面孔，我姑母一定以为我在重庆胡闹，欠了你的债，所以你跟着我来讨债了。"

绍泉笑了，说："那么，宗尧，你要我怎么样一副面孔才满意呢？"

"对！就是现在这样笑才好！"宗尧鼓掌说。

"得了，你倒像个大导演的样子，我可不是演戏的。"

"你看，你脑子里就只有演戏的，大概还在想你那个伟大的傅小棠。"

"你又来了！"绍泉皱紧了眉。

"好好，"宗尧连声说，"我以后再也不提傅小棠怎么样？来，我们该进去了。"宗尧在门上连拍了几下，用四川话高声叫着说："老赵，快来开门！我来了！"

绍泉望着宗尧说："你这下可称心如意了，马上就可以和你的心上人见面了。"

"得，"宗尧说，"你千万别拿我的表妹和我开玩笑，我那个表妹可不像傅小棠，人家怯生生的，碰到什么事都要脸红，你要羞着了她，我可不饶你！”

“你瞧你那副急相！”绍泉微笑着说，“到底事不干己就没关系，一碰到自己的事，你也洒脱不起来了！”

“我告诉你，绍泉。”宗尧说，“我和洁漪虽然从小青梅竹马玩大的，但是，至今也只停在‘东边日出西边雨，道是无晴却有晴’的阶段，始终就迈不过兄妹感情的那条界限。”

“为什么不迈过去呢？”绍泉问。

“唉！”宗尧叹了口气，“你见着了她就明白。她纯净得像个一尘不染的仙子，我总觉得和她谈世俗的感情是污辱了她！”

“别形容得太好，我可不信。”

“你等着瞧吧！”宗尧说，接着又猛拍了几下门，大叫着说，“老赵！朗个搞的，叫了半天门都不来开！”

随着这声叫喊，门里传来一阵脚步声，和一个四川老仆的答应声：“来了！来了！”

门立即开了，宗尧和绍泉马上就陷进了一阵热烈的欢迎中，随着老赵的一声高叫“表少爷来了！”，屋里迅速地就拥出好些人来，都是这屋中多年的丫鬟仆妇，把宗尧两人包围在中间。宗尧在这个肩上拍一下，那个胳膊上捏一把，大声地笑着叫着。接着，门里走出一个四十余岁的妇人，雍容华贵，怡然含笑地走了过来。宗尧摆脱了这些人的包围，赶了上去，大叫着说：“姑妈，你给我准备了白糕没有？”

“你看看，”那位姑妈笑着说，“还是这副猴相，永远像个毛孩子！进门什么都不问，就要吃的！这位是你的同学吗？"

"对了对了，"宗尧拍拍头，"我忘了介绍了！"他拉过绍泉来说："这是我在重大最要好的同学，宋绍泉。这是我姑妈，有一手最好的烹调本领，等会儿你就可以领教到。"

绍泉跟着宗尧叫了声姑妈，微微有点腼腆地笑了笑。宗尧拉着绍泉向客厅里走，一面走，一面说："姑妈，真的有吃的没有？我饿慌了，一路上坐那个木炭汽车，颠得人骨头都散了！"

"吃的当然有……"姑妈笑着说，一面打量着宗尧，"不过……""别说！"宗尧叫着说，"先增加体重！再减轻体重！"

姑妈又笑又皱眉，说："你这是什么话吗？一点文雅劲儿都没有，念了半天大学，越念越小了！"宗尧回头对绍泉说："你知道，我姑妈的规矩，远道而来，必须先洗澡才能吃东西，要把我们一路上增加的灰尘洗刷掉。其实，洗澡最伤元气，一路辛苦，再伤元气，岂不是想谋杀我们吗？"

"看你这张嘴！"姑妈转头对绍泉说，"宋先生，宗尧在学校里也这么贫嘴吗？"

"比这还贫呢！"绍泉笑着说，"他在学校里有个外号……"

宗尧跳了起来，大叫："绍泉！我警告你，不许说！"

"什么事情不许说？"一个脆生生的声音在通内室的门边响起了，声音虽然不大，却把全室的笑闹都压了下去。绍泉回头一看，顿觉眼前一亮，像是突然看到了强光一样，使人不由自主地身心一振。那是个十八九岁的少女，穿着件白底碎花的旗袍，刘海覆额，发辫垂腰，长长的睫毛盖着一对水盈盈的大眼睛，小巧的鼻子底下是一张柔和的小嘴，眉尖若蹙，眼角含颦，别有一种说不出来的韵致。她站定在那儿，一手支在门框上，眼睛温柔地停在宗尧的身上，嘴角逐渐地浮起一个浅笑。

"在房里看书，听到一阵叽里呱啦乱叫，就猜到是你来了。"她轻轻地说。

"哈，洁漪，"宗尧招呼着，"快进来，我给你介绍。"

洁漪走了进来，不大经意地看了绍泉一眼，随着宗尧的介绍，她轻盈地点了一个头，又掉转眼光望着宗尧说："宗尧，你黑了，更像野人了！"

"是吗？"宗尧一抬眉毛，说，"洁漪，你大了，更成了美人了！"洁漪的脸蓦地绯红了，她对宗尧瞪了一眼，转身就向门外走，宗尧笑着嚷："洁漪，别跑！你也不看看我给你带来的小礼物！"

洁漪站住了。宗尧拉过他的旅行袋来，打开了，一阵乱翻乱搅，找了半天也没找到，把什么袜子衬衫内衣都拉了出来，还是没找到，洁漪用不信任的眼光望着他说："尧哥，你又来哄我了！"

"哄你是鬼！"宗尧说，一面苦着脸问绍泉，"绍泉，你记得我那一对玻璃小猫塞到哪里去了？"

"玻璃小猫？"绍泉想了一下，叫着说，"我知道！你临走的时候一直叫着别忘了带，又怕在旅行袋里压碎了，就塞到你随身穿的大褂口袋里了。"

"哦，对了！"宗尧眉开眼笑地伸手到怀里去拿。绍泉耸耸肩说："没有用，你临出门的时候说那件长衫太脏，脱下来交给老太婆去洗了，你说长衫带得太多了，那件可以不必带来了。"

"哦！"宗尧的手停止了摸索，满脸怅然，半天后才快快然地抽出手来。站在一边的姑妈却笑弯了腰，洁漪也抿着嘴直笑，刚倒了盆洗脸水出来的张嫂也笑得抬不起头来，绍泉也忍不住笑。宗尧看到大家笑，也跟着笑了。

这天晚上，宗尧和绍泉同房，准备就寝的时候，宗尧问："你看我这位表妹比傅小棠如何？"

"完全不同的典型，无法对比。"绍泉说。

"她还会弹一手好古筝，过两天可以让她弹给你听。"宗尧说，先躺到床上，用手枕着头。

"宗尧，你是个幸运儿。"绍泉一面换睡衣，一面说。

"怎么？"宗尧说，"我对她还一点都摸不清呢！"

"你是个糊涂虫！"绍泉走到桌边，拿了一张纸，写了几个字，递给宗尧说，"你别'当局者迷'了！"

宗尧拿起那张纸，看上面写着两行字：

愿天下有情人皆成眷属，
是前生注定事莫错姻缘！

宗尧望着帐顶，深深地沉思起来。

一排刘海覆着额头，发辫在胸前低垂，俯着的头露出头发中分的那条白线，微微带点诱惑的味道，两排睫毛下显出弧形的阴影，再下面只能看到微翘的鼻尖。那个古筝横放在她前面的小案上，她那纤长而白皙的手指正生动地在上面跳动，一串动人的音符传了出来，声音颤悠悠的，一直颤进人的心灵深处。猛然间，那张脸抬了起来，一对澄明的大眼睛对他直射了过来，他吃了一惊，有点张皇失措了。听到坐在一边的绍泉在说："哦，美极了！"

他醒了过来，看到洁漪正凝视着他，微微抬起眼睛，嘴边带着个嘲谑的微笑说："宗尧，你大概听得不耐烦，我看你都快睡着了！"

"胡说，我是被你的音乐迷住了。"

"我刚才弹的是什么调子？"洁漪故意地问。

"这个……"宗尧皱着眉说，"我对乐曲不太熟悉。"

"就是你听了一百次的《清平调》。"洁漪鼓着嘴说，"我就看出你根本没听！"

"你不能怪我，"宗尧咧着嘴说，"我有个专一的毛病，眼睛看着美色，耳朵就无法听音乐了。"

"尧哥，"洁漪瞪了他一眼，"你只会贫嘴，别无所长。"

"他还有一长。"绍泉笑着说，"你这位表哥还是个猎艳能手，许多女同学写情书给他，据说，女同学们给了他一个外号……"

"绍泉！"宗尧情急地叫，"你敢再说！"

"你说，是什么？"洁漪颇感兴趣地问。

"她们叫他……"

"绍泉！"宗尧叫。

"别理他，你说嘛！"洁漪催促着。

绍泉对宗尧抛去颇有含意的一瞥，暗中挤了一下眼睛，就嚷声说："她们叫他风流种子。"

"绍泉，"宗尧皱紧眉头说，"简直是鬼打架，你胡诌些什么？大概你想傅小棠想疯了……"

绍泉站起身来，向门口就走，宗尧追过去，急急地拉住绍泉说："我开玩笑，你别生气！"

绍泉把宗尧向房里推，说："我没生气，有点头昏，想到田埂上散散步。"说着，他悄悄在宗尧耳边说："别辜负你的外号！"说完，他把宗尧推进去，反身迤迤然而去。

宗尧回到房里来，对洁漪摊了摊手说："没办法，他一听我提傅小棠就生气。"

"傅小棠到底是谁？""一个话剧演员。重庆迷她的人才多呢，绍泉就猛追了她半年。"

"你呢？"洁漪斜睨着他问。

"我？只看过她的话剧。"

"大概也是追求者之一吧，要不然怎么能叫作风流种子呢！"

"你别听绍泉胡说八道！"

"胡说吗？不见得吧！"洁漪咬着下嘴唇，挑着眉梢，带笑地说。宗尧望着她，心中不禁怦怦然。他靠近她一两步，一时竟无法说话。

"告诉我你女朋友的事。"洁漪说。

"女朋友？什么女朋友？"宗尧错愕地问。

"你在重庆的女朋友。"

"我没有女朋友。"

"别骗我！""骗你是鬼！""那么，她们为什么叫你风流种子？"

"因为我跟她们每一个人玩。"

"是吗？"

宗尧凝视着洁漪，呆住了。洁漪脸上渐渐地涌上一片红潮，宗尧喃喃地说："洁漪！"

"什么？"洁漪仿佛受了一惊。

"我说……"

"你说什么？"

"我说……"宗尧继续凝视着她，她面上的红晕扩大，加深。他轻轻地说："我说……"

"你说吧！"她说，温柔而鼓励地。

"洁漪，假如我说出什么来，不会冒犯你吗？"宗尧轻声说着，缓缓地握住了她胸前的发辫，不敢抬起眼睛来，只注视着发辫上系着的黑绸结，很快地说，"洁漪，你在我心中的地位一直太崇高了一些，高得使我不敢接触，不敢仰视。这几年以来，你不知道你的影子怎样困扰我。每年寒暑假我到这儿来度假，临行前总发誓要向你说，但，一见你就失去了勇气，假如你觉得我的话冒犯了你，我就要沦入万劫不复的境地了。所以，我始终不敢说，洁漪，我自知对你而言，我是太渺小，太低贱了，尽管我在别人面前会有优越感，一见到了你就会觉得自卑。我无法解释，但是，洁漪，我不能再不说了，我不能永远用嘻嘻哈哈的态度来掩饰我的真情。这几天，和你日日相对，我觉得再不表示，我就要爆炸了。现在，我说了，你看不起我的话，我就马上收拾东西回重庆。现在，请告诉我，你心里是怎么样？"

宗尧说这一段话的时候，始终低着头，不敢面对洁漪，直到说完，洁漪却毫无动静，既不说话，也不移动。宗尧不能不抬起头来了。但，当他看到她的脸，不禁大吃了一惊，她原来泛红的脸现在是一片青白，眼睛迟滞地凝视着前方，一动也不动。宗尧紧张地抓住她的手，她纤长的手指是冰冷的，他摇撼着她，喊："洁漪，洁漪，你怎么了？"

她依然木立不动，他猛烈地摇她，说："是我说错话了吗，洁漪？是我不该说吗？你生我的气了吗？"

洁漪仍然不说话，可是，有两颗大大的泪珠溢出了她的眼眶，沿着那大理石般的面庞，滚落了下去。宗尧更加慌乱了，他自责地说："我不应该对你说这些，洁漪，我错了，我不该说！我不该用这些话来冒犯你，我该死！"

洁漪还是不动，但，新的泪珠又涌了出来。宗尧呆呆地望了她一会儿，猛然跺了一下脚说："我回重庆去！"

说着，他向门口就走，才走到门口，洁漪发出一声惊喊，宗尧回过头来，洁漪向他冲过来，迅速地投进了他的怀里。她用手捶着他的胸口，哭着喊："哦，尧哥，你真坏，你真坏，你坏透了！你欺侮我！你明知道我的心，可是你让我等这么久！我以为你在重庆有了女朋友了！你太坏了！你太可恶了！你到现在才说，我从十二岁就开始爱你了，你到现在才说，我以为你永远不会说了，你欺侮我……"

宗尧闭上眼睛，深吸了一口气。然后，他揽紧怀里的躯体，俯下头去，用嘴唇堵住了那絮叨着的小嘴。感到宇宙在旋转，旋转，旋转……然后是一段像永恒那么长的静止。

窗外，一个人影悄悄地避开了，这是绍泉。他走出了后院的院门，在后山的一棵榆树下站住，这正是薄暮时分，天边堆着绚烂的彩霞。他修长的影子被落日投在地下，他伫立着，自语地说："只有我，永远徘徊在属于别人的门外！"

他对着落日苦笑，笑着笑着，两滴泪水滚落了下来。他在树荫下席地而坐，把头埋进了手心里。

一个暑假如飞地过去了，在欢愉中，日子总像比平常溜得快一些。转瞬间，院里的梧桐叶子已变黄了。阳历九月初，重大要开学了，宗尧和绍泉开始整理行装，准备返回重庆。

这天下午，落下了第一阵秋雨。宗尧正把最后一件洗好熨好的长衫收进旅行袋去，洁漪悄悄地溜了进来，把一个长方形的纸包塞进他的食物篮里。

"那是什么？"宗尧问。

"白糕，你最爱吃的，给你路上吃。"

"我路上一定会吃得撑死。"宗尧望望那堆得满满的食物篮说。洁漪微微一笑，走到他身边，静静地站着。宗尧看着她，堆满一肚子的话，反而一句话都说不出来。还是洁漪先勉强地笑了笑，说："到了重庆，一个人，冷暖小心……"

"我知道。"宗尧说。

"别太贪玩，放了寒假，马上就来。"

"你放心，我会立刻飞来，如果我有翅膀就好了。不过，洁漪，夜里等我，每夜，我的梦魂一定在你枕边。"

"宗尧。"洁漪轻轻唤了一声，把前额靠在他的胸前，宗尧揽住了她，就这样依偎了好一会儿，静静地，只听得到院子里的雨声，洁漪叹了一口长气，说，"如果能化成你的影子就好了，你走哪儿，我跟到哪儿，一生一世，永不分开。"

"洁漪。"宗尧说，"你是我的影子，我就该是你的形了。"

"我做你的影子，一定把你监视得严严的，如果你背叛我，我就要审你。"

"我怎么可能背叛你？"

"谁知道！你有那样一个光荣的外号！"

"那是开玩笑的。"

"反正你不可靠，以后，你只要看到你的影子，就像看到了我，那么，你就不敢做对不起我的事了。"

"好，我会记住。洁漪是我的影子，我的一行一动都在受监视。"洁漪笑了，又依偎了一刻，宗尧说，"我该走了，等会儿赶不上车子。绍泉到哪里去了？"

"他去和后山上的那棵榆树告别，他说，在这儿住了两个月，和那榆树做了朋友，临走得告别一下。这人真有意思。"

"他是个痴人，一个多情的人，一个好人。我的朋友里面，我就喜欢他。现在，只好去找他了，看样子，他跟榆树的难解难分，也不下于我们呢！"

"别去。"洁漪拉住了他。

"要赶不上车子了。"

"赶不上，就明天再走。"

"洁漪。"宗尧捧住了她的脸，细细地凝视着她。她低声地说："宗尧，听那个雨声！雨那么大，明天再走吧！"

"洁漪。"

"宗尧，你知道那一阕词吗？我念给你听。"

"念吧。"

"秋来风雨，生在梧桐树，明日天晴才可去，今夜郎君少住。"宗尧俯下头，是一个难解难分的吻。

一声门帘响，把两个紧贴的人惊动了。宗尧松了手，洁漪红着脸退到窗子旁边。绍泉如未觉地走了进来，一件蓝布大褂全被雨水湿透了，头发上也是湿淋淋的。宗尧掩饰地说："看你！要走了，你倒人影子都不见了，赶不上车子可唯你是问！"

"嘿！"绍泉冲着宗尧咧了一下嘴说，"我可不知道谁耽误了时间！我在后山的榆树下面，看到形和影子告别，越告别越离不开，所以我想，干脆还是明天走吧！何况人家已经说了'明日天晴才可去，今夜郎君少住'呢！"

洁漪红着脸叫了一声，夺门就走，宗尧叫："洁漪！"但，洁漪已经跑走了。宗尧埋怨地对绍泉说："看你！"

"还怨我呢！你去追她吧！珍惜这最后一天，不要明天又走不成！"绍泉说着，把宗尧推到门外，关上了房门，就和衣倒在床上，闭上眼睛，轻轻地说，"明日天晴才可去，今夜郎君少住。多么旖旎的情致！我呢？孤家寡人，寡人孤家，如此而已！”

　　夜里，雨大了。绍泉被风雨惊醒，蒙眬地喊了一声："宗尧！"没有人答应，他翻了一个身，室内是暗沉沉的，什么都看不清楚，他用手枕住头，又叫了一声："宗尧！"依然没有人答应。他沉思地躺着，向宗尧的床看过去，渐渐地，他的眼睛能习惯于黑暗了，于是，他看清宗尧的床是空的。他呆了呆，了然地望着帐顶，默默地摇了摇头。

　　这时的宗尧，正躺在洁漪的身边，洁漪瑟缩地望着他，满面泪痕，他握紧她的手，恳切地说："漪，你相信我，寒假我们就结婚。"

　　"宗尧，"她怯怯地说，"我已经完全是你的人了，反正这是迟早都会发生的事，我绝不后悔。只是，你千万别负了我！"

　　"洁漪，不信任我是罪过的，我向你发誓，假如我负心，我就遭横死！"

　　洁漪蒙住了他的嘴，然后，她的嘴唇碰着了他的，他们深深地吻着。然后，洁漪平躺在床上，凝视着黑暗的窗格说："我不后悔，尧哥，我早就等待这一天，我是你的，完完全全是你的。从我十二岁起，我就梦想会成为你的妻子，但是，我多害怕！害怕重庆那么多的女孩子，怕你那些女同学，怕许许多多意外。现在，我不怕了，我已经是你的了。"

　　"是的，漪，你是我的妻子。"

　　"还是你的影子。"

　　"是的，我的影子妻子。"

　　"不！"洁漪痉挛了一下，"别这样叫！别！"

"你怕什么，漪？我的心在这儿，永远别怕！"

曙色染白了窗纸，洁漪推推宗尧："去吧，别给用人们撞见了！"

宗尧下了床，吻了洁漪，溜回到卧室里。绍泉在床上翻了一个身，发出几声呓语，宗尧看着他，他正熟睡着。于是，他钻回了自己的被窝里，等待天亮。

这日午后，他们终于乘上了到重庆的汽车。

车子颠簸地行走着，公路上泥泞不堪，车行速度十分缓慢。宗尧和绍泉倚在车子里，都十分沉默，各人想着各人的心事。一会儿，宗尧打开旅行袋去找一条手帕，随手抽出了一张照片，宗尧拿起来一看，是洁漪的一张六寸大的照片，明眸皓齿，婉约温柔，静静地睁着一对脉脉含情的大眼睛。这一定是洁漪悄悄塞进他的旅行袋里去的。他翻过照片的背面来，看到了一首小诗：

车遥遥兮马洋洋，追思君兮不可忘！
君安游兮西入秦，愿为影兮随君身！
君依阴兮影不见，君依光兮妾所愿！

握着这张照片，他不禁神驰魂飞。绍泉对那张照片正背面都张望了一眼，点了点头，拍拍宗尧的肩膀说："你真是个天之骄子，好好把握住你所得到的！"

"宗尧，又在给你的影子写情书是不是？"绍泉一面对着镜子刮胡子，一面问。

"唔。"宗尧呼了一声，依然写他的。这是一间小斗室，是宗尧和绍泉在校外合租的一间房子，学校原有宿舍，但拥挤嘈杂。绍泉和宗尧都是经济环境较好的学生，绍泉的家在昆明，时有金钱接济，宗尧虽然父母都沦陷在北平，却有成都的姑母按时寄钱。所以，在一般流亡学生里，他们算是经济情况很好的了。他们都嫌宿舍太乱，就在距校不远的小龙坎租了一间屋子合住。

"我说，宗尧，我有两张票。"

"唔。"

"怎么样？一齐去看看？"

"唔。"

"你到底听见了没有？"

宗尧抬起了头来。

"什么事？"

绍泉走过去，把手按在宗尧的肩膀上。

"我说我有两张票，你赶快写完这封信，我们一起去看话剧。"

"哪儿的话剧？"宗尧不大感兴趣地问。

"抗建堂。"

"大概又是傅小棠主演的吧？"

"不错，去不去？""好吧，等我结束这封信。"

信写好了，宗尧封了口，和绍泉一起走出来，绍泉对他上下望望说："换件长衫吧！"

"我不是追傅小棠去的，犯不着注意仪表！"宗尧笑着说，一面打量了绍泉一会儿，说，"唔，胡子刮得这么光，看来真是一位翩翩浊世佳公子，如果我是傅小棠，准要为你动心！"

"那么，真可惜你不是傅小棠。"

抗建堂里卖了个满座，这正是话剧的全盛时期。绍泉弄到的两张票，位子居然还很好，在第四排正中间，所以，可以看得很清楚。傅小棠是个子很高、纤细适中的女子，浓眉，眼睛大而黑，嘴唇薄而坚定，长得算美，就是有一些"火气"，因而缺少了几分柔弱的女性美，却也加了几分率直和活泼。年龄不大，顶多二十岁，眉目之间，英气多过了娇柔，大眼睛机灵灵的，满堂一扫，顾盼神飞。

第一幕落幕后，掌声雷动，绍泉拉了拉宗尧的袖子，低声说："到后台去看看！"绍泉追了傅小棠这么久，也只在后台可以和傅小棠交谈一两句而已。宗尧跟着绍泉到后台，后台乱成一片，道具、化妆品、服装散了一地。还有别人送的花，又挤着一些看客，花香，人影，大呼小叫，换布景的人员在跑来跑去。宗尧和绍泉好不容易才挤进去，看见傅小棠已换好了下一幕的服装，正站在化妆室门口，和一个大块头、满脸横肉的人在讲话，绍泉皱皱眉，低声说："这家伙就是重庆的地头蛇，正转着傅小棠的念头呢！"

这时，那大块头用命令的口吻说："我们就说定了，傅小姐，散了戏我开车子来接！"

"不行！"傅小棠斩钉截铁地说，"我已另有约会。"

"小姐，你总要给面子吧！"

傅小棠摇摇头，大块头不容分辩地说："别说了，傅小姐，反正我拿车子来接！"说完，转身就走了。

傅小棠挑着眉毛，手叉在腰上，一脸愤恨之色。

绍泉咳了一声，招呼着说："傅小姐！"

傅小棠眼睛一转，看到了绍泉，笑了笑说："是你，小宋！怎么有工夫来，明天没有考试？"

"就是有考试也会来的。"绍泉说，一面把宗尧介绍给傅小棠。傅小棠对宗尧上上下下看了看，点点头说："李先生第一次来吧？"

"并不是第一次看你的话剧，"宗尧说，"只是第一次和你正式见面。"

"你和小宋是同学呀？"

"是同学也是好友，同室而居，整天听他谈你。所以，对你我也相当熟了。"

"是吗？"傅小棠瞬了瞬绍泉，嘴边浮起一个含蓄的微笑。正要说什么，有人来催促准备出场了，宗尧对傅小棠深深地望了一眼，匆匆地说："傅小姐，散了场我们来找你。"

回到了前面，宗尧对绍泉说："追女孩子，别那么温吞吞，拿出点魄力来，据我看来，这位傅小棠对你并不是毫无意思呀！"

"你别说大话，散了场怎么找她？"

"约她去吃宵夜。"

"别忘了那个大块头！"

"如果你连斗那个大块头的勇气都没有，你还追什么傅小棠？"

最后一幕还没散场，宗尧附在绍泉耳边，叫他尽快去弄一辆小汽车来，如果弄不到，就叫三辆黄包车等在后门口。然后，他预先到了后台，没多久，落幕铜锣一响，傅小棠走了进来，对宗尧挥了挥手，又去前台谢了幕。宗尧赶过去，抓住她的手臂说："别卸妆了，马上就走，免得那个大蟑螂来找麻烦！"

"大蟑螂？"傅小棠想起了那大块头那副长相，和宗尧的形容，不禁为之捧腹。于是，她跑进化妆室，拿了一件披风，也不卸妆，就跟着宗尧溜出后门，绍泉早已租了一部汽车等在那儿，三人刚刚坐定，就看到大块头的车子开来。他们风驰电掣地开了过去。傅小棠回头望了大块头的车子一眼，就放声大笑了起来。

宗尧说："别笑，当心他明天来找你麻烦！"

"我才不怕他呢！"傅小棠豪放地甩甩头，说，"看他能不能吃掉我！"

"他真吃掉你，一定要害消化不良症。"宗尧说。

"你知道我的外号是什么？"

"不知道。"宗尧摇摇头。

"他们叫我波斯猫。"

"哈！大蟑螂吃波斯猫！"宗尧也大笑起来了，说，"简直可以画一张漫画，大蟑螂吃波斯猫，被反咬一口。"

于是，他们三人都纵声大笑了。

深夜，宗尧和绍泉回到了他们的小屋里，宗尧说："这位傅小棠并不像你说的那样难以接近嘛！"

"真的，"绍泉不解地皱着眉说，"她今天很反常。我问你，宗尧，你怎么把她约出来的？"

"怎么约？我就叫她快跟我走！"

"她就跟你出来了？没有拒绝？没有推托？"

"没有呀，她大方极了，一点忸怩都没有，拿了披风就跟我出来了。"

"是吗？这倒怪了。"绍泉深思地望着宗尧。宗尧走过去，拍拍他的肩膀说："好好努力，祝你成功！睡觉吧！"

绍泉仍然呆望着宗尧，宗尧站在书桌前面，拿起书桌上的一个镜框，里面是洁漪的那张照片。他把照片放到嘴边，轻轻地吻了一下，再放下来，脱去了长衫，倒在床上，几乎是立即就鼾声大起了。绍泉躺在另一张床上，彻夜翻腾到天亮。

"宗尧，再陪我一次。"

"不行，我已经陪了你四次了。"

"这是最后一次。"

"绍泉，你要面对现实，追女孩子不能总是两人搭档，你总要单枪匹马地去作战的！"

"不知怎么，你不在我就毫无办法，有了你，空气就又生动又活泼，缺了你就沉闷得要命。"

"你需要受训练！别把事情看得太严重就好了！"

"再陪我去赴一次约，如何？"

"最后一次！"

“OK！”

宗尧把一顶农人用的斗笠戴在头上，帽檐拉得低低的，遮住了眉毛和眼睛。背靠在一棵大树上坐着。他手边的钓鱼竿伸出在前面那条小溪上，浮标静静地漂在水面，微微地动荡着。

这是个十分美好的下午，初冬的太阳暖洋洋的，天是一片明净的蓝色，几朵白云在缓缓地移动。宗尧并没有睡着，他只是眯起眼睛来，悄悄地注视另外那两个游伴。绍泉和傅小棠都站在岸边，注视着溪水，绍泉不知在对傅小棠说些什么。傅小棠穿着一件白毛衣、一条绿呢西服裤，披散的长发上系了一条绿发带，长发却被风任意地吹拂着。她一只手拉着一枝柳条，身子摇摇晃晃地前后摆动。没一会儿，她的头往后一仰，宗尧听到了她爽朗的声音在大声说：“如果等他钓到鱼呀，月亮都快下山了！”

宗尧知道他们在说自己，就干脆把帽子整个拉下来，遮住了脸，真的合目假寐起来。冬日的阳光熏人欲醉，只一会儿，宗尧已蒙蒙眬眬了。就在这蒙眬之中，他感到鼻子一阵痒酥酥的，他皱皱眉，用手揉揉鼻子，继续小睡。但，那痒酥酥的东西爬到他的眼皮上，额头上，又滑下来，溜进他的脖子里，他一惊，伸手一把抓住那往脖子里爬的东西，睁眼一看，他抓住的是一根稻草，稻草的另一端，却被一只柔若无骨的小手握着。他拉掉了斗笠，坐正了身子皱紧眉头说：“绍泉到哪里去了？”

"我打发他去买水果去了。"

"你打发他？"

"嗯。不可以吗？"

宗尧咬住下嘴唇，沉思地望着，面前这张美丽的脸，那对大而黑的眸子正固执而热烈地凝视着他。她是半跪半坐在宗尧的身边，他可以感觉到她呼吸中的那股热气。他默默不语，她说："你要做多久的姜太公？"

"但愿一直做姜太公，没有人打扰。"

"嫌我打扰了你？"

"嗯。"

"那么，很容易，赶我走吧！"

"真的，你走吧，我要睡一下。"宗尧冷淡而生硬地说，把那顶斗笠又遮到脸上去。可是，立即，斗笠被人扯了下来，傅小棠的大眼睛冒火地贴近了他，紧紧地盯着他的脸，她急促地问："宗尧，你为什么一定要逃避我？"

宗尧抓住了她的手，也急促地说："你别傻，小棠，睁大眼睛看清楚，绍泉温文忠厚，才华洋溢，你放过他，你就是笨蛋……"

"我不管！我不管！"她提高了声音，胸脯紧张地起伏着，"我为什么要管他？他的才华关我什么事？你用不着对我说这些！宗尧，别骗你自己！你骗得了自己骗不了我，你的眼睛已经对我说明了！我了解得很清楚，宗尧，我不傻，是你傻！"

"你不知道你在说什么，你是昏了头了！"

"宗尧，你是个男子汉吗？"傅小棠眯起了眼睛，压低声音有力地问，她的脸离他的那么近，两人的呼吸使空气都炙热了，"宗尧，为什么你要逃避？为什么你不承认？你爱我，不是吗？你第一次见我就爱了我，不是吗？你骗不了我！你的眼睛对我说明一切！宗尧，你为什么要折磨你自己呢？你敢对我当面说你不爱我？"

"小棠，听我说……"宗尧的声音沙哑而紧张。

"宗尧，别说了，你为绍泉做的工作已经够多了。宗尧，别！"她摇着她的头，披散的头发拂到他的脸上，然后，她扑过来，她的手钩紧了他的脖子，她嘴唇灼热地贴着他的。宗尧也战栗地揽住了她，越揽越紧，他的嘴唇饥渴地追索着她的，她的长发把两个人的头都埋了起来。终于，他猛然推开了她，从草地上跳了起来，他的面色苍白凝肃，呼吸急促紧张，哑着声音说："小棠，离开我，请你！"

"我不！"回答是简短、固执，而坚定的。

"小棠，我告诉你，你没有权利让我做一个负心人！"

"你指绍泉吗？我从没有爱过他！宗尧，你太忠于朋友了！"

"不止绍泉，小棠，在成都，有一个女孩子正等着我寒假去和她结婚。"

傅小棠猛地站了起来，仰着头望着他，她的眼睛闪烁着，像一头被激怒的小豹子。"你爱她？"她问。

"是的。"

"现在还爱着她？"她继续问。

他用舌头舔了舔干燥的嘴唇，半天没有说话，终于挣扎地说："我想……"

"你不用想，你已经不爱她了！"傅小棠坚定地说，热烈地望着他，"你不爱她了，你遇到我之后就不爱她了，是吗？是吗？"

"小棠，别逼我！"宗尧的眼睛发红，浑身颤抖。

"宗尧，别躲开我，"傅小棠又贴近了他，狂热地说，"我从没有恋过爱，第一次见到你，我就知道完了。宗尧，你不知道我多爱你……而你也爱我，是不是？你说，是不是？"

"这是罪过的！"宗尧叫。

"爱我是罪过吗？"傅小棠毅然地甩了一下头，把一头长发抛到脑后，大叫着说，"可是我不管！我什么都不管！我只知道我要你，我不管绍泉，不管你成都的女朋友！我只要你！要你！我不顾世界上的一切，不顾天和地，我只要你！"泪水滚到她的面颊上，她啜泣着，掉转身向后面跑去。宗尧像生根似的站在那儿，不能移动。傅小棠边哭边跑，却一头撞在捧了一大堆水果走来的绍泉身上，她把他猛烈地推开，水果散了一地，她像箭一般跑走了。

绍泉怔怔地说："这……这……这是怎么回事？"

宗尧依然呆呆地站着，绍泉走了过去，不解地问："怎么了？宗尧，发生了什么事情？"

"你别惹我！"宗尧大声地说，就往地下一坐，屈起膝盖，把头埋在膝盖里。

绍泉完全愣住了。

宗尧在他的小室中踱着步子，从这一头走到那一头，又从那一头再走回来，整个晚上他已经不知道走了几百个来回。绍泉用手枕着头，呆呆地仰视着天花板，不时发出一两声深长而无奈的叹息。空气是沉重而凝肃的，两人谁也不开口。然后，宗尧停在书桌前面，凝视着洁漪的那张照片，咬了咬牙，他猛地把那张照片倒扣在桌子上，又继续踱着步子。绍泉从床上坐了起来，不耐地说："你能不能停止这样走来走去，你把我的头都弄昏了！"

"你少管我！"宗尧没好气地说。

"我才懒得管你呢！"绍泉也没好气地哼了一声，却又接着说了一句，"你最好回成都去！"

宗尧站定了，直望着绍泉说："我为什么要回成都去？我知道，你就想赶走我，我就偏不回成都去！"

"你回不回去与我什么相干？"绍泉气愤愤地说，"反正你是个风流种子，是个大众情人，你尽可对女孩子不负责任，始乱终弃！"

宗尧冲到绍泉的床前，一把抓住了他的衣领，咬着牙说："我告诉你，你少惹我，当心我揍扁你！"

"我不怕你，宗尧，"绍泉冷冷地说，"我只是提醒你，别忘了你有个影子在成都，'影'失去了'形'是不能单独存在的。"

"这关你什么屁事？你只是怕我接近傅小棠！"

"别提傅小棠，我是为了你好。"

"你为了我好？哼！绍泉，你只是为了傅小棠！但是，我告诉你，我并没有对不起你，我发誓半个月以来我没有见过傅小棠一面！"

"那又有什么用呢？你们不见面，一个整天在这屋子里像被困的野兽那样跑来跑去，一个在剧团里天天摔东西骂人，演坏每一个剧本。我说，宗尧，你还是立刻回成都的好，已经放寒假了，你为什么还不回去？"

"我不要你管！你少管我！"宗尧大叫。

"我就要管你！你应该马上走！你要对洁漪负责任！"绍泉也大声叫。

"不要提洁漪！"

"我就要提，你对不起洁漪！对不起洁漪！对不起洁漪！对不起……"

宗尧对着绍泉的下巴挥去一拳头，绍泉倒在床上，立即跳了起来，也猛扑宗尧。像两只激怒的野兽，他们展开了一场恶战，室内的桌子椅子都翻了，茶杯水瓶摔了一地，两人缠在一起，红着眼睛，拼命扑打着。终于，绍泉先倒在地上，无力反击了。宗尧喘着气站着，手臂上被玻璃碎片划破了，在滴着血。他吃力地把绍泉拉起来，扶到床上。然后，他反身向室外跑去，绍泉挣扎着抬起身子来，大喊着说："宗尧，已经半夜一点钟了，你到哪里去？"

"别管我！"宗尧叫了一声，冲到外面去了。

半夜三点钟，宗尧像个病患者一样摇摇晃晃地走进了傅小棠旅馆里的房间，苍白着脸坐在傅小棠推给他的椅子里，傅小棠拉住了他，审视着他的脸："你怎么了？你和谁打了架？"

宗尧把傅小棠拉进了怀里，紧紧地拥住她，吻像雨点般落在她的脸上，他喘息地说："小棠，我爱你，我爱你，我再也没有办法，我挣扎过，可是，你的吸引力比什么都强！"

"宗尧！"傅小棠大喊了一声，啜泣地把头埋进了宗尧胸前的衣服里。

绍泉：

　　我真不知道该怎样来问你，但是，你是宗尧的好友，我们又曾经共度过一段美好的时光，我除了给你写信之外，简直就不知道该怎么办好，我想，你一定会立刻回我信的，是吗？

　　我已经两个月没有收到宗尧的片纸只字了，我写去的信全没有回音，寒假已去了一半，也见不着他的人影，我实在心乱如麻。他是不是病了？还是有什么意外？你能立即回我一封信吗？我需要知道实情，有任何事，都请你坦白告诉我，别隐瞒我，好吗？我和宗尧的感情，你是知道的，因此，我在你面前，也不掩饰我的焦灼和不安了。连宵噩梦频频，心惊肉跳，悬念之情，难以言喻。心乱无法多写，盼即赐复。

　　后山的老榆树颇念故友，但愿你有暇能再来成都，和它一叙。

即祝

　　愉快

　　　　　　　　　　　　　　　　　洁漪

绍泉把信纸放了下来，沉思地用手支着额，默默地凝视着书桌上那个有着洁漪照片的镜框。照片里那莹澈的眸子依然那样单纯、信赖地注视着这间小屋，注视着这不可思议的世界，这充满了纷扰迷惘的感情的人生……绍泉叹了口气，学宗尧的办法，把那个镜框倒扣在桌子上。只要看不到这对眼睛，好像就可以逃避掉一些良心的负荷。慢慢地，他站起身来，穿上一件长衫，拿着那封信，走出了小屋，搭车到重庆市区去。

走进旅馆，站在傅小棠房间的门口，他敲了敲门。门立即开了，傅小棠正在梳妆台前梳妆。披散的浓发像雾似的充满了迷惑的力量，热情的明眸愉快而生动地望着他，高兴地说："嗨！绍泉，好久不见！"

绍泉看看给他开门的宗尧，宗尧看来也满面春风，他拉住绍泉的手，笑着说："来得正好，绍泉，愿不愿意做我们的结婚证人？"

"怎么？"绍泉愣住了，皱拢了眉头，呆呆地望着宗尧，"宗尧，你们是认真的？"

"婚姻的事还能儿戏吗？"宗尧笑着说，"小棠已经辞去剧团的工作了，我们预备下星期六结婚，请你做证人，怎样？干吗那样愁眉苦脸的？"

"绍泉，"傅小棠走了过来，微笑地望着他说，"别做出那副样子来，我把我们剧团里的小百灵鸟介绍给你好不好？她很喜欢你，说你是中国古典美男子呢！"

绍泉紧锁着眉，对宗尧说："出来一下，我有话跟你谈。"

宗尧愣了一会儿，就跟着绍泉走出去，傅小棠在里面笑着说："别人只说女人喜欢鬼鬼祟祟的，你们男人也这样故作神秘！"

在走廊里，绍泉把洁漪的信掏出来给宗尧看，宗尧默默地看完了，闭了闭眼睛，靠在墙上，默默无语。绍泉紧追着问："宗尧，你预备如何交代洁漪？你要我怎么样回她的信？你说！"

宗尧呆呆地站着，像个木偶。

"宗尧，你说呀！你到底预备怎么办？"

宗尧慢慢地抬起头来，望着傅小棠的房门，吞吞吐吐地说："我离——不开——小棠。"

"那么，你要我告诉洁漪，你已经移情别恋了？"

宗尧不语。

"宗尧，你决定了是不是？"

"绍泉，"宗尧再望望傅小棠的房门，眼睛里涌上了泪水，他拉住绍泉的衣袖，困难地说，"我走到这一步，已经注定要做一个负心人，不是对洁漪负心，就是对小棠负心。绍泉，我没有办法，洁漪清丽雅洁，像一泓池水，小棠热情奔放，像一团火焰，我承认，我现在已被小棠烧熔了，我离不开她，她也离不开我。我只有对洁漪负心了，洁漪是个宽大而温柔的女子，她会谅解我的。"

"你要我把一切详情坦白告诉洁漪？"绍泉问。

"是的，你告诉她吧！"

"宗尧!"绍泉反对地叫。

"绍泉,我没有办法,反正,我离不开小棠!"宗尧绝望地叫,转身冲进了小棠的房间里。

绍泉呆呆立着,半天后,才叹了口长气走了。

这天夜里,绍泉费了一整夜的时间,写了撕,撕了写,到天亮,才写好了一封信给洁漪。他依照了宗尧的意思,把真实的事情全写了进去,只是,用尽了心机,写得十分委婉,又加入了许多他自己的劝慰和自责,如果他不拖着宗尧去接近傅小棠,这事或者不会发生,所以,他自认是无法辞其咎的。

信寄出去了一星期,没有收到回信。一天下午,绍泉走进他和宗尧合住的小屋,却赫然发现一个少女正坐在书桌前面。

"洁漪!"绍泉惊异地叫。

洁漪抬起那对充满哀伤的眸子来,静静地望着他。她苍白憔悴,瘦弱伶仃,看来孤苦无告。她穿着一件黑色的长大衣,怀里抱着她心爱的古筝,像个幽灵般坐着。绍泉被她的憔悴和衰弱所震惊,不禁又叫了一声:"洁漪!"

"我要见见宗尧。"她轻轻地说,声音苦涩而低沉。

"好,洁漪,你等着,我马上去找他来。"绍泉急急地说,立即跑出去,叫了一辆计程车,直奔重庆市区。

一小时后,绍泉和宗尧一起回到小屋里。洁漪还是和刚才绍泉离开时一样地坐着,一动也没动。

宗尧走了进来,看到了洁漪,禁不住战栗地说:"洁漪！"叫了这一声，他就呆住了，不知道说些什么好，半天之后，才咽了一口口水，艰涩地说："洁漪，请原谅我，我对不起你。"

洁漪一瞬也不瞬地望着宗尧，没有说话，也没有流泪。过了好一会儿之后，她才轻声说："宗尧，你最爱听我弹古筝，是吗？要不要听我弹一个曲子，算我跟你告别。"

于是，她把筝平放在膝上，立即弹了起来，随着一段震颤的乐声之后，她柔声地和着音乐，唱了起来："昔君与我兮，形影潜结，今君与我兮，云飞雨绝。昔君与我兮，音响相和，今君与我兮，落叶去柯！昔君与我兮，金石无亏，今君与我兮，星灭光离！"唱完，她抬起眼睛来，直到这时，大颗的泪珠才沿着她的面颊向下滚落。

宗尧和绍泉都被她的神色和歌声所震慑住了，谁都无法说话。洁漪在桌上巡视，突然拿起一把剪刀，把古筝的琴弦一齐挑断。然后，她把琴抛在地下，惨然一笑说："从前伯牙为知己毁琴，我也一直认为你是我唯一的知音，从今起，我也不再弹筝了。"

说完，她站起身来，向门外就走。宗尧追到门口，叫着说："洁漪，别走！"

洁漪站住了，头也不回地说："马上有一班车子开成都，我要去赶车子。你回去吧，我并不怪你，一见到你，我就知道你不会回到我身边来了，那么，就此而止吧！让绍泉送我上车，你回去吧！代我问候那位傅小姐！"

她这段话说得冰冷而坚定，有种不容反驳的力量，宗尧像被钉死似的站在门口，无法移动。绍泉追上了洁漪，沉默地护送她到车站。

到了车站，她忽然颠簸了一下，绍泉本能地伸手扶住了她，她咬咬牙，站稳了，脸色十分苍白。绍泉注视着她，忽然，他大吃了一惊，在洁漪挺起背脊的一刹那，他看出她身体的变化了，那件长大衣不能掩尽她的臃肿态。

他一把抓住了她的手臂，急急地说："洁漪，你为什么不说？"

"说什么？"她茫然地问。

他看了她的肚子一眼，她的脸色更白了。

"一直想写信告诉他，"她困难地说，"但是怕影响他念书的心情，而且，我想，他寒假就会回来结婚，四五个月的身孕不会看出来的，还是等他回来再说，谁知道……"她的声音哽塞住了。

"你刚才为什么不告诉他？"绍泉问。

"告诉他？"她甩了甩头，直望着绍泉说，"假若他已经不爱我了，我为什么要用这一块肉来拖住他？他的个性我了解，他会对这孩子负责任的，但是，我要这样一个勉强的丈夫做什么？他会恨我一辈子，记住我是用这种方式来捉住他的。不，我不会这样做的。"

"洁漪！"绍泉急急地叫，"你是个傻瓜！他该对这孩子负责任！你应该让他负起责任来！"

"不！"洁漪摇着头，"夫妇之间，当剩下的只有责任的时候，就是最可悲的时候了！"

"听着！洁漪！"绍泉叫，"你等在这儿！我去把宗尧叫来，你就是不和他结婚，以后也得有个妥善的安排！你等着，别上车！"

"不要！绍泉！"洁漪叫着，但绍泉已迈开大步向回头跑走了。

当宗尧跟着绍泉气喘吁吁地赶来，洁漪已经搭上了去成都的汽车，仆仆于渝蓉公路上了。绍泉抓住宗尧的衣领，喘着气，瞪大了眼睛说："你得追上洁漪，假如你不负上责任，我会把你的眼珠打出来！"

"我乘明天的车子去成都。"宗尧静静地说，"你放心，绍泉，我不会让那孩子没有父亲！"

"小棠那儿？"绍泉犹豫地问。

"我等会儿去跟她说明。"

绍泉不说话了，他们默默地站在车站，宗尧茫然地注视着远方，眼睛里是一片泪光。

宗尧倚着车窗坐着，再有五分钟，车子要开行了。他把前额抵在窗玻璃上，一阵酸楚的感觉像大浪般冲击着他，他的眼睛蒙眬了。在蒙眬中，他似乎看到昨夜傅小棠那对又哭又笑的眼睛，那火一般烧灼的眼睛，这眼睛像一块烙铁，从他心上的创口上烙过去。这阵尖锐的刺痛使他的神志迷糊了。

车子快开了，忽然，他的视线被一个人影吸住，他看到一个人正对着这边挥手，同时又喊又叫地狂奔而来，等他跑近了，宗尧才看出是绍泉。是的，他来送行了，于是，他把手伸出车窗，对绍泉挥了挥。

"宗——尧——"绍泉在叫，一面仍然跑着。

"绍泉！再见！"他也叫。

"宗尧！小棠——"底下的话没听清楚，车子开动了。他大声问：

"小棠怎样了？"

"小棠自杀了！"

宗尧跳起来，冲到车门口，不顾已开行的车子，拉开了车门，他跳了下去。他摔倒在路上，车子扬起一阵灰尘，开走了。

绍泉跑了过来，剧烈地喘着气。

宗尧站起身，居然没有受伤，他一把抓住了绍泉的衣服，急急地问："她死了？"

绍泉猛烈地摇摇头。"没有死，在医院里急救。"绍泉上气不接下气地说，"是我发现的，她不知道吞了什么，她叫你，一直叫你，叫得惨极了！"

"有救没有？"

"我不知道。"

宗尧疯狂地向市区跑去。

在医院里，急救了二十四小时的傅小棠终于脱离了险期。宗尧一直坐在她的床边，握着她的手，当医生宣布危险期已过，他把头扑在她的枕边。

"上帝，"他喃喃地叫，"哦，上帝！"

绍泉走过去，轻轻地摇了摇他。他抬起布满红丝的眼睛和泪痕狼藉的脸来。绍泉低声说："我想，你不会离开她了？"

宗尧握紧了傅小棠的手，傅小棠正昏睡着。他一语不发地把这只手拿起来，贴在自己的面颊上。

"洁漪怎么办？"绍泉问。

宗尧愁苦而哀恳地望了绍泉一眼。

"既然这样，"绍泉说，深深地望着宗尧，"我也不愿意洁漪的孩子没有父亲，宗尧，你愿意把那孩子给我吗？"

宗尧惊异地望着他。

"绍泉，你的意思是？"他嗫嚅地问。

"我到成都去，如果洁漪答应的话，我想在阴历年前和她结婚。"绍泉宁静地说。

"绍泉，"宗尧激动地说，"我谢谢你。"

"别谢我，"绍泉微笑了一下，"我第一次见到洁漪，就深深地爱上了她，但，那时候她是你的，我心里也还有……"他望了床上的傅小棠一眼，叹了一口气："命运真是件奇怪的东西。"

"无论如何，我还是谢你。"宗尧说，又轻轻加了一句，"好好待洁漪。还有——那个孩子。"

"你放心，宗尧。"于是，两个男人的手紧紧地握住了。

第二天，绍泉搭车去了成都。

这年除夕，绍泉在成都和洁漪结了婚。宗尧却先一日偕同傅小棠从重庆飞了昆明。此后，宗尧和傅小棠就失去了踪迹，有人说，他们在山间隐居了起来，也有人说，他们双双飞了美国。反正，他们再也没有消息了，或者，在他们两人的天地里，是不需要有第三者存在了。

那年五月，洁漪生了一个女孩子。那是她和绍泉唯一的一个孩子，因为，从生产之后，洁漪就缠绵病榻。她死于一九四二年年底，那时她的小女儿才刚会走路。

绍泉明白，洁漪只是宗尧的一个影子，失去了宗尧之后，这影子就在逐渐涣散中，最后，终于幻灭了。绍泉记得自己以前讲过的话："影子失去了，形是不能单独存在的。"

而今，影子终于消失了。宗尧抛开了他的影子，绍泉只抓住了一个影痕。他埋葬了洁漪，带着小女儿离开了成都。

从此，没有人知道他们的踪影。

晚晴

午后，天空是一片暗沉沉的灰色，无边的细雨，轻轻地敲着玻璃窗，声音单调而落寞。

霭如坐在梳妆台前面，用手托着下巴，无意识地凝视着前面那片镜子，室内是昏暗的。镜子里只反映出一个模糊的轮廓。她的眼光穿透了镜子里的人影。落在不知道什么地方。室内静静的，静得使人窒息。早上，她才得到子凯已经在日本和一个日本女人同居的消息。虽然她并不爱子凯，但这消息仍然搅乱了她的心情。这事好像迟早会发生的。子凯，这名字对她似生疏而又熟悉，她几乎无法相信这就是她结缡五载的丈夫，她脑子里是一片空白，甚至不能把子凯这名字和他的脸凑在一起。结婚五年来，她让子凯把她安排在这栋华丽的房子里，却像一个遁世者一样蛰伏着。她拒绝参加子凯商业上的应酬，也不出席任何宴会，像一条春蚕，用丝把自己紧紧地缠住。子凯，她知道自己也有对不起他的地方，虽然他风流成性，但她的冷漠也促使他另找物件。现在，他从她身边走开，把自己安排在另一个女人身边，她只觉得这事非常地自然，也非常地合理。只是，在这种春雨绵绵的长日里，她更添上了一份莫名其妙的哀愁，这哀愁压迫着她，使她惶惑，也使她慌乱。

靠着梳妆台，她不知道坐了多久，时间仿佛走得很慢。她听到门铃响，也听到楼下下女走去开门的声音。她没有动，她知道子凯在一两个月内还不会回来，这一定是送信的，或者是子凯的朋友。这些下女会打发的。可是，她听到下女的脚步走上了楼梯，同时，下女的尖嗓子扰乱了她的宁静。

"太太，有人找你！"

霭如在镜子里对自己匆匆地瞥了一眼，没有施脂粉的脸显得有些苍白，眼神是迷茫而寂寞的。打开了门，下女阿英正站在门外。霭如不经心地问："是谁？男的还是女的？你为什么不告诉他先生不在家，让他改天来？"

"我跟他讲过啦。他说他是来找太太的！"

"找我？"霭如有点诧异地问，一面向楼梯走去，她没有朋友，也不爱应酬，子凯的朋友她更懒得周旋，这会是谁？

下了楼梯，她一眼看到客厅的窗子前面，站着一个瘦高个子的男人，他正背对着她，注视着窗外的细雨。他身上仍然穿着雨衣，连雨帽都没有摘下，雨衣的领子竖着，遮住了脖子。霭如感到一阵迷惑中又混进了一种莫名其妙的紧张，她扶着楼梯的扶手，手心微微有点出汗。这男人，他明明听到了她下楼的声音，但是他却并不回头。霭如扬着声问：

"请问——"

那男人蓦地转过了身子，雨帽压得很低，但那对闪亮的眼睛却从帽檐下敏锐地盯着她。霭如觉得浑身一震，竖起的衣领，压低的帽檐，那对敏锐而深沉的眼睛——霭如张着嘴，一刹那间，什么话都讲不出来。只感到浑身的血液加速了运行，心脏跳进了口腔。这情形，这姿态，依稀是十几年前那个下雪的晚上。一个名字在她脑子里、心里，和口腔里回旋，但却喊不出口。

"霭如，不认得我了？"那男人取下了帽子，一张漂亮的、熟悉的脸庞出现在她面前。依然是当年那样深邃的眼睛，依然是当年那两道浓眉，连那嘴角的两道弧线，也依然如旧！只是，时间没有饶过他，鬓边已有了几许白发，额上也添上了几道皱纹。但，这些并不影响他的漂亮，霭如仍然可以感到他身上的磁力。她定定地望着他，他也怔怔地注视着她，经过了一段相当长的沉默。霭如深深地吸了一口气，像是刚从梦中醒过来。

"孟雷，是你吗？你给了我一个大大的意外！"她说，竭力放松自己的情绪。

"我刚从美国回来，第一件事就是找寻你！"孟雷说，继续注视着她，似乎想看穿她脸上的每一个细胞是如何组织的。

"啊！孟雷，脱下你的雨衣，你请坐，我叫阿英给你倒杯茶！"霭如有点慌乱地说。

孟雷脱下了雨衣，在沙发上坐了下来。霭如跑出跑进地忙了好一会儿，倒了两杯茶，又端出几盘西点。她不能抑制自己的心跳，端茶的手剧烈地颤抖着，以致茶泼出了杯子。终于，她在孟雷的对面坐下来。孟雷的眼光始终在她脸上打转，他的眼睛里包含了过多的爱情与怜惜。霭如看了他一眼，立即逃避似的把眼光调回窗外。

"台湾的天气真坏，忽晴忽雨，昨天还是大晴天，今天就变成这个样子！"霭如说，自己也不知道在说些什么。

"是的，下雨天使人沉闷。"他不经心地应了一句。

"你在美国住在什么地方？"她问，客套地，像对一个陌生的客人。

"洛杉矶！"

"那儿的天气好吗？"

"很好，像现在这个季节，洛杉矶比这里还要暖和。"

"那里不像台北这样多雨吧？哦，你在洛杉矶，一定也参观了好莱坞？"

"是的！"

"那些电影明星可爱吗？——我是说，你也见到不少电影明星吧！"霭如一连串地问着问题。

"并没有见到什么明星，我很少到那儿去，事实上，侨居美国十年，我只去过一次。"

"哦——"霭如望着面前的茶杯，竭力想找话题，"如果我去那儿，我一定要设法见几个明星，像葛丽亚·嘉逊、苏珊·海沃德……哦，你常看电影吗？"

"不，很少看！"

"我也很少看。"霭如说。然后，再也想不出什么话来讲，空气显得有些沉闷，半晌之后，霭如突然跳了起来。

"你在美国住了那么久，一定喝不惯茶，我让她们煮点咖啡去！"

"慢点！不要走！"孟雷说，一把抓住了她的手。

她站住了，孟雷的眼睛紧紧地盯着她的。她觉得呼吸急促，眼光模糊，心脏在剧烈地跳动着。孟雷的声音在她的耳边轻轻地温柔地响了起来："告诉我，你好吗？你过得快乐吗？"

霭如迅速地抬起了头，直视着孟雷的脸，十年来的愤怒、抑郁和悲哀在一刹那间齐涌心头。她从他手中抽出了自己的手，冷峻地说："你到底来做什么？你又想知道些什么？"

"我来，为了想见见你，想知道的，只是你过得是不是幸福。"

"这与你又有什么关系？你有什么资格来过问我的幸福？"霭如犀利地说，脸上罩着一层寒霜。

"霭如，还和十年前一样，那么倔强、任性！"孟雷平静地望着她，两道眉微微地锁着。

霭如猛然泄了气，她无力地坐回沙发里，端起了自己的茶，把茶杯在手上旋转着。火气过去了，代而有之的，是一抹凄凉。她叹了口气说："不！十年给我的变化很大，我不再是以前的我了。"她看了孟雷一眼："你太太好吗？"

"她死了！"孟雷简短地说，"去年春天，死于胃癌！"

"哦！"霭如大大地震动了一下，接着又问，"孩子呢？"

"在美国读书。"

"你来台湾，有什么事吗？"

"只有一件，找你！"霭如望着他，握着茶杯的手微微有点颤抖。

"你难道忘了，我曾经发过誓，这一辈子再也不要见你！"她说。

"我没有忘，就因为你这一句话，所以我又来了。"

霭如不再说话，只注视着自己手里的茶杯，茶杯里浮着一朵小小的茉莉花。小小的茉莉花，小小的白花，小小的雪花。是的，雪花，那漫天漫野的雪，那堆满了门前的雪，那一望无际的雪——

北国的冬天，朔风带来了酷寒和大雪。

晚上，霭如点燃了煤油灯，罩上灯罩。晚饭是提早吃了，从现在到睡觉，还有一段很长的时间，她该怎样度过？刚刚过了农历年没有多久，往常，家里这个时候是很热闹的。但今年不同，哥哥的突然去世使全家陷入了最大的悲哀，所谓全家也只是两个人，她和年老的父亲。父亲已六十几岁，哥哥是他承继香火的唯一一个人，骤然弃世，给他的打击是不可思议地大。因此，哥哥的丧事刚办完，父亲就病倒了，霭如才高中毕业，正在北平准备考大学，接到消息立即回到乡下的农庄里来服侍老父。现在两三个月过去了，父亲的病虽不严重，但也一直没有痊愈。

霭如叹了口气，在火盆里加上两块炭，泡上一杯香片，在书桌前坐了下来。顺手从书架上抽出一本书，看看封面，是本《唐诗别裁》。随便一翻，正好是李白的《花间独酌》。

霭如轻轻地念了两句"花间一壶酒，独酌无相亲。举杯邀明月，对影成三人……"，就把书往桌上一放，对着灯默默出神。夜是宁静的，只有穿过原野的风声，和窗棂被风刮动的声音。

霭如倾听了一会儿，不知道为什么，却感到有点莫名其妙的烦躁。父亲房里没有声音，大概已经睡熟了。家里除了她和父亲之外，只有一个耳朵有毛病的老周妈，现在一定也在厨房灶前打盹。霭如忽然觉得一阵凄惶和寂寞，重新翻开了《唐诗别裁》，她不禁自言自语地说："李白还可以'举杯邀明月，对影成三人'，今天晚上这么大的风雪，大概也无月可邀，我连这样的三个人都凑不起来呢！"于是她忽然想起另一阕宋人的词：

> 谁伴明窗独坐？我和影儿两个。灯尽欲眠时，影也把人抛躲。无那，无那，好个凄惶的我！

她看看灯下自己的影子，不由哑然失笑。但，突然间，她抛下书，站了起来。在窗外的风雪声中，她听到另一种踏在雪地上的脚步声。她知道这附近只有他们这一家，再过去，要走五里路，才是赵家的农庄。这样的深夜，这会是谁？她侧耳倾听，脚步声似乎消失了，除了呼啸的风声外，什么声音都没有。"大概是我神经过敏。"霭如想。但经过这样一来，霭如却有点不放心起来，最近这一带的治安听说不大好，家里只有病弱的老人和妇女，不能不特别小心。提起了煤油灯，她走出了自己的卧房，穿过了中间的堂屋，四面检查了一下门窗，然后走到大门前面。大门是闩好的，但她却听到门外有声音，为了放心起见，她拉开了门闩，打开大门，一阵凛冽的寒风夹着大片的雪花向她迎面扑了过来，她退后一步，猛然呆住了。

门外，一个高高个子，手提着旅行袋的男人正站在屋檐下，穿着一件长大衣，衣领向上翻，遮住了下巴，毡帽压得低低的，一对锐利的眼光从帽檐下向她注视着。

"啊！"霭如惊呼了一声，不由自主地向后面退了一步，"你是谁？"在她心中，这一定是鬼魅和强盗之流。

"对不起，小姐，我能请求在这儿借住一夜吗？"那男人礼貌地问。从措辞和语调来判断，显然是个受过高等教育的人。

"你是谁？"霭如戒备地问，仍然拦在门口，没有欢迎的意思。

"我姓孟，我叫孟雷，从李庄来，预备到前面镇里去，没想到遇到这场大雪，在路上耽搁了。不知你父亲在不在家？我可以请求借住一夜吗？"那男人耐心地解释着，肩上和帽子上积满了雪，每说一句话，嘴里的热气就在空中凝成一团白雾。

霭如提着灯，依然挡着门，如果是往常，她不会拒绝一个风雪中的客人。可是，现在情况不同，父亲病着，家里除了父亲之外没有第二个男人。这人她不知道他的底细，她也不敢做主请他进来。而且，在目前的情况下，老周妈耳目不灵，收容一个陌生人实在有许多不便。于是，她摇摇头说："对不起，我父亲不在家。你想借住的话，向北再走五里路，有一个农庄，他们一定会欢迎你的。"

那男人望了她几秒钟，然后冷冷地说："请原谅我，我已经和风雪奋斗了一整天，实在没有勇气再去走那五里路。"

霭如有点冒火，这人总不能强迫别人收留他呀！于是也冷冷地说："也请原谅我，家里没有男人，不便于留你！"

但，就在这时，父亲苍老的声音传来了："霭如呀，你在和谁说话？"

孟雷狠狠地盯了她一眼，霭如立即尴尬得面红耳赤，正想再找理由来拒绝这人，孟雷已经一脚跨进门槛，反手关上了大门，对她微微一笑，调侃地说："我能见见刚才说话的那位不是男人的老先生吗？"

霭如咬住下嘴唇，愤愤地说："你说话客气一点，那是我父亲。"

"是吗？我以为你父亲不在家呢！"孟雷淡淡地说，一面脱下了毡帽，抖落上面的雪。

霭如气得狠狠地跺了一下脚，可是，她立即发现孟雷的眼光里有几分欣赏的意味，而且，她也颇被这男人漂亮的仪表所惊异。她正预备找几句刻薄的话来骂骂这个不受欢迎的客人，父亲又在里面喊了："霭如，到底是谁呀？"

"是一个过路的人，他'一定'要在我们家借住一晚！"霭如扬着声音回答，特别强调那"一定"两个字。

"外面不是下着雪吗？请他进来吧！叫周妈打扫间房子给

他睡！"父亲说。

霭如颇不情愿地看了孟雷一眼，气呼呼地说："好吧！请进！"霭如在前面，把孟雷带进了堂屋，把灯放在桌子上，对孟雷冷冰冰地说："你请先坐一下，我叫人去打扫一间房间！"

"我能拜见令尊吗？"孟雷文质彬彬地问。

"你能，可是你不能！我父亲有病，早就睡了！"霭如挑着眉毛说，接着又问一句，"你还有什么'能不能'的事要请问？"

"是的，还有一件，能不能给我一个火？"

经他这么一说，霭如才发现孟雷的大衣早被雪水湿透了，虽然他在克制着，但他仍然禁不住地在发抖。他的嘴唇已冻紫了，经房里暖气一烘而骤然融化的雪水正沿着袖管滴下来。霭如一语不发地走出去，先到哥哥的房里，在衣橱中找出一件哥哥的厚大衣，然后到自己房里，把自己常用的一个烤篮里加上红炭，一齐拿到堂屋里，先把大衣丢给孟雷说："脱下你的湿大衣，换上这件干的。这里有个烤篮，你先拿去用，我去叫周妈给你倒盆热水来，你可以洗洗手脚，等会儿我再给你弄个火盆来！"

孟雷接过大衣，默默地换掉了自己的湿衣，又接过了烤篮，在霭如要退出去的时候，他叫住了她："我怎么称呼你？"

"我姓李，叫霭如，云霭的霭，如果的如。"

"谢谢你，李小姐。"

霭如看了他一眼，转身走出房子。在厨房中，她叫醒了正在打盹的老周妈。周妈从梦里惊醒过来，一面端热水出去，一面叽叽咕咕地诅咒着这位不速之客。霭如沉思了一会儿，走到自己房里，把火盆加旺了，然后到堂屋里对孟雷说："如果你不介意，你就住我哥哥的房子吧，只有这间房子被褥一切都现成。不过，火盆必须你自己来搬，我们都搬不动。"

"你哥哥不在家吗？"

"他——死了，才去世四个月，你怕吗？"

"怕什么？"

"我哥哥。"

"不！我不怕！"孟雷微微一笑。

"那么，你来搬火盆吧！"

孟雷跟着霭如走进霭如的房间，他看了看地上那盆熊熊的火，又打量了房子一眼，问："这是你的房间？"

"是的，你快搬吧！"

"不用了，有这个烤篮已经足够了，这火盆还是你用吧！"

霭如静静地看着孟雷，挑了挑眉毛说："你在逞能吗？你的牙齿已经在和牙齿打战了，快搬去吧，这些客套最好收起来！"

孟雷望着霭如，眼睛里有着欣赏和迷惑的神情。然后一语不发地搬起了火盆。霭如带着他走进了哥哥的房间，把桌上的煤油灯捻大了一点，说："我猜你还没有吃晚饭，周妈正在给你蒸馒头，只有腊肉可以配，你随便吃一点吧。我想你也累了，吃完东西早些睡，这边书架上是我哥哥的书，他是学哲学的，如果你不困，看看书也可以，你占据了我哥哥的房间，万一夜里哥哥回来了，你还可以和他谈谈叔本华。好，我不打扰你，我还要去看看爸爸。等下周妈会给你送吃的来，还有什么事，你叫她做好了。好，再见！"

"等一下，李小姐！"

"还有什么？"霭如站住问。

孟雷默默地望了霭如好一会儿，脸上带着一个奇异的表情，半天才轻轻地说："谢谢你！谢谢你的一切。"

霭如耸耸肩，微微一笑说："不要谢谢我，你并不是一个被欢迎的客人，但既然你已经进来了，我只好尽尽地主之谊。再见！"转过身子，她轻快地走了出去，带上了房门。

半夜，霭如被一阵呻吟声所惊醒了，竖起了耳朵，她立即辨出声音是从哥哥的房里传出来的。在一刹那间，她感到汗毛直立，以为是哥哥真的回来了。她不相信鬼魂，但这是什么声音？她侧耳倾听，呻吟声停了，可是，没有多久，又响了起来。她披上衣服，从枕头边摸到火柴，点燃了煤油灯。提着灯，她勉强抑制着自己的胆怯，走到哥哥的房门前，轻轻地扣了两下门，一面喊："孟先生！"

没有人答应，但呻吟却继续着。霭如试着推门，门并没有闩，立即就打开了。霭如举着灯走进去，孟雷躺在床上，正在辗转反侧。她走到床边，灯光下，孟雷两颊如火，眉头紧锁，仿佛在强忍着莫大的痛苦。霭如用手推了推他，一面叫："孟先生，你怎么了？"

孟雷"哎"了一声，睁开了眼睛，望了望披着一件小棉袄，却冷得发抖的霭如，歉然地说："我想我是病了，我在大雪中走了太久——真抱歉，你去睡吧，我想没什么关系。"

霭如把手放在他的额上，禁不住吓了一大跳，皱着眉说："你烧得很高，你等一下，我去看看有没有药。"提着灯，她又跑回自己房里，翻了半天，才找到两粒阿司匹林，倒了一杯开水，她拿着药走回孟雷床边，把灯放在桌上，然后对孟雷说："家里只有阿司匹林，先吃一粒试试吧，明天早上看看，如果烧不退再想办法！"

孟雷试着支撑自己坐起来，却又无可奈何地摇了摇头，霭如伸过手扶住他，让他吃了药，又扶他躺下。孟雷望着她，深深地叹口气说："我不知道该怎么说，真对不起你！"

"别说了，睡吧，或者明天就好了！"

孟雷合上了眼睛，霭如却对着他那英俊的脸庞，发了几秒钟呆，才提着灯轻轻走出去。

第二天早上，霭如第一件事就是跑到孟雷床边，她不禁大大地皱起了眉头，孟雷昏昏沉沉地躺着，烧得火烫火烫，嘴里喃喃地呓语着。霭如试着推他，他却并不醒来。霭如紧紧地皱着眉，到父亲房里说：

"爸爸，昨天那个客人病了，昏迷不醒，看样子病得很重，我只好到镇上去请个医生来，顺便给您也看看。恐怕要中午才能赶回来。有什么事您叫周妈好了，也让周妈常常去看那个客人。"

"那客人病了吗？你去吧，出门的人碰到三灾两病最可怜了。只是你要来回走十五里路，尽快回来。"

"我知道，我会租条毛驴骑回来。"

经过一段跋涉，中午总算和医生一齐赶回了家里。孟雷仍然昏迷不醒，似乎烧得更高了。医生诊断之下，判定是急性肺炎，留下了一星期的药量，并交代霭如小心照料，如果烧得太高，必须经常用冷手巾压在他的额上。预计完全康复，起码要三星期。医生走了之后，霭如对着孟雷怔怔地发了好久的愣，才自言自语地说："这算怎么回事，凭空从天上掉下来这么一个病人让我服侍！"

可是，父亲却慈悲为怀，认为救人一命，胜造七级浮屠。所以对这位病人还特别关心。也因为这件突如其来的事一打岔，使父亲丧子之痛淡忘了好多，那因抑郁而发的病也减轻了，居然还经常来探望孟雷。孟雷高烧足足一星期，时而昏迷，时而清醒。霭如守在床边，喂开水，喂药，换冷手巾，常忙得没有时间梳头洗脸。孟雷有时醒来，总是叹口气说："我对你讲一切的道谢话都是多余，没想到我会给你带来这么多的事！"

霭如总是笑笑，什么话都不说。第七天，孟雷的烧退了。早上，霭如给孟雷试了温度，满意地笑着说："恭喜你，逃出病魔的手掌！"

"我不知道该怎么谢谢你！"

霭如对他做了个鬼脸，笑着说："或者我该谢谢你，你这一病倒把我父亲的病治好了，他现在全心都在你这个'可怜的出门人'身上，把我哥哥都忘了——啊，你在我们家住一星期，我都没有办法通知你家里的人，你家在哪儿？"

"北平。"

"你到乡下来干吗？"

"看一个多年不见的朋友，扑了一个空，碰巧他到北平去了，结果还遇上一场大雪，害一场病。"

"冬天看朋友，兴致不小。"

"只为了他来信说，'园中蜡梅盛开，香传十里，颇思故友，愿花下品茗，夜间抵足而眠'。我这一发雅兴，差点把命送掉，但能因此而结识你，却是意外的收获。"

"哼！别忘了，你并不是一个被欢迎的客人，如果不是爸爸拆穿了我的谎言，你恐怕早倒毙在雪地里了。你想欣赏蜡梅，我们家后面就有好几棵，等你病好了，可以大大地欣赏一番，也免得此行冤枉！"

"此行再也不会冤枉了！"孟雷低声说，仿佛说给自己听似的。

"好，你专心养病，我不打扰你，再见！"霭如对他挥挥手，向门外步去，到了门口，又回过头来说，"我忘了问你，你家有些什么人？要不要我写封信通知他们？"

"哦，不用了！"孟雷说。

霭如走出了屋子，关上了门。孟雷却对着她的背影长长地叹了口气。

三个星期过得很快，孟雷的病好了，春天也来了。枝头野外，一片鸟啼声。霭如在这三星期内，和孟雷谈遍所有的天文地理、音乐艺术、诗词歌赋。春天感染着她，一栋房子里就听到她的笑语声，屋前屋后，就看到她轻盈的影子在穿出穿进。她影响着全屋子里的人，父亲的笑容增多了，孟雷的眼睛比以前更深更亮，连老周妈都眯着她视线模糊的老花眼，望着霭如的背影呵呵地笑个不停。这天早上，霭如从屋外跑进了孟雷的房间，她穿着一件白色的封口毛衣、墨绿的西装裤，头上扎着块彩色围巾。手也握着一大把梅花，一面跑，一面高声地唱着：

> 雪霁天晴朗，蜡梅处处香，
> 骑驴灞桥过，铃儿响叮当，
> 响叮当，响叮当，响叮当，响叮当，
> 好花采得瓶供养，伴我书声琴韵，共度好时光！

唱完，一眼看见孟雷懒洋洋地靠在床上，手里拿着本《花间集》，就把梅花对着孟雷的头砸了过去，一面喊："你还不起来，你不是要看蜡梅吗？赶快跟我去，满山遍野都是！"

孟雷无法抗拒地站了起来，跟着霭如走到屋外。外面的雪早已化完了，阳光在大地上洒下一片金黄。孟雷深深地吸了一口气，霭如已经向后面山坡跑了过去，孟雷在后面追着，霭如回头笑着喊："看你追不追得上我？"

她的围巾迎着风飞舞着，一面跑一面笑。山坡上果然有着好几棵梅花，霭如在梅花中穿梭奔跑，孟雷在后面追赶，受她的传染，也不由自主地笑着。忽然，霭如在一棵梅花下面停住了，微笑地望着他。孟雷赶过去，也微笑地望着她。然后，她的笑容收住了，用手玩弄着他领子上的一颗纽扣，轻轻地说："累吗？病后这样跑？"

孟雷深深地注视着她，她的面颊散布着红晕，长长的睫毛微微向上翘，一对深而黑的眼睛正从睫毛下向他窥视着。他低低地说："霭如，我要告诉你一件事。"

"嗯?"她没有动。

"我结过婚，有太太，而且有一个两岁大的孩子。"

他等着她的反应，但她没有说话，也没有移动。

"我是在父母之命下结的婚，但她是个好太太。"

她仍然没有说话，只移开了身子，用手指轻轻地划着树干。沉默在他们中间蔓延着，好一会儿，他问："你在想什么?"

"我在想，三星期以前，我正在灯下念'谁伴明窗独坐，我和影儿两个'呢!"

"现在呢?"他问。

"现在该念'只恐好风光，尽随伊归去'了!"

他不说话，又沉默了好一会儿，她猛然抬起头来说："风太大了，该回去了。"

说完，没有等他回答，霭如一溜烟跑开了。

第二天，孟雷辞别了霭如父女，回北平去了。临行，他没有和霭如说任何一句话，只轻轻说了声"再见"。霭如也一语不发，靠在门上目送他的背影消失。她手里握着他留给她的地址，等到他的背影看不见了，她就抛掉了手里的纸条。但，纸条是抛掉了，抛不掉的，是无尽的离愁和一份没有希望的恋情。

半个月后，霭如也来到北平，考进了北大的春季班。因为女生宿舍住满了，她在校外租了一间屋子，房东是个老太太，带着儿子儿媳妇住在一起。她开学一个多月后的一天，她刚回到家里，房东老太太就对她神秘地一笑说："有位先生来看你，正在你房里等你呢！"

霭如推开了门，孟雷正坐在书桌前面。她关上门，背靠在门上。他们彼此默默地注视着，她先开口：

"怎么知道我在这儿？"

"在北大录取名单上看到你的名字，地址是到学校去问的。"

她不语，又沉默了一会儿，他说："你瘦了！"

"你也是。"她说。他站起身来，走了她面前，用手捧住了她的脸，深深地注视着她的眼睛，低沉地喊："霭如。"然后又一迭连声喊："霭如，霭如，霭如。"

霭如闭上眼睛，泪珠在睫毛上颤动，嘴里喃喃地说："不要对我说什么，我不管明天，也不管以后，在我可以把握住今天的时候，我只要今天。"

就这样，在"不管明天""不管以后"的情况下，他们密切地来往着。夏天过去了，秋天来了。他们到西山看过红叶，到北海划过小船，生活仿佛是甜蜜而温馨的。霭如从不提起孟雷的妻子和孩子，孟雷自己也避免谈起。经常，孟雷在晚饭后来到她的小房里，和她共度一段安宁的时间，深夜，才怏怏而去。房东老太太常笑着对霭如说："李小姐，什么时候吃你的喜酒呀？"

可是，每当孟雷走了，霭如却多半是躺在床上，望着天花板等天亮。这一份凄苦的恋情咬噬着她，但她却决不能也不愿摆脱这份感情。

秋天，父亲去世了，这消息大大地打击了霭如，比哥哥的死更使她伤心。接着信之后，她像个孩子似的大哭了起来，她感到命运太不公平，在一年内夺走她的两个亲人，而现在，她是完全地孤独了。

　　在她的小屋内，她疯狂地砸碎了一切可以碎的东西。哥哥的死，父亲的死，和孟雷那份不会有结果的爱情，这一切都打击着她。房东老太太企图劝解她，却毫无用处。正巧孟雷来了，从房东老太太那儿，他知道了事情的原因，他关上房门，想要安慰她。霭如却把所有的悲哀、愤怒、痛苦都一股脑儿地倾倒在他身上，她爆发地对他大喊："孟雷，你来了！你来做什么呢？不要想安慰我，不要想劝解我，回到你太太身边去吧！我讨厌你，我不愿见到你！你为什么不离婚？一方面你拥有一个'好太太'，一方面你和我谈情说爱，你想把我置于什么地位？你自私，你卑鄙，我不要见你！你走吧，快走！"

　　孟雷脸色苍白地站在门口，这是他第一次听到霭如提起他太太，第一次听到她的指责。由于这些话虽刻毒但却是实情，他不能辩白。转过身子，他预备走出去，霭如却尖声地叫："孟雷！"孟雷站住了，霭如扑进了他的怀里，把头埋在他胸前，哭着说："不要走，不要走，不要走！"

　　孟雷揽住她，用手抚摸着她的头发，一句话都说不出来。霭如靠在他的怀里，尽情地痛哭着。足足哭了有半小时，一切的悲哀痛苦似乎都发泄完了。她抬起了头，孟雷用手绢拭去了她的泪痕，她潮湿的眼睛看起来是孤苦无告的。像个刚受过委屈的孩子，她幽幽地说："明天我要下乡去办爸爸的后事，大概要一星期才能回来。"

"要不要我陪你到乡下去？"孟雷问。

"不！"她简短地说。

一星期后，霭如从乡下回来，她变了。她不再欢笑，也不喜欢说话，每天除上课外，就沉默地守在自己的小屋子里。她虽然照样接待孟雷，却失去了往日那种欣喜和愉快。孟雷也沉默了许多，常常，他们只是默然相对。一天晚上，孟雷握住她的手，沉痛地说："霭如，看着你一天比一天憔悴使我难过，我知道我对不起你。告诉我，我该怎么做？"

"不要问我，"霭如把头转开，"我没有权干涉你的一切。"

"霭如，我从没有跟你谈过我太太，你不了解她，她完全是个旧式女人。对于我，她像一只狗一样地忠实。我曾经考虑过离婚，但是我开不了口。如果我说了，她的世界就完全毁灭了，那后果是不堪设想的。我没有办法提出，这是道义的问题。"

霭如点点头，淡淡地说："是的，你没有办法提出，你怕伤了她的心，但是，你并不怕伤我的心，你怕她痛苦，你就看不到我的痛苦——"

"霭如，"孟雷喊，"你这样说是不公平的！"

"好了，"霭如望着窗外说，"我们最好不要谈这个问题——最近，爸爸一死，我好像变得脆弱了，我怕失去一切的东西，事实上，我根本什么都没有——我一定要挺起腰，要使自己勇敢起来！"她挺了一下背脊，眼泪却夺眶而出，她悄悄地擦掉它，抬起头来，凄凉地笑了笑，说："我没有意思要你离婚，你的事你自己做主。可是，我们这种交往必须结束！"

孟雷不说话，只握紧了霭如的手，握得她发痛。

"孟雷，我想离开这儿，时局这么乱，学校里一天到晚闹学潮，根本上不了课。我想到香港或台湾去。"

"我也想到台湾，我们可以一起走！"孟雷说。

"不！我不会和你一起走，我不愿见你的太太和孩子，我们各走各的，趁此机会，大家分手！"

"霭如，你真想分手？"孟雷咬着牙问。

"难道你想要我做你的情妇？做你的地下夫人？孟雷，我不是那样的女人，你找错对象了！"

"霭如，你疯了，你不知道你在说什么！"孟雷脸色苍白，摇着霭如的肩膀说。

"或者我是疯了，孟雷，你正眼看过我的生活吗？你知不知道每晚你走后我流过多少泪？你知不知道我夜夜不能成眠，睁着眼睛到天亮？——哦，孟雷，"她猛然拉住他的手，望着他的脸，近乎恳求地说，"和她离婚，孟雷，和她离婚，我们一起走，走得远远的。"

孟雷看着她的脸，他的手在微微地颤抖，但却木然地说："不！我不能！我不能丢下她，我不能这样做！"

霭如废然地站起身来，走到窗口，脸向着窗外说："再见，孟雷！"

"霭如！"

"再见，孟雷！"霭如重复地说，"三天之内，不要来找我，我们彼此都需要思索一番！"

"好，霭如，我过三天再来看你，希望那时我们都冷静一些，可以得到一个合理的解决方法！再见，霭如！"

"再——见。"霭如低低地说。

三天之内，孟雷果然没有来。第四天一清早，霭如就悄悄搭上了火车，告别了北平，也告别了孟雷。经过一段跋涉，辗转到了台湾。在台湾，她找到一个教书的工作，安静地过了两年。这两年，她像一只怕冷的鸟，把头藏在自己的翅膀里，静静地蛰居着。她没有朋友，没有亲戚，除了给学生上课之外，大部分的时间都在沉思和回忆中度过。虽然她还年轻，但却已经像一个入定的老僧。但这种生活却并没有持续多久，一天，当她在报上的寻人启事里看到自己的名字的时候，她立即知道那份安宁又被打碎了。她无法抗拒那个简简单单的"雷"字，启事刊出的第三天，她就和孟雷在一家咖啡馆里见面了。在咖啡室里暗淡的灯光下，他们彼此凝视，默默无语。两人都有一种恍如隔世之感。半天之后，他问："生活怎样？好吗？"

"我在教书。"她答。

"一个人？"他问。

"假如你是问我结婚了没有，那么，还没有。你呢？"

"老行业，在×公司里做工程师。"

"你太太——"

"跟我在一起。"

她沉默了，对着咖啡杯子出神。

"我知道你不谅解我，霭如。可是，我有我的苦衷，和她离婚，她一定会自杀。这是道义和责任的问题，我不能那样做，你明白吗？"

"是的。"霭如毫无表情地说。

"唉！"孟雷看着她，长长地叹了口气，接着说，"霭如，你在北平表演的那一手不告而别把我害惨了，我始终不能相信你是真的走了，我以为你只是躲起来，迟早还会回来的。足足有三个月，我每晚到你住的那幢房子外面去等你。冬天来了，雪埋没了我的腿，差一点又害一场肺炎。然后，我以为你搬了家，几乎没有把整个北平城都抖散。霭如，你走得真干脆，连一张纸条都没有留下。"

霭如苦笑了一笑，泪珠在眼眶里打转。

"我虽然走了，把自己从你身边拉开，但是，我仍然是个失败者，我并没有把我的心从你心边拉开。"她说。

"霭如，"他握住她的手，低低说，"霭如。"

"好吧，"霭如举起了手里的咖啡杯，像喝酒似的一仰而尽，豪放地说，"我不管明天，不管以后，孟雷，把你的今天给我，我们跳舞去！"

"跳舞？"

"是的，为什么不跳舞？我要享受一切年轻人所享受的！起来，我们走吧！"

两年的时间，又在这"不管明天，不管以后"的情况下度过。霭如变了很多，她学会跳舞、喝酒、抽烟，甚至赌钱。

她放纵自己，连以前自己所珍视的，也不再矜持，她曾经对孟雷说："这里是我，一个清清白白的霭如，如果你要，你就拿去！"

但是，孟雷却从没有"拿"过。每当这种时候，他就捧住她的脸，深深地注视她的眼睛说："我爱你，就因为太爱你，我不能伤害你！"

"有一天，我会和别人结婚，那时，你会后悔的！"

孟雷打了一个冷战。"我知道，我不能限制你，不许你结婚。"

"孟雷，"霭如拉着他，"离婚吧，给她一笔钱。"

"不！"孟雷挣脱了她的手，"我不能！"

"你滚吧！孟雷，"霭如喊，"我再也不要见你！再也不要！你滚吧！"

孟雷看看她，轻轻地在她额上印下一吻，无言地走出了房间。第二天，霭如会打电话给他，只简单地说："晚上，我等你！"

就这样，两年的时间过去了。第三年，孟雷奉派到美国工作，他对霭如说："我帮你办手续，你跟我们一起去美国！"

"孟雷，这么久了，你还不了解我，我不会跟你去的！"霭如摇摇头说。

"霭如，我请你——"

"不要说，我决不会去。这样也好，每次只有靠远别，才能把我们分开。你走吧！你去了，我也要重把自己振作起来，这种无望的爱情使人痛苦，我到底还只是个俗人，不能做到毫无所求的地步。"

"霭如，不要坚持，到美国你可以继续读书……"

"不！我不去！除非——"

"除非什么？"

"除非你离婚！"

"霭如，"孟雷望着她，"不要逼我，不要逼我做对不起人的事，请为我设身处地地想一想！"

"哼！"霭如冷笑了一声，"你曾经为我设身处地地想过吗？你的道义观、责任感，使你根本看不到我的痛苦，你处处为她想，你为什么不为我想一想？我不能一辈子跟着你，做你无聊时消遣的对象！这么久以来，我已经受够了，你每天离开我之后，立即投入另一个女人的怀抱，你以为我没有心、没有思想，不会嫉妒、不会难过的吗？现在，算我求你，放开我，发发慈悲！"

"霭如，"孟雷痛苦地喊，"我愿意离婚！"

霭如瞪大眼睛，望着孟雷。孟雷倒在沙发里，用手蒙住了脸。霭如走过去，把他的头揽在怀里，用手捂着他的头发，平静地说："雷，我不愿使你为难，你并不是真想离婚，与其让你离了婚再负疚一辈子，不如根本不要离。孟雷，你哪一天去美国？我们好好聚几天，以后，我要发誓不再见你。宁可让我心碎，不愿你做个负义之人。"

孟雷终于走了，带着他的妻子和孩子走了，也带走了霭如的一颗心。霭如再度蛰居了起来，像怕冷的鸟似的把头藏在翅膀里。五年后，她和子凯结了婚，她嫁子凯，为的是子凯的金钱，她已倦于为生活奋斗了。子凯娶她，为的是她的美丽和那与众不同的冷漠而高贵的气质。结婚之初，彼此还能维持一种相敬如宾的客气，可是现在，子凯对这位冷冰冰的太太早已失去了兴趣，霭如也经常独自守着一栋空荡荡的房子。她已习惯了寂寞，习惯了用回忆麻醉自己。对于孟雷，她始终分不清到底是爱多于恨，还是恨多于爱。分别十年之后的今天，他重新出现在她面前，她完全被这意外的重逢所震动了。

杯子里的茉莉花在水面荡漾着，茶已经完全冷了。霭如抬起头来，孟雷正沉思地注视着她。她站起身，把两人的茶杯里都换上热开水，轻轻地问："你怎么知道我住在这儿？"

"十年来，我并没有放松你的一举一动。"

"何苦呢！"霭如说，感到眼眶在发热。

"看样子，你的环境还不错。"孟雷打量着那设备豪华的客厅说。

"是的，有用不完的钱和时间。"

"他——"孟雷深深地望着她，"对你好吗？"

"谁？"霭如明知故问。

"你的丈夫！"

"怎么不好，"霭如转开了头，注视着那落地的红绒窗帘，"我要什么有什么，首饰、衣服、汽车、洋房……"

"霭如，"孟雷打断她，"你知道我在问什么，他——爱你吗？"

"爱又怎样？不爱又怎样？"

"爱的话，我为你庆幸，不爱的话，我希望我们许多年来的梦想可以获得实现。"

"你倒是一厢情愿，你怎么不问问我的感情呢？你深信我还在爱你？十年以来，我受尽了感情的煎熬，现在，我已不再想追求任何的情感生活了。我曾经爱过你，也曾经恨过你，可是，现在我不爱也不恨。十年前，我渴望嫁给你，如今——我只想有份安定的生活。"

"霭如，或者我也可以给你一份安定的生活。"

"你忘了，我已经是有夫之妇，不再是自由之身了！"

"但是，他并不爱你！"

"你怎么知道？"

"从你苍白的脸上，从你寂寞的眼神里，从你憔悴的形容上知道！"

霭如低下头，望着地毯上的花纹出神。孟雷的声音有力地撼动着她。想起子凯，那已和一个日本女人同居的子凯。摆脱子凯并不是一件难事，但，她却感到什么地方有点不对头，她恳求他离婚，他不肯。而现在，当他的妻子死了，他们的局面掉了一个头，凭什么在他三言两语之下，她就该摆脱子凯嫁给他？

她沉思着，孟雷却说话了："或者我没有资格请求你和他离婚来嫁给我，但是我不能忍受眼看着你独自寂寞地生活，而你的丈夫却流连在日本的脂粉阵中。霭如，来吧，我要你，我要了你整整十五年了！"

霭如迅速地抬起头来："你怎么知道子凯的事？"

"我知道你一切的事！"

霭如看了他好一会儿，然后垂下眼帘，轻声地说："十五年，我们认识到现在，有十五年了吗？"

"更正确一点，是十五年两个月零十八天！"

霭如望着孟雷，她的眼睛湿润而明亮，苍白的脸上染上了红晕，嘴唇抖动着，半天之后，才喃喃地说了一句："哦，孟雷！"

孟雷站起来，走到她身边，猛然弯下腰，把她拉进了自己的怀里。她不能抗拒，只定定地，被催眠似的望着他。孟雷的嘴唇疯狂地落在她头发上、面颊上、嘴唇上。他的声音在她耳边迫切地响着："嫁给我，霭如，这是我第一次向你求婚。答应我，说你愿意嫁给我！说！"

"是的，是的，是的，我愿意，我愿意。"霭如像做梦似的一迭连声地说。眼泪从她闭着的眼睛里滚出来，沿着面颊滴落在地毯上。房里静悄悄的，一切言语都成了多余。

窗外，雨不知道什么时候停了。

落日的光芒穿出了云层，晚霞已染红了半个天空。

回旋

一

下午六点钟左右，我刚刚煮好了牧之每天下班回来都不可缺的咖啡，连壶放在客厅的桌子上。正准备去做晚餐，电话铃响了，拿起了听筒，我立即听出是牧之的声音，他用一种很特殊的声调问："忆秋，是你吗？"

"是的，牧之，有什么事？"我诧异地问。

"没什么，忆秋，我要告诉你……"他的声音停住了。

"告诉我什么，牧之？喂，牧之，你在听吗？"

"是的，我在。没什么，我只是要告诉你，今天晚上我要加班，恐怕会回来得很晚，不回来吃饭了，晚上也不能陪你去看电影了。"

"哦，"我说，心里多少有点失望，但是，这是无可奈何的事，"没关系，电影明天再看好了，不过，你尽量早点回来。"

"我知道，"他说着，又停了一会儿，再说，"忆秋……"

"怎么，还有什么？"我问。

"没……没什么，再见吧！"他挂断了电话。

"再见！"我对着空的电话筒，轻轻地说了一声，把电话机放好，心里却感到有点不大对劲，牧之向来不是这样吞吞吐吐的，他口气中好像有什么事似的，会是什么呢？我沉思地在沙发中坐了下来，他既不回来吃饭，我也失去了做饭的兴趣。望着桌上的咖啡壶，我皱了一下眉，早知道他要加班，何必煮咖啡呢？喝咖啡是他在法国留学时养成的习惯，我总觉得平常以咖啡为饮料未免太贵族化，也太洋化了。但是，一个男人总应该有一点小嗜好，他既不喝酒，又不抽烟，只喜欢喝两杯咖啡，似乎并不算过分。我自己对咖啡却没有兴趣，我宁愿喝茶，茶的香味清邃淡雅，不像咖啡那样浓郁。现在，他既然不回来了，我就倒了杯咖啡，慢慢地喝下去，然后，我站起身来，解下了围裙，走进厨房，把没做的生菜全收进了冰箱。女人做饭天生是为了男人和孩子，我是从不愿为我自己而下厨房的。

收拾好厨房，我切了两片白面包，抹点果酱，走回客厅里坐下，就着咖啡，吃完面包，就算结束了我的晚餐。靠在沙发中，四周的沉寂对我包围了过来，我向来怕孤独和寂寞，看样子，这又将是一个寂寞的晚上。原来计划好和牧之去看电影，现在却只能独守着窗儿，做什么都无情无绪。没有了他，时间好像就变得非常难挨了。牧之总说我像个小娃娃，一个离不开大人的小娃娃，事实上，我也真有点像个小娃娃，结婚三年，仿佛并没有使我长大，使我成熟，反因为他的娇宠而使我的依赖性更重了，离开他一会儿就心神不属。

寥落地坐了一阵，心里有点莫名其妙的不安。站起身来，我走进卧室，在梳妆台前梳了梳头发，镜子里反映出我臃肿的身段，我屏住呼吸，打量着自己，想用全心去体会在我腹内的那个小生命的动态。可是，我没有觉得什么，算算日子，这小东西将在两个月之后出世，那时候应该是深秋了。牧之常常揉着我的头发说："我真无法想象，你这个小女孩怎么能做妈妈？"

但，我毕竟要做妈妈了，结婚三年来，这已经是我第三次怀孕，前两次都在我不留心的颠踬和神经质的惊悸中宣告流产。医生说我太敏感，太容易受惊，所以不易度过十个月的怀孕期。而今，我总算保全了一个，我相信他会安全出世的，因为我正全心全意地期待着。并且，我知道牧之也多么渴望家里有个蹦蹦跳跳的小东西。

洗了澡，换上睡衣，我坐在客厅里，开始给我未出世的孩子织一件小毛衣。这样文文静静地坐着，牧之看到了一定会取笑我这个"小母亲"，想到这儿，我就微笑了。小母亲！多奇妙的三个字！我吸了口气，对我手中的编织物微笑，我似乎已经看到那小东西穿着这件毛衣在地板上爬了，他是个小男孩，有牧之的宽额角和高鼻子，有我的眼睛和嘴。

时间缓缓地滑过去，我看看表，已经晚上十点钟了。我知道牧之加班从不会超过十点钟，就放下毛衣，把剩下的半壶咖啡放在电炉上去热了热，准备他临睡前喝一杯。又把浴盆里放好半缸水，我做这一切的时候，心里充满了喜悦和骄傲，自觉是一个很尽职的好妻子。

十点半了，他还没有回来，我有些不安。十一点了，他仍然没有回来，我变得烦躁而紧张了。走到电话机旁边，我拨了一个电话到牧之的办公厅，那边有人接电话了，我紧张地说："请何牧之先生听电话！"

"何牧之？他不在！"

"喂喂，"我叫住了对方，"你们今晚不是加班吗？"

"是的，加班，"对方不耐烦地说，"但是，何先生今天下午就请假没来上班！""喂喂！"我再要说，对方已经把电话挂断了。

我慢慢地放下听筒，慢慢地在椅子里坐下去，呆呆地望着那黑色的电话机，我的脑子还一时不能转过来，牧之从来没有欺骗过我，一下午没上班，这是怎么回事？一定是接电话的人弄错了，一定！我取下听筒，想再拨一个电话过去，刚转了两个号码，门铃尖锐地响了起来，在这寂静无声的夜里，又在我正专心一致的时候，这门铃声吓了我一大跳，接着，我就领悟到是牧之回来了，丢下听筒，我跑向大门，很快地打开门，一面埋怨地叫："牧之，你怎么回事？让我等到这么晚！"

话才说完，我就大吃了一惊，门外站着的，并不是牧之，却是一个黑黝黝的女人！我恐怖地退后一步，心惊肉跳地问："你……你……你是谁？"

那女人站在门外的暗影里，我看不清她，但我却站在门里的光圈中，我相信她已经看清了我。她立刻开了口，声音是清脆而悦耳的："请问，这儿是不是张公馆？"

"张公馆？"我惊魂甫定，明白这不过是个找错门的女人，不禁暗笑自己的胆怯和懦弱，"不，你找错了，我们这儿姓何，不姓张。"

"哦，那么，对不起，打扰了你。"她说，很礼貌，很优雅。

"没关系。"我说，望着她转身走开，在她走开的一刹那，我看清了她穿着件黑色的洋装，大领口，戴了副珍珠项链，头发长长地披垂着，和黑衣服揉成一片，细小的腰肢，完美的身段，还有一张完美的脸，浓郁的眉毛，乌黑的眼睛，很迷人。我关上门，退回到房里。一个找错门的女人，却使我那样紧张，我有些为自己的神经质而失笑了，走回卧室，我才又忧虑起牧之的行踪来。

对着镜子，我模糊地想着那个女人，深夜去拜访别人，不是有一些怪吗？但是，这世界上怪的事情多着呢，我不了解的事情也多着呢，牧之就总说我天真得像个孩子。不过，那女人确实美。我羡慕一切的"美"，也热爱一切的"美"。揽镜自照，我拂了拂满头短发，试着想象自己长发披肩的样子。暗暗和刚才那女人去对比，不禁自叹弗如。美丽是上帝给予女人的好礼物，但不是每一个女人都可以获得的。

十一点半，十二点……牧之仍然没有回来。我变成了热锅上的蚂蚁，在室内大兜起圈子，是什么事情耽误了他？发生了什么？我再拨一个电话到他的办公厅，对方已经没有人来接听，显然办公室里的人都已走了。握着听筒，听着对方的铃声，我心乱如麻。逐渐地，我感到恐怖了起来，几百种不测的猜想全涌进了我的脑子里，他出了事，一定出了事，给汽车撞了，在路上发了急病……种种种种。我似乎已经看到他满身的鲜血，看到他挣扎喘息，我心狂跳着，手心里沁着冷汗，等待着门铃响，等得我神志恍惚，每当有汽车声从我门前经过，我就惊惶地想着："来了，来了，员警来通知我他出事了！"

车子过去了，抛下了一片寂静，我喘口气，头昏昏然，又失望着不是带来他的消息的。我昏乱地在室内乱绕，侧耳倾听任何一点小动静。他不赌钱，不喝酒，是什么因素使他深夜不归？何况这是三年来从没有过的事！不用说，他一定出事了，说不定现在已经死了！死了，躺在街道上，员警们围绕着，翻着他的口袋，想找出他是何许人，是了，这儿有一张名片，何牧之，住在信义路三段，要通知他家里的人去收尸……

门铃蓦地大鸣起来，我惊跳地站着，目瞪口呆，不敢走去开门，来了！员警终于来了，我即将看到他血淋淋的尸体……门铃又响，我再度震动一下，抬起脚来，机械化地挨到门口，鼓足勇气，拉开了门。立即，我闭上眼睛，晃了一晃，就歇斯底里地叫了起来："啊，牧之，你是怎么回事？你把我吓死了，我以为你死掉了，啊，牧之，你怎么回来这么晚？你真该死！你真糊涂，你到哪里去了？你……"

牧之走了进来，我关上门，仍然跟在他后面又叫又嚷。可是，猛然间，我住了嘴，牧之不大对，他始终没有说话，而且，他步履蹒跚，还有股什么味道，那么浓，那么刺鼻子，是了，是酒味！他喝了酒！为什么？我知道他是不喝酒的！他倒进了一张沙发里，我追过去，跪在地板上望着他，诧异而带着怯意地说："牧之，你怎么了？你在哪里喝的酒？你为什么喝酒？"

牧之转头看看我，咧嘴对我一笑，用手揉揉我的头发，朗朗地说："百年三万六千日，一日需倾三百杯！"

"你在说什么？"我皱着眉说。在这一刻，他对我而言，是那么陌生，我觉得我几乎不认得他了。"你今晚是怎么回事？你到什么地方去过了？"

他又对我笑了，这次，他笑得那么开心，就像个心无城府的孩子，他坐起来，拉着我的手摇摆着，高兴地，激动地说："到一个好地方去！是的，好地方！有醇酒、美人、跳舞、歌唱……世界上还有比这个地方还好的地方吗？狐步、华尔兹、探戈、恰恰、伦巴……哈哈，多年以来，我没有这样玩过了，这样纵情……"他笑着，又唱了起来："世间溜溜的女子，任我溜溜地爱哟！……你知道，任我溜溜地爱，任我爱！你明白吗？……"

"牧之，牧之！"我慌乱地说，"你喝醉了吗？你为什么要喝酒？"

"我醉了？"他疑问地说，皱起了眉头，似乎在思索。然后他又豪放地说："醉一醉又有什么关系？人生难得几回醉，不欢更何待？"他又倒回在沙发上，把一只脚架在沙发扶手上，莫名其妙地笑着。笑着，笑着。

他又唱起歌来，尖着嗓子，怪腔怪调的，唱得那么滑稽可笑：

"昨夜我为你失眠，泪珠儿滴落腮边。……"

我摇着他，手足失措地说：

"牧之，别唱，你要把整条街的人都唱醒了！"

事实上，他已经不唱了，他的脸转向沙发的里面，一点声音也没有，我俯过去看他，于是，我骇然地发现两滴亮晶晶的泪珠正沿着他的眼角滚下去。我愣住了，茫然不知身之所在，他流泪了！他！牧之？为什么？他是从不流泪的！我用手摸摸他的手，嗫嚅地说："牧之，你遇到了些什么事情吗？"

他没有说话，我再俯过去看他，他的眼睛闭着，鼻子里微微地打着鼾，他已经睡着了。我呆呆地跪在那儿，好久好久，脑子里空洞迷茫，简直无法把今夜各种反常的事联系起来。许久之后，我才站起身，拿了一床毯子，盖住了他，盖了一半，才想起来应该先给他脱掉鞋子和西装上衣。于是，我先给他脱去鞋子，再吃力地给他剥下那件上衣来，好不容易，总算把那件衣服脱了下来，又把他的身子扳正，让他仰天躺着。但是，他躺正之后，我就又吓了一跳，在他雪白的衬衣领子上，我看到一个清清楚楚的口红印，我俯下身子，想看清楚一些。于是，我发现，口红的痕迹并不限于衣领，在他胸前和面颊各处，几乎遍布红痕，尤其是胸前的衬衫上，除非有一个女性的面颊和嘴唇，在这衬衫上揉擦过，否则绝对不会造成这样惊人的局面。我双腿发软，就势坐在地板上，我的头恰恰俯在他的胸前，于是，我又闻到酒气之外的一种香味，淡淡的，清幽的。虽然我对香水不熟悉，但我也能肯定这是一种高级的香水。我瘫痪了，四肢乏力，不能动弹。我的世界在一刹那间变了颜色，这打击来得这样突然，这样强烈，我是完全昏乱了。

二

早上，我醒了过来，发现我躺在床上，盖着薄被。一时，我脑子里混混沌沌，还不能把发生过的事情回想起来，仰视着天花板，我努力搜索着脑中的记忆。于是，昨夜的事逐渐回到我的脑中：加班的电话，午夜找错门的女人，醉酒的牧之，口红印，香水……我把眼睛转向牧之躺着的沙发，沙发上已空无一人，那么，他已经起来了？我记得昨夜我是坐在他沙发前的地板上，靠在他沙发上的，大概我就那样子睡着了，是他把我搬到床上来的吗？他已经酒醒了吗？昨夜，到底又是怎么一回事呢？

我在室内搜寻他的踪迹，一会儿，他就从厨房里走了出来，他已换了干净的衬衣，剃过胡子，看起来干净清爽，他手里拿着咖啡壶，把壶放在桌子上，他走到我的床边来。我注视着他，等着他开口，等着他解释。他在床沿上坐下来，对我歉疚地笑了笑，却咬着嘴唇，微锁着眉，一语不发。

"牧之，"还是我先开了口，"昨天是怎么回事？"

"昨天，"他思索着，湿润了一下嘴唇说，"在街上碰到一个老朋友，一起去喝了几杯酒。"

就这么简单？我狐疑地望着他，可是，显然地，他并不想多说。我坐起身子来，用手托住下巴，愣愣地说："你那个朋友大概很喜欢用深色的口红。"

他一怔，接着就笑了，他捧起我的脸来说："你已经成了一个害疑心病的小妻子了，是的，昨夜，我们曾到舞厅去跳过舞，舞女都喜欢用深红的口红，你知道。"

但是，舞女并不见得会把口红染在舞客的面颊上，也不见得会用那种名贵的香水。我想说，可是我并没有说，如果他不想对我说实话，我追问又有什么用呢？我凝视着他，就这样一夜之间，我觉得他距离我已经非常非常地遥远了，他不再是我所熟悉的那个牧之了，这使我心中隐隐酸痛，因为我那样怕失去他！"为什么你告诉我你是加班？"我问。

"为了——"他考虑着，"怕你阻止我！不让我去跳舞！"

"为什么不把你的朋友带到家里来？"

"为了——怕给你带来麻烦！"

多么冠冕堂皇的话！我搜索他的眼睛，立刻发现他在逃避我，我知道，再问也没有用了。我转开了头，稚气的泪珠迅速地溢出了我的眼眶，我爱他！我不愿失去他！他是我的一切！多年以来，我依赖他而生，我为他而生，我从没有考虑过有一天他会离开我，更没有想到他会欺骗我，我明白在欺骗、夜归、醉酒、唇印、香味这些东西的后面，所隐藏的会是什么。我不能想，我不敢想，这一切，对我而言，是太可怕了！

牧之坐近了我，他的手绕在我的脖子上，扳过我的脸来，让我面对着他。他皱拢了眉，说："怎么了，忆秋？"

"没有什么。"我说，要再转开头去，但他一把揽住了我的头，把我的头搋在他的胸口，他的面颊倚在我的头发上，用很温存而恳挚的声音说："忆秋，我保证，这是我第一次也是最后一次的夜游不归，以后，我再不会这样晚回来，让你担心。"

"真的吗？"我问。

"当然。"

我抬起头来，对他欣慰地一笑。我不想再去追寻昨夜事情的真相了，我信任他，只要以后没有这种事，那么管他昨夜做了些什么呢！在他不安的眼神里，我看出一份歉疚，有了这份歉疚，也足以抵掉我昨夜为他付出的焦灼和期待了，不是吗？何必再去逼他呢？让他拥有他那一点小小的秘密吧！可是，当我眼波一转之间，却看到刚刚我把脸埋在他胸前而留在他衬衫上的一抹唇痕，我怔了怔，这一丝红印又引起了我强烈的不安和疑惑，难道昨夜曾有一个女人，也像我一样把头紧压在他的胸口？他是我的丈夫，一个不容任何一个女人分占的私有物！除了我之外，谁又有这种权利用嘴唇染红他的衣服和面颊？还有，昨夜他曾流泪，他！流泪！还有，那首小歌："昨夜我为你失眠，泪珠儿滴落腮边……"

这一切不会是偶然的！不会是一件小事！我翻身下床，

他按住我说："起来做什么？"

"给你弄早餐。"我说。

"你再睡一下，别忙，我自己来弄。"

"不，我该起床了。"

做好了早餐，我食不知味地吃着，我发现他也吃得很少，却不住用眼睛打量我，我们彼此悄悄窥探，饭桌上的空气和往常完全不同了，那种沉寂和严肃，又散布着说不出来的一种阴沉，像风暴之前的天空。吃完了饭，他要赶去上班，我和平常一样把他送到房门口。

"多多休息，忆秋。"他也和平常一样地叮嘱着。

"希望你今天晚上没有加班。"我说。

他每天中午是不回家午餐的，因为往返奔波太累，而在公司里包一顿中饭，下午下了班才回家。所以每天早上他去上班，我们就会有一日漫长的别离。他笑了笑，我觉得他的笑容中含满了苦涩和无奈，这使我满心迷惑。然后，他低声说："你放心，今天晚上不会再加班了。"

说完，他在我额角上吻了一下，转身走了。我倚门而立，目送他向巷口走去，他走到巷口，转了一个弯，立即消失了踪影。我又一怔，他忘了一件事，每次他在巷口都要再回头对我挥挥手，这才算是晨间的送别仪式完全结束。但是，今天他没有对我挥手！一件平常做惯了的事，他今天居然会忘记！我转身回房，关上大门，面对着空荡荡的房子，一层阴影由我心底逐渐升起，逐渐扩大，而弥漫在整个空间里。

一整天，我都陷在昏乱和迷惑中。我努力思索，希望想出一点端倪来。我揣测他昨夜的行踪，猜想发生过什么事情。整日心神不属地在室内踱着步子，做什么事都做不下去，那件小毛衣只织了几针，就被抛在沙发椅上，好几次我又心不在焉地坐上去，而让针扎得跳起来，我敏感地觉得，我的世界在一夜之间忽然动摇了，我正像坐在一个活火山的顶端，心惊肉跳地担心着火山的爆发。

午后，我收到卜居在台中的母亲的来信，像一切的母亲一样，她有那么多那么多啰唆而亲爱的叮嘱。尤其对于我未出世的孩子，她有一大套该注意的事项，并且反复告诉我，我分娩前她一定会到台北来照顾我。这使我十分宽慰，因为我一直怕我会难产死掉。有母亲在，我就可以放心了，最起码她有平安生产三个孩子的经验。

看完了信，我在书桌前坐下，想给母亲写一封回信。可是，只写下"亲爱的妈妈"几个字，我就不知该写些什么了，昨夜的事又浮上脑际，我要不要告诉母亲？咬住了钢笔的上端，我沉思了起来。想起许多以前的事，想起我和牧之的认识，恋爱，以至于结合。牧之比我大十三岁。十三，这是个不吉利的数字，可是，我从不考虑这些迷信，中国人说夫妇之间差六岁不吉，外国人盲目地忌讳十三，我对这些完全不管。认识牧之那年，我刚满十七岁，他已三十。那是在父亲一个朋友的宴会中，我还是首次穿起大领口的衣服，首次搽口红，而且，是首次参加社交场合。宴会之后，有一个小型的家庭舞会，女主人牵着我的手，把我带到牧之的面前，笑着说："牧之，教教这位小妹妹跳舞，她是第一次参加舞会，注意，不许让她觉得我们这儿无聊啊！"

我羞红了脸，我不喜欢别人叫我小妹妹，尤其我已穿上大领口的衣服，搽了口红，我就觉得自己是个完全的大人了。牧之对我微笑，教我跳舞，整晚，他安闲地照顾着我，好像他在照顾一个小妹妹。他的沉着、洒脱和宁静的微笑让我心折，仅此一晚，他就撞进我的心里，使我再也无法摆脱了！

我们恋爱的时候，与其说他爱上我，不如说我爱上他，我固执地缠绕在他身边，直到他被我迷惑。然后，我们的生命卷在一起，我是永不可能离开他了。和他结婚之前，母亲和我详谈过一次，她叹口气说："忆秋，你决心嫁他，我无话可说。但是，你不觉得你们年龄相差太远吗？你还只是个孩子呢，你能了解他多少？你敢断定你们以后会幸福？"

"我断定的，妈妈。"

"别太有把握，"母亲苦笑了一下，"你知道他的身世？你知道他的过去？"

"我知道，"我说，"他的父母家人都在大陆，他只身来到台湾，完成了大学教育，然后留学法国学化学……"

"还有呢？"

"没有了。"

"知道得太少了！"母亲说，"你应该再考虑一下。"

"我不用考虑了，"我说，"如果我不能嫁给他，我宁愿死！"

于是，我们结了婚。结婚那年，我十九岁，他三十二岁。婚后三年，日子是由一连串欢笑和幸福堆积起来的，我从没想过，生活里会有任何波折和不幸。母亲一年前迁居台中时，还曾对我说："假若发生了任何事情，千万写信告诉我！"

难道母亲已预测到我们之间会有问题？难道她已凭母性的本能而猜到我要遭遇困难？我握笔寻思，心中如乱麻纠结，越想越紊乱不清了。

一封信写了两小时，仍然只有起头那几个字，收起了信封信纸，我站起身来，倚着窗子站了一会儿，看看手表，是下午四点半。忽然，我想打个电话给牧之，没有任何事情，只是想听听他的声音，以平定我的情绪，也驱走室内这份孤寂。

对方的铃声响了，有人来接，我说："请何牧之先生听电话！"

"何牧之？他下午请了病假，你是哪一位？"

我脑中轰然一响，茫然地放下了听筒，就倚着桌子站着，瞪着电话机。请病假，请病假？这是怎么一回事？他又没有上班？今晚，大概又不会回家！为什么？到底发生了什么？昨夜以前，一切都是正常的。但一夜之间，什么都变了！我木然地呆立着，越是要思想，就越想不清，直到双腿发软，我才摸索地坐到沙发上去。靠在沙发里，我坐了不知道多久，当门铃突然响起来的时候，我大大地吓了一跳。昏乱而神志恍惚地开了门，门外，却出乎意外的是牧之，我诧异地说："怎么，是你？"

"怎么了？"他好像比我更诧异，"当然是我，不是我是谁呢？我下班就回来了，不是每天都这样的吗？"

不是每天都这样的吗？我看看手表，可不是，已经六点钟了，正是他每天下班回家的时间！我看了他一眼，从他的脸上，我看不出什么特别来，假如我不打那个电话，我绝不会怀疑到什么。可是，现在，我的心抽紧了，刺痛了。我转身走进房里，努力控制自己的情绪和脸色。他跟了进来，换上拖鞋，走到桌子旁边，伸手去拿咖啡壶，我才猛然想起今天竟忘了煮咖啡！

我"哦"了一声说："真糟！我没有煮咖啡！"

"咖啡用完了吗？"他问。

"不是，是我忘了！"

"哦，"他望望我，眼睛里有抹刺探的神色，"没关系，等下再煮好了！"

我走进厨房，围上围裙，想开始做晚饭，今天已经开始得太迟了！把冰箱里的生肉拿出来，才又想起竟忘了出去买一点蔬菜，扶着桌子，对着菜板菜刀，我突然意兴索然，而精神崩溃了。我顺势在一张小凳子上坐下来，用手托住头，心慌意乱，而且有一种要大哭一场的冲动。牧之走了进来，有点吃惊地说："你怎么了，忆秋？"

"没什么，"我有些神经质地说，"我头痛，今天什么都不对劲，我不知道。我觉得有什么事发生似的！"

他俯下身来看我，轻轻地用手按在我的肩上，安慰地说："别胡思乱想，会有什么事呢？起来，我们出去吃一顿吧！你也太累了，该好好休息，明天我到介绍所去找一个下女来，再过两个月你也要分娩了。"

我没有动，他把我拉起来，吻吻我的额角说："来，别孩子气，出去吃晚饭去！"

我一愣，我又闻到那股淡淡的香味！我把面颊贴近他，深深地呼吸了一下，一点都没错，那股香味！我下意识地用眼睛搜寻他的衣领和前胸，没有口红印！但是，香味是不会错的。我转开头，借着解围裙的动作，掩饰了我的怀疑、恐惧和失望。

　　和牧之走出家门，我习惯性地把手插进他的手腕里，我的手无意间插进了他的西装口袋，手指触到了一样冷冰冰的东西，我心中一动，就不动声色地握住了那样东西。趁他不注意，我抽出手来，悄悄地看了一下，触目所及，竟是一只黑色大珍珠的耳环，我震了震，一切已经无须怀疑了，我把那耳环依然悄悄地送回了他的口袋，心却不住地向下沉，向下沉，一直沉到一个无底的深渊里。

　　这天夜里，当牧之在我身边睡熟之后，我偷偷地溜下床来，找到了他的西装上衣，我像个小偷一般掏空了他每一个口袋，怕灯光惊醒了他，我拿着那些东西走进客厅里，开亮了灯仔细检查。那只黑耳环原来是一对，一对耳环！在一个男人的口袋里，为什么？或者是开关太紧了，戴的人不舒服而拿下来，顺手放在她同伴的口袋里。我自己不是也曾把太紧的耳环取下来，放在牧之口袋里吗？或者因为它碍事而取下来，碍事！碍什么事？我浑身发热了！放下这副耳环，我再去看别的东西，全是些不关紧要的，可是，内中却有一张揉皱了的小纸条，我打开来，在台灯昏黄的光线下，看出是一个女性娟秀的笔迹，潦草地写着几行字：

牧：

　　仔细思量，还是从此不见好些，相见也是徒然，反增加数不尽的困扰和痛苦。今天，请不要再来找我，让我好好地想一想。牧，人生为什么是这样子的呢？为什么？为什么？我该责备谁？命运吗？牧，我们彼此钟情，彼此深爱，为何竟无缘至此？

　　昨夜你走后，我纵酒直到天亮，暗想过去未来，和茫茫前途，不禁绕室徘徊，狂歌当哭。酒，真是一样好东西，但真正醉后的滋味却太苦太苦！

文

　　我握着这张纸条，昏昏然地挨着桌子坐下，把前额抵在桌子边缘上，静静地坐着，一动也不动。这张纸条向我揭露一切，证实一切，我的天地已失去了颜色，我的世界已经粉碎，没有什么话好说了，没有什么事好做了，当你在一夜之间，突然失去了整个世界，你还能做些什么呢？

　　牧之在卧室里翻身，怕惊动了他，我灭掉了灯，我就在黑暗中呆呆地坐着，一任我的心被绞紧，被压榨，被揉碎……我无法思想，无法行动，只感到那种刺骨的内心的创痛正在我浑身每个细胞里扩散。

　　我不知道别的女人做了我会怎么办。我向来缺乏应付事情的能力，婚前，任何事情都有父母为我做主，婚后，我又一切依赖着牧之。以前母亲常说我没有独立精神，是个永不成熟的孩子。而今，这件事突如其来地落在我头上，顿时让我不知所措。最初的激动和刺伤之后，我开始冷静了下来，我知道我不能和牧之争吵，虽然我并不聪明，但我知道一件事："争吵"绝不会挽回一桩濒临破裂的婚姻。而我，是绝对无法揣想将牧之拱手让人的滋味。于是，在各种矛盾的思潮中，最先到我脑中的思想就是：找出那个女人来！至于找到那个女人之后，我该做些什么，我就完全不知道了。

我度过了神经质的三天，三天中我做错了任何一件事，每到下午，我就情不自禁地要打电话去找牧之，三天中有两天他都在，有一天不在，而那天我又敏感地闻到那股香水味，于是，我开始觉得，室内到处都染上了那股香味，甚至连厨房用具上都有，这股香味迫得我要发疯。第四天中午，我冲出了家门，一口气跑到牧之公司的门口，在公司对面的一个小食堂里坐下，蓄意要等牧之出来，要跟踪他到那个女人那里。可是，我白等了，他并没有离开公司。

我等了四天，终于把他等出来了。看到他瘦长的个子走出公司的玻璃大门，犹疑地站在太阳光下，我紧张得心脏都要跳出了胸腔。他立定在那儿，左右看了看，招手叫了一辆三轮车，我抛了十块钱在餐桌上，冲出食堂，立即跳上一辆流动车子，对车夫指指牧之的车子说："跟住那一辆，不要给他们发现！"

车夫对我好奇地看了一眼，就踩动了车子。我们两辆车一前一后地走着，由衡阳街到重庆南路，一直走向杭州南路的住宅区，最后，停在一栋小小的日式房子前面。我目送牧之走进了那栋房子，才付了钱跨下车来。

这栋房子是标准的日式建筑，外面一道只有三尺高的围墙，可以从墙外一直看到里面，墙内有个小院子，堆着几块山子石，石边栽着几蓬棕榈树，从棕榈树阔大而稀疏的叶子的隙缝中看进去，就可一目了然地看到这房子的客厅，客厅临院子的大窗是完全敞开的。我倚墙而立，紧张地注视着里面，生平我没有做过这样奇怪的事，不安和激动使我浑身发软。

我看到牧之走进客厅，一个下女装束的女人给他倒了杯茶，立即，有个女人从里面闪了出来，牧之迅速地回转身，和她面对面站着，他们隔得很远，两人都不移动，只默默凝视。我屏息而立，竭力想看清那个女人，但距离太远，我只能看到她披着长发，穿着一袭黑衣，这装束给我一个似曾相识的感觉，但我知道我不可能见过她。他们相对凝视，我觉得他们已经凝视了一个世纪那么长久，我站得两腿发酸，而他们的凝视似乎永无结束的时候。那女的一只手拿着一柄发刷，另一只手扶着门，像生根一般伫立在那儿。然后，我看到牧之突然跌坐在一张椅子里，俯下了头，用双手紧紧地蒙住了脸。我虽站在墙外，都可听到他的啜泣声，一种男人的啜泣，那么有力，那么沉痛，那么充满了窒息和挣扎。我为之骇然，因为我从没想到牧之会哭泣，这哭声使我战栗痉挛。然后，我看到那女人的发刷落在地上，她对他跑过去，跪在他面前，一把揽住了他的头，他们两颗黑色的头颅相并相偎，却各自沉默着不发一语。我的呼吸变得那么局促，手心里湿漉漉的全是冷汗。我无法再看下去，转过身子，我像患了重病般把自己的身子挪出了巷口，叫了一辆车，勉强支持着回到家里。

家，这还是我的家吗？我的丈夫正缱绻在另一个女人的身边！我在床上平躺下去，用一条冷毛巾覆在额上，我周身发着热，头痛欲裂。我努力要禁止自己去思想，但各种思想仍然纷至沓来。看他们的情况，相恋如此之深，绝非一日半日所能造成，唯一的解释，是他们原是一对旧情侣，却突然重逢而旧情复炽。牧之的啜泣声荡漾在我耳边，敲击在我心上，一个男人的眼泪是珍贵的，除非他的心在流血，要不然他不会流泪，而他的泪流向另一个女人，不为我！我心中如刀绞般痛楚起来，我开始看清了自己既可悲又可怜的地位，守着一个名义上的"何太太"的头衔，占有了牧之一个空空的躯壳，如此而已。牧之，牧之，这名字原是那么亲切，现在对我已变得疏远而陌生了。

我一直躺到牧之回家的时候，他的气色很坏，我相信我的也一样。他身上的香水味使我头晕，我逃避地走进卧室里，他扬着声音问："忆秋，咖啡呢？"

"我忘了！"我生硬地说，语气里带着点反叛的味道，这是我自己也无法解释的情绪，我想到他在那个女人的屋里，她倒茶给他喝，他不是也照喝吗？回到家里就要认定喝咖啡了！

牧之走了进来，用他的眼睛搜寻着我的眼睛。

"忆秋，怎么回事？"他问。

"没什么，就是我忘了！"我在床沿上坐下来，回避着他的视线，仿佛是我犯了什么过失而被他抓到似的。

"好吧！"他声音里有一丝不满，却明显地在压制着，"我自己来煮！"

他走出屋子，我心中惨痛，失去他的悲切中还混杂了更多被欺骗的愤怒。他爱那个女人，我知道，他从没有像凝视那个女人那样凝视过我，从没有！这使我感到无法忍耐的愤恨和嫉妒，我坐在床沿上，咬着嘴唇和自己的痛楚挣扎，牧之又折了回来，不耐地说："忆秋，你没有做晚餐吗？"

"我忘了。"我有气无力说。

牧之凝视着我，他的眼睛里满布猜疑。

"你病了吗？"他问。

"没有。"

"有什么不对？"

我直视着他，我要听他亲口告诉我！

"今天下午你没有上班，你到哪里去了？"我问。

"上班？"他皱眉，"哦，你打过电话去？"

"是的。"

"最近你好像对打电话发生兴趣了！"他冷冷地说。

"只是对你的行踪发生兴趣！"我大声说，被他的态度所刺伤了。

"我的行踪？"他一怔，立即说，"哈，忆秋，你什么时候害上疑心病的？"

"你别想唬我，"我生气地说，"你自己的行动你以为我不知道！"

"我的行动？我的什么行动？"他板着脸问，但不安却明写在他的脸上。

"我知道你有一个女人,"我干脆拆穿了说,"我要知道那是谁?"

"一个女人!"他喊,喘了口气,"忆秋,你别瞎疑心!"

"我不是瞎疑心!"我叫,"我要知道那个女人是谁?那个不要脸地霸占别人丈夫的女人!那个风骚而无耻的女人!她是谁?是舞女?妓女?还是交际花?……"

牧之向我冲过来,在我还没有来得及辨明他的来意前,他反手给了我狠狠的一耳光,他抽得我头发昏,耳鸣心跳,眼前发黑,我踉跄地抓住床柱,以免跌下去,吸了一大口气,我抬起头来,牧之却一转身向室外走,我听到他走出大门,和门砰然碰上的声音,我知道他走了!走出了我的生活和生命。我扑倒在床上,头埋进枕头里,用牙齿咬紧枕头,以阻住我绝望的喊声。

牧之深夜时分回来了,带着一身的酒气,带着踉跄的醉步,和满嘴的胡言乱语。我躺在床上,看着他倒在地板上呼呼大睡,我没有理他。第二天,我醒来的时候,已是上午九点钟,他去上班了,桌上有他留的一张字条:

忆秋,请原谅我。十点钟我打电话和你谈。

我没有等他的电话,在经过半小时左右的思索和伤心之后,我决心要采取一项行动。是的,我一直是个长不大的孩子,而今,我必须独自去解决这个问题!我必须训练自己成长，训练自己面对现实！梳洗之后，我换了一件干净的"孕妇装"，镜子里反映出我浮肿而无神的眼睛，脸色是苍白的，神情却是使我自己都感到陌生的落寞。我在镜子前面站了一段很长的时间，暗中计划见到那个女人之后要说些什么。责备她？骂她霸占别人的丈夫？还是乞求她？乞求她把我的丈夫还给我？头一项我可能行不通，因为我从不善于吵架，第二项就更行不通，因为我天性倔强，不轻易向人低头的。但是，无论如何，我还是先见见她再说，我倒要看看她，到底是怎么样的一个女人！

叫了一辆三轮车，我来到了那栋坐落在杭州南路的小巷中的日式房子前。压制自己激动的情绪，我按了门铃，是昨天那个下女开的门，她打量着我问："你找谁？"

我愣住了，只得说："小姐在不在？"

"小姐还没起来。"

我看看表，已经是十点钟，真会睡呀！我一脚跨进院子，不知是从哪儿跑出来的一股冲劲和怒气，我直向室内走，一面昂着头说："告诉你们小姐，有人要见她！"

我不待她回答，就脱掉鞋子，走上了榻榻米，又一直走进了客厅。客厅中的陈设雅致洁净，一套紫红色的沙发，一个玻璃门的书架，书架上放着一盆早菊。墙上挂着几张印刷精美的艺术画片，有一张裸妇显然是雷诺的，看样子这并不像一个欢场女人的房子。我在沙发上坐下来，那下女狐疑地望望我，就走进了里间。我靠在椅子中，虽然有一股盛气，却感到忐忑不安。直觉中也自认为我的行动有些鲁莽，我到底凭什么来责问别人？如果她一口否认，我又怎么办呢？

一阵熟悉的香味绕鼻而来，我迅速地抬起头，顿时眼前一亮，我面前亭亭地站着一个黑衣服的女人，长发垂肩，苗条袅娜，正用一对晶莹的眼睛凝视着我。我一时之间神志恍惚，努力在我记忆中搜索，我可以肯定自己见过这个女人，但想不出来在什么地方见过。她却对我轻盈地笑了笑，笑容中含有一抹说不出来的忧郁，然后她说："何太太，你的来意我明白，让您跑一趟，我实在很抱歉。"

何太太！她居然知道我是谁！我目瞪口呆地望着她，完全不知道该怎样回答她。

"何太太，"她在我对面坐下来，又凄然地一笑，颇为寥落地说，"我们见过一次。你忘了？那天夜里，有一个找错门的女人！"

我大大地一震，对了！我想起来了，就是那个女人，那个找错门的女人，看样子，那天是有意的安排，而不是真的找错了门！果然，她自己承认了："那天，我是有意去看看你的。何太太，你比我想象里更年轻，更纯洁，更宁静。我相信你会是一个很温柔很可爱的妻子。"

我愕然。一开始，我好像就处在被动的地位了。她的神情语气控制了我。尤其，她身上有一种超凡脱俗的气质，一种儒雅的风味，我立即明白了，我不可能和她竞争，因为她比我强得太多！她一定会胜利的，我已经完了！我知道，知道得太清楚，我将永无希望把牧之从她的手里抢回来，永不可能！认清了这一点之后，我心中就泛起一股酸楚，酸楚得使我全身发冷，使我额上冷汗涔涔，而眼中泪光模糊了。我想说话，说几句大大方方的话，说几句冠冕堂皇的话，我不愿意表现得这么怯弱。可是，我已经无法控制自己了，眼泪沿着我的面颊滚滚落下去，我无措地交叠着双手，像个被老师责骂了的小学生。

她迅速地走到我面前，像昨天我看到她安慰牧之时那样在我面前的榻榻米上跪下来，用双手环抱住了我，急迫而恳切地说："何太太，请不要！我不是有意要伤你的心！真的，我不是有意……只是，这个时代……这个……"

突然间，她哭了起来，哭得比我更伤心，她跪在我面前，用手掩住了脸，哭得肝肠寸断。这哭声带着那么深的一层惨痛，使我绝不可能怀疑到她在演戏。她这一哭倒把我哭得愣住了，我惶惑地说："你……你……你怎么……"

她扬起了脸来，脸上一片泪痕，带泪的眼睛里却狂热地燃烧着一抹怨恨。她激烈地说："你到这儿来，我知道，你要责备我抢了你的丈夫，责备我和有妇之夫恋爱！但是，我要责备谁呢？我能责备谁呢？你看得到你身上的创伤，谁看得到我身上的创伤呢？如果是我对不起你，那么谁对不起我呢？谁呢？谁该负责？这世界上的许许多多悲剧谁该负责？你说！你说！你怪我，我怪谁？"

我瞠目结舌，不知所措。她跳了起来，冲进内室，我听到她开壁橱在翻东西的声音。一会儿，她拿了一个小镜框出来，走到我面前，把那个镜框递在我手上。我错愕地接了过来。拿起来一看，我就像一下子被扔进了一个冰窖里，浑身肌肉全收缩了起来。这是张陈旧的照片，虽然陈旧，却依旧清晰。照片里是一个披着婚纱的少女，捧着新娘的花束，脸上有个梦般的微笑，不用细看，我也知道这就是她！这个正坐在我对面的女人！而这照片里的新郎，那个既年轻又漂亮的新郎，那宽宽的额和嫌大的嘴，那挺直的鼻梁……给他换上任何装束，我都决不会认错——那是何牧之！我的丈夫！照片下角有一行字：

一九四九年春于上海。

照片从我手里滑落到地下，我呆呆地望着她，所有的思想意识都从我躯壳里飞去，我是完全被这件事实所惊呆了！她从地下拾起了那张照片，轻轻地抚摸着镜框上的玻璃，她已恢复了平静，嘴角浮起了那个凄恻而无奈的微笑。她没有注视我，只望着那镜框，像述说一件漠不相关的事情那样说：

"我们结婚的时候，上海已经很乱了，就因为太乱，我们才决定早早结婚。婚后只在一起住了一个月，他就要我先离开上海，回到他的家乡湖南，那时都有一种苟且心理，认为往乡下跑就安全。他留在上海处理一些事情，然后到长沙来和我团聚。可是，我刚离开上海，上海失守了，我到了湖南，等不到他的消息，而湖南岌岌可危，我只有再往南面跑，这样，我就到了香港，和他完全失去了联络。"

她顿了顿，看了我一眼，继续说："我在香港一住五年，总以为他如果逃出来，一定先到香港，我登过寻人启事，却毫无消息。后来我到了台湾，也登过寻人启事，大概我找寻他的时候，他正好去了法国，反正阴错阳差，我们就没碰到面。直到一星期以前，我在衡阳街闲逛，看到他从公司里出来，到书摊去买一本杂志……"

不用她再说下去，我知道以后的事了，那就是牧之醉酒回家，又哭又唱的那天。我注视着她，她依然凄恻地微笑着望着我。我心内一片混乱，这个女人！她才是牧之的妻子！人生的事多可笑，多滑稽！我责备这个女人抢了我的丈夫，殊不知是我抢了她的丈夫！哦，这种夫妻离散的故事，我听过太多了，在这个动乱的大时代里，悲欢离合简直不当一回事。但是，我何曾料到自己会在这种故事里扮演一个角色！

我们默然良久，然后我挣扎着说："牧之不应该不告诉我，我一直不知道他曾经结过婚。"

"他告诉过你的母亲！当然你母亲并没料到我们会再重逢。"

啊！原来母亲是知道的！怪不得母亲总含着隐忧！我站起身来，勉强支持着向门口走，我脑子里仍然是混沌一片，只觉得我已无权来质问这个女人，我要回家去。走到门口，她也跟了过来，她用一只手扶着门，吞吞吐吐地说："何太太，我……"

何太太！我立即抬起头来说："你不用这样称呼我，这个头衔应该是你的。"

她凄然一笑，对我微微地摇摇头，低低地说："我不知道该怎么做，你们已经过得很好，而且你已快做妈妈了……"

她望了我的肚子一眼，又说："你不知道，这么多年来，我先做交际花，后沦为舞女，在你们面前，我实在自惭形秽……我知道，我已配不上……"她的声音哽住，突然转过身子，奔向室内。我默立片刻，就机械地移转脚步，离开了这栋房子。

室外的阳光仍然那么好，它每日照耀着这个世界，照着美好的事物，也照着丑恶的事物，照着欢笑的人们，也照着流泪的人们。世间多少的人，匆忙地扮演着自己可悲的角色！我在阳光下哭了，又笑了。哭人类的悲哀，笑人类的愚蠢。

我不知道自己是怎么回到家里的，一进家门，我就倒在地板上，昏沉沉地躺着。躺了一会儿，我挣扎地站起身来，走进卧室，从壁橱里搬出一口小皮箱，倒空了里面的东西，开始把衣橱里我的衣物放进皮箱里去。我忙碌而机械地做这份工作，脑子里只有一个单纯的思想，牧之是属于那个女人的，我无权和她争夺牧之，现在，他们一个找到了失去的妻子，一个获得了离散的丈夫，这儿没有我停留的位子了，我应该离去，尽快地离去。我的箱子只收拾了一半，一阵尖锐的痛楚使我弯下了腰，我抓住了椅子，咬紧嘴唇，让那阵痛苦过去。痛苦刚刚度过，另一阵痛楚又对我袭来，我体内像要分裂似的撕扯着，背脊上冒出了冷汗。我向客厅走，预备打电话给牧之，可是，才走到卧室门口，一股巨大的痛楚使我倒在地下，我本能地捧住了肚子，发出一声绝望的喊声，我知道发生了什么，我的孩子又完了，痛苦使我满地翻滚，除了痛之外，我什么都无法体会了。就在这时，有人冲进了屋里，一只有力的手托住了我的头，我看到牧之惊惶失色的眼睛："忆秋，你怎么了？我打了一个上午的电话都没有人接，你怎么样？你收拾箱子做什么？"

"成全你们！"我从齿缝里蹦出了这四个字，就在痛苦的浪潮里失去了知觉。

我醒来的时候，发现自己正躺在医院里，四周是一片干干净净的白色。牧之坐在我床边的椅子里，看到我醒来，他对我挤出一个勉强的微笑，我试着想移动自己，想体会出我身体上的变化，主要是想知道我有没有保住那个孩子。牧之迅速地按住了我说："别动，忆秋，他们刚刚给你动过手术，取出了孩子，是个小男孩。"

我没说话，眼泪滑出了我的眼睛，他们取掉了我的孩子，我又失去了我的小婴儿！我是多么渴望他的来到，期待着他的降生，但是，他们取掉了他！我的孩子！我早已担忧着的孩子！有他父亲的宽额角和高鼻子的小男孩，我转开头，低低地啜泣起来。

"忆秋，"牧之俯下身来，他的嘴唇轻轻地在我的面颊上摩擦，"别哭，忆秋，是我不好，我对不起你，我向你保证，以后一切都会好转了。"

我望着他，他的眼睛和我的一样潮湿，他的声调里震颤着痛苦的音浪。我几乎已忘记了那回事。现在，我才记起那个女人，和我们间错综复杂的纠葛。我闭上眼睛，新的泪又涌了出来，我低低地说："你为什么不告诉我？不告诉我她是你的妻子。"

"我不能。"他说，"我不能惊吓你，你是那样柔弱的一个小女孩。我应该好好地保护你，爱惜你，我怎么忍心把这事告诉你呢？"

"那么，你……"我想问他预备怎么办，他显然已明白我未问出的话，他立刻用双手握住我的手，紧紧地把我的手合在他两手之间，含着泪说："别担心，忆秋，她已经走了。"

我一惊。我知道他说的"她"是指谁。我问："走了？走到哪里？"

他摇摇头，不胜恻然。

"我不知道。"他轻轻地说。

我望着他，他紧咬着唇，显然在克制自己。痛苦燃在他的眼睛，悲愁使他的嘴角向下扯，我知道他的心在流血。那天他在她那儿的啜泣声犹荡漾在我的耳边，他爱她！我知道！我用舌头舔舔嘴唇，说："她不会离开台湾，台湾小得很，你可以找到她！"

他注视我，眼光是奇异的。

"不要这样说，"他握紧我的手，"离开你，对你是不公平的！"但是，这样对她又是公平的吗？这世界上哪儿有公平呢？到处都是被命运捉弄着的人。

"忆秋，别胡思乱想了，好好地把身体养好，我们再开始过一段新生活。"

我不语，心中凄然地想着那个悄然而去的女人，想着她的悲哀、我的悲哀，和牧之的悲哀，也想着在这动乱的时代中每一个人的悲哀。我特别地同情我自己一些，因为我刚刚失去一个孩子，和半个丈夫。

一声"呱呱"的儿啼使我一惊，抬起眼睛，我看到一个白衣护士抱着一个小婴儿走了进来，那护士走到我床前，把婴儿放在我的身边，抚摸着我的头说："一切都很正常，没有热度了，也该让孩子和妈妈见见面了！"

孩子！谁的孩子？我惊愕地望着我身边那个蠕动的小东西，嗫嗫嚅嚅地说："这孩子……是……是谁的？"

"怎么？"牧之诧异地说，"这就是我们的儿子呀，我不是告诉你了，医生动手术给你取出了一个男孩子！"

"什么！"我叫了起来，"他是活的吗？我以为……我以为……哦，你没有告诉我他是好好的！"我说着哭了起来，哭完了又笑，笑完了又哭，牧之拍着我的手，让我安静下来，但他自己也是眼泪汪汪的。

我转头凝视着我的儿子，这个提前了两个月出世的小家伙看来十分瘦小，但那对骨碌碌转着的大眼珠却清亮有神。他确实有牧之的宽额角和高鼻子，有我的眼睛和嘴，我望着他，又想哭了。

"忆秋，他长得真漂亮，是不是？"牧之说。

我望着他，怜悯而热爱地望着他。在我的儿子面前，我忽然觉得我自己一下子成熟起来了。我知道，我们的故事还没有完结，这个矛盾还没有打开。那个女人仍然生活在他的心底，啃噬着他的心灵，痛苦还会延续下去……不过，我已经有了儿子，对于一个女人，有什么事能比做了母亲更骄傲呢？而那个女人，仍然是孤独而一无所有的……命运待她比我更不公平！如今，我已经是母亲了，我长大了，成熟了，许多事我也该有决断力了！我抱紧了怀里的婴儿，含泪注视着牧之黑发的头——他正俯头凝视着孩子——我知道我该怎么办了。

烛
光

我认识何诗怡是在我到××学校教书的时候，我教的是三年级甲班，她教的是三年级乙班。大概由于教的东西类似，遭遇的许多问题也类似，而且，在教员办公室我们又有两张贴邻的书桌，所以，我们的友谊很快地建立了。我们以谈学生，谈课本编排，谈儿童心理，谈教育法开始，立即成了莫逆之交。同事们称我们作两姐妹，许多学生弄不清楚，还真以为我是她的妹妹呢！

何诗怡是个沉静苍白的女孩子，很少说话，而且总显得心事重重的样子。她给人最初的印象，仿佛是冷冰冰、十分难接近的。可是，事实上满不是那么回事，和她相处久了，就会发现她是非常热情的，尤其喜欢帮别人的忙。记得我刚到校没多久，就盲肠开刀住进了医院，她义务地代下了我全部的课程，事后还不容我道谢。她长得并不美，但有一对忧郁而动人的眼睛，和一副若有所思的神态。她个子比我高，修长苗条，有玉树临风之概。我总觉得她心里有一份秘密，这秘密一定是很令人伤心的，所以她才会那么忧郁沉静，肩膀上总像背着许多无形的负荷。果然，没多久，这秘密就在我眼前揭开了，使我对她不能不另眼相看。

那天黄昏，降完了旗，我和她一起走出校门。她问我愿不愿意到她家里去坐坐，我欣然答应。于是，我们沿着街道缓步而行，她的家距离学校不远，在厦门街的一条巷子里。到了房门口，她欲言又止地看看我，终于说："我父亲在我两岁的时候就过世了，现在我和母亲住在一起。"

她敲敲门，过了半天，门才打开了。开门的是个白发皤皤的老太太。

何诗怡向我介绍说："这是我母亲。"一面对老太太说："这是唐小姐，就是我跟你提过的那位唐小姐，在学校里，他们说她像我的妹妹呢！"

我弯弯腰叫了声"伯母"。老太太微笑地盯着我看，我发现她的眼睛十分清亮。虽然背脊已经佝偻，行动也已显得呆滞，但，仍可看出她年轻的时候是个很精明干练的女人。我们走进大门，这是栋小小的日式房子，进了玄关，就是间八席的小客厅。从客厅里的陈设看，她们家庭的境况相当清苦，除了四张破旧的藤椅和一张小茶几之外，真可说是四壁萧然。屋角有张书桌，书桌上有张年轻男人的照片，另外，墙上还挂了一张全家福的照片，从照片的发黄和照片人物的服装看，这张照片起码有二十年的历史了。坐定之后，老太太十分热心地说："诗怡，去泡杯茶来，用那个绿罐子里的香片茶叶吧！”

"啊，伯母，您别把我当客人吧！"我说，有点儿不安，因为老太太那对眼睛一直笑眯眯地望着我，在慈祥之外，似乎还另含着深意。

"你知道吗，琼？"何诗怡喊着我说，一面望着我笑，"绿罐子的茶叶是妈留着招待贵宾用的呢！"

我更加不安了，对于应酬，我向来最害怕，别人和我一客气，我就有手足无措之感。老太太笑了，说："诗怡，你说得唐小姐不好意思了！"然后，她关切地问我："唐小姐年纪还很小嘛，已经做老师了？"

"不小了，已经满了二十岁。"我有点腼腆地说。

"哦，比我们诗怡小了三岁，比诗杰整整小了八岁！"

何诗怡端了茶出来，微笑地向我解释："诗杰是我三哥，喏，就是书桌上那张照片里的人。"

我下意识地望了那张照片一眼，是个非常漂亮的男人，浓眉英挺，眼睛奕奕有神。老太太眼睛立即亮了起来，有点激动地说："哦，诗怡，把照片拿过来给唐小姐看看。"

"哎，妈妈，人家又不是看不见。"何诗怡噘噘嘴说，带着点撒娇的味儿，一面瞥了我一眼，眼光里有点无可奈何。奇怪，我觉得在家里的何诗怡和在学校里的何诗怡像两个人，学校里的她忧郁沉静，家里的她却活泼轻快。她又看了我一眼，说："三哥是妈妈的宝贝，不管谁来了，她就要把三哥搬出来，妈妈只爱儿子不爱女儿！"

"谁说的！"老太太笑了，"我待你们还不都是一样！"

"总之，稍微偏心儿子一点。"何诗怡对我挤挤眼睛，"来生我们都投生做男孩子！"

我笑了，老太太和何诗怡也笑了。只是，何诗怡笑得不太自然，我暗中诧异，她好像真在和她的哥哥吃醋呢！

"诗杰现在在高雄一个什么机械公司做事，"老太太向我解释，"他去年才从成大电机系毕业，毕业之后马上就做了事，连家都来不及回一趟。"老太太摇摇头，似乎有点不满："我叫诗怡写信要他回来，他说回来工作就没有了。诗杰这孩子！就是事业心重！不过，男儿志在四方，他能看重事业也是好事！"老太太又点点头，颇有赞许的意味。

"他没有受军训？"我问，奇怪！怎么大学毕业就能做事。

"什么军训？"老太太不解地问。

"他不必受军训的。"何诗怡急忙插进来说，一面瞪了我一眼，好像我说错了话。马上又说："琼，你来看看我们这张全家福的照片，找找看哪一个是我？"

我跟着她走到墙上那张照片底下，老太太也哆哆嗦嗦地走了过来。那张照片正中坐着一对四十几岁的夫妇，不难认出那个女的就是何老太太。后面站着两个男孩子，大的十五六岁，小的十二三岁。前面呢，男的抱着个小男孩，女的搂着个小女孩。何诗怡指着那个小女孩，对我说："这就是我，才只一岁半，这是我爸爸，他抱的就是三哥。"

"后面是我的两个大孩子，"老太太说，叹了口气，"可怜，那么年轻，倒都死在我前面！"

"妈妈，您又伤心了！"何诗怡喊，"那么多年前的事，还提他做什么！"她转头对我说："我大哥是空军，死在抗战的时候，我二哥从小身体不好，死于肺病。我爸爸……"她停顿了一下："死于照这张照片后的三个月。"她回过头来，热情地望着老太太："哦，琼，我有个最伟大的妈妈。"

我站着，不知说什么好，从一进门起，我心中一直有种异样的感觉，现在，这感觉变得强烈而具体。我望着面前这个白发皤皤、老态龙钟的老人，在她的眼底额前，我看出许多坎坷的命运，也看出她那份坚毅和果决。她又叹了口气，说："我对不起他们的父亲，他留给我四个孩子，可是我只带大两个，他爸爸临死的时候，对我说，田地可以卖，房产可以卖，孩子一定要好好受教育，好好养育成人……"

"哦，妈，你已经尽了全力了！"何诗怡说，"想想看，你现在有三哥，还有我呢。"

老太太爽朗地笑了，摸摸何诗怡的头说："是的，我还有诗杰和你！"她眼中的那一份哀伤迅速地隐退了，挺了挺已经弯曲的背脊，一种令人感动的坚强升进了她的眼睛。她看着我，转变了话题："唐小姐兄弟姐妹几个？"

"三个。"我说。

我们很快地谈起了许多别的事，包括我的家庭和学校的趣事。老太太对我非常关心，坚持要我在她家里吃晚饭。饭后，老太太仍然精神很好，话题又转到她那个在高雄做事的儿子身上。她讲了许多他小时候的趣事，和每个老太太一样，何老太太也有一份唠叨和说重复话的毛病，但是，我听起来却很亲切有趣。当我告辞时，老太太一再叮嘱着："唐小姐要常来玩呀！我要诗怡写信给诗杰，要他近来回家一趟，这孩子什么都好，就是对交女朋友一点也不关心，到现在还没有一个女朋友呢！"

老太太的话说得太露骨，我的脸蓦地发起烧来，何诗怡跺了一下脚说："妈，您怎么的嘛。"

老太太有点不好意思地呵呵笑了。何诗怡对我说："天太黑，路不好走，我送你一段！"

我们走出门，老太太还在身后叮嘱着我去玩。带上了房门，我们走出巷子，到了厦门街上，何诗怡一直沉默着，沉默得出奇。厦门街拥挤嘈杂，灯光刺眼，我要何诗怡回去，她才突然说："我们到河堤上去走走吧！"

看样子她有话要和我谈，于是，我跟她走到萤桥的河堤上。堤边凉风轻拂，夜寒如水。我们默默地走了一大段路，又下了堤，在水边走着，水面星星点点地反射着星光，别有一种安静凄凉的味道。因为不是夏天，水边没有什么人，也没有设茶座，幽静得让人心慌。

"医生说，我母亲度不过今年夏天。"何诗怡突然说，她的声音在这静谧的环境里显得特别森凉。

"什么？"我吓了一大跳，那个精神矍铄的老太太？

"她有严重的心脏病，医生说，最多，她只有半年的寿命了！可是，她自己并不知道。"何诗怡静静地说，在水边的一块石头上坐了下来，我身不由己地坐在她身边。

"那么，你三哥知道吗？"我问。

突然间，她把头扑进了掌心里，哭了起来。我用手抚住她的肩，不知道该说什么好。半天之后，还是她自己克制住了，她用手帕擦擦眼睛，怔怔地望着河水，夜色里，她的眼睛亮得出奇。

"我没有三哥。"她轻轻地说，"三哥，去年夏天已经死了！死在高雄西子湾。"

"什么？"我张大了眼睛，不敢相信我所听到的。

"他们几个要好的同学去旅行，他本来很善于游泳，可是，仍然出了事，淹死的单单是我三哥！"她仿佛在笑，月光下，她的脸苍白得像一尊石膏像。"琼，冥冥中真有神吗？命运又是什么？我母亲守了二十几年寡，没有带大一个儿子！"

我愣在那儿，被这件事所震撼住，不能回答一句话。

"他的同学打电报给我，"她继续说，"我骗妈妈要去环岛旅行，独自料理了三哥的后事，感谢天，半年了，我还没有露出破绽，妈妈不识字，我每星期造一封假信，寄到高雄，再从高雄寄回来给她，她把信全放在枕头底下，有朋友来就要翻出来给人看。哦，妈妈，她一直在希望三哥早点结婚，她想抱孙儿！"

她把头埋在手心里，不再说话，我坐在旁边，用手环住她的腰，也说不出话来，风从水面掠过，吹皱了静静的河面，月亮在天空中缓缓移动，我呆呆地注视着月亮，想着何诗怡刚刚的话："冥冥中真有神吗？"

从这一夜起，我参与了何诗怡的秘密。我成了何家的常客，几乎每天都要在何家待上一两个小时。何老太太对我怜爱备至，把她从嫁到何家，到丈夫的死，长子、次子的死，以及一件件她所遭遇的事，都搬出来讲给我听。这里面有眼泪，也有骄傲。每次讲完，她都要叹口气说："好，现在总算熬到诗杰大学毕业，诗怡也做事了，现在，我只有一件心事，就是这两个孩子的婚事，我真想看到孙子辈出世呀！"可怜的老太太，她永远也看不到她的孙子了！

那天，在学校里，何诗怡问我："琼，能借我一点钱吗？"

"好，"我说，"有什么事？要多少？"

"我想，三哥做了这么久的事，也该寄点钱给妈了，否则未免不合情理，我积了五百元，我想凑足一千元，寄到高雄，再请那边的朋友汇了来。"

我拿了五百块钱给她。三天后，我到何家去，才进门，何老太太就兴奋地叫着说："琼！"最近何老太太已经改口叫我名字了："快来看，诗杰给我寄了一千块钱，你来看呀！还有这封信，诗怡已经念给我听过了，你再念一遍给我听听！"

我怜悯地望着何老太太，她高兴得就像个得到了糖吃的小娃娃。那天，整个晚上，何老太太就捧着那封信和汇票跑来跑去，一刻不停地述说诗杰是如何如何孝顺，如何如何能干。那封信，虽然她不识字，却翻过来倒过去看个没完。最后，她突然说："对了，我要请一次客，拿这笔钱请一次客。"

"哦，妈妈？"何诗怡不解地望着她母亲。

"你看，诗怡，我总算熬出来了，我要请一次客，把你姨妈姨夫、周伯伯周伯母，还有王老先生和赵老太太都请来，他们都是看着我熬了这么多年，看着诗杰长大的，我要让他们都为我高兴高兴！诗怡，快点安排一下，就这个星期六请客吧，琼，你也要来！"老太太眼睛里闪着光，手舞足蹈地拿着那张汇票。

"哦，妈妈，"何诗怡吞吞吐吐地说，"我看，算了吧……""怎么，"老太太立即严厉地望着女儿，"我又不用你的钱，你三哥拿来孝敬我，我又不要花什么钱，请一次客你都不愿意……"

"哦，好吧。"何诗怡无可奈何地看了我一眼，"只是，您别累着，菜都到馆子里去叫吧！"

这之后的两天，何诗怡就忙着到要请的人家去通知，并且叮嘱不要露出马脚来。星期六晚上，我提前到何家去帮忙，才跨上玄关，就被客厅中书桌上的一对红色喜烛吸引了视线。那对喜烛上描着金色的龙和凤，龙凤之间，有一个古写的"寿"字，两支喜烛都燃得高高的，显得非常地刺目。不知道为什么，我觉得那"寿"字说不出来地令人不舒服，好像在那儿冷冷地讽刺着什么。

客厅中间，临时架了一张圆桌子，使这小房间变得更小了。何诗怡对我悄悄地摇摇头，低声说："妈一定还要燃一对喜烛，我真怕那些客人会不小心泄露出三哥的消息来。"

客人陆续地来了，都是些五十岁以上的老先生和老太太，何老太太大声地笑着，周旋其间，挺着她佝偻的背脊，向每一个客人解释这次她请客的原因。主人是说不出地热情，客人却说不出地沉默。何诗怡不住地对人递眼色，王老先生是客人中最自然的一个，他指着喜烛说："今天是谁的生日吗？"

"哪里呀！"何老太太有点忸怩，"点一对喜烛，沾一点儿喜气嘛！你看，我苦了二十年，总算苦出头了，还不该点一对喜烛庆祝庆祝吗？等诗杰结了婚，我能抱个孙子，我就一无所求了！"何老太太满足地叹了口气，还对我瞄了一眼，向王老先生眨眼睛，似乎在暗示王老先生，我可能会做她的儿媳似的。

菜来了，何老太太热心地向每一个人敬酒，敬着敬着，她的老话又来了："唉，记得吗？他们爸爸临死的时候对我说，田地可以卖，房产可以卖，孩子一定要好好受教育……"

这些话，我听了起码有二十遍了，在座的每个客人，大概也起码听了二十遍了，大家都默默地喝着闷酒，空气十分沉闷，何老太太似乎惊觉了，笑着说："来来，吃菜，不谈那些老话了，今天大家一定要好好地乐一乐，等诗杰回来了，我还要请你们来玩呢！"

我望着杯里的酒，勉强地跟着大家凑趣，从没有一顿饭，我觉得像那顿饭那样冗长，好像一辈子吃不完似的。何老太太一直在唱着独角戏，满桌子只听到她一个人的声音，响亮，愉快，充满了自信和骄傲。我的目光转到那对喜烛上，烛光的上方，就挂着那张全家福的照片，照片里的何老太太，正展开着一个宁静安详的微笑。

"时间真快，"何老太太笑吟吟地环视着她的客人，"孩子们大了，我们的头发也白了！"

大家都有点感慨，我看着这些老先生老太太，他们，都有一大把年纪，也有许多人生的经验，这里面，有多少欢笑又有多少泪痕呢？

饭吃完了，客人们散得很早，我被留下来帮忙收拾。何老太太似乎很疲倦了，在过度的兴奋之后，她有点精神不济，何诗怡服侍她母亲去睡觉。然后，她走了出来，我们撤掉了中间的大圆桌，室内立即空旷了起来。何诗怡在椅子里坐下来，崩溃地把头埋在手心里，竭力遏制住啜泣，从齿缝中喃喃地念着："哦，妈妈，妈妈。"

　　我们都明白，何老太太的时间已经没有多久了。我把何诗怡的头揽在我怀里，使她不至于哭出声音来。在那个书桌上，那对喜烛已经只剩下短短的一截，但却依然明亮地燃烧着，我顺着那喜烛的火苗往上看，在那张陈旧的照片里，何老太太整个的脸，都笼罩在那对喜烛的光圈里。忽然间，我觉得心地透明，神志清爽。

　　"有些人是不会死的，永远不会死的！"我低低地，自言自语地说，一面肃穆地望着那烛光，和烛光照耀下的那张宁静安详的脸。何诗怡悸动了一下，把头抬了起来，顺着我的目光，她也望着那张照片。她眼中的泪光消失了，代替的，是一种严肃的神情。我握住了她的手，在这一刻，我们彼此了解，也同时领悟，死亡并非人生的终站。

　　一星期后，何老太太在睡梦里逝世了。我始终忘不掉那顿晚宴，和那对烛光。

晨雾

曙色慢慢地爬上了窗子，天，开始亮了。

睡在我身边的子嘉终于有了动静，我闭上眼睛，竭力维持着呼吸的均匀，一面用我的全心去体察他的动态。他掀开棉被，蹑手蹑脚地下了床，轻悄而迅速地换掉睡衣，这一切，我就像亲眼看到的一样清楚。然后，他曾俯身向我，那突然罩到我脸上的阴影一定使我的睫毛颤动了一下，他退开床边，试着轻声低唤我的名字："美芸！"

我屏住呼吸，一动也不动。心脏却因过分紧张而加快了速度。他不再怀疑了，我听到他轻轻拉开壁橱的声音，在那壁橱里，他昨天偷偷收拾好的衣箱正藏在顶层。我听到他取下它，然后，浴室的门响了，他在里面匆忙地梳洗。接着，他的脚步那样轻轻地越过房间，那样小心翼翼地走向客厅……我竖着耳朵，等待着另一扇门响，果然，它响了，有人在客厅中和他会合。他们的脚步向大门口移去，我手脚冰冷而额汗涔涔了。

他们终于走了吗？这一对我深爱着的人？两小时后，他们应该双双坐在飞往香港的班机上了。我的手指在棉被中握紧了拳，四肢肌肉僵硬而紧张。如果我现在跑出去，他们会怎么样？但，我是不能，也不会跑出去的。门口的脚步突然折回了。一阵细碎的步子迅速地向我卧室跑来。我浑身紧张，心脏提升到了喉咙口。他们回来了？难道在这最后一刻，他们竟然改变初衷？我眯起眼睛，从睫毛的缝隙里向外偷窥，一个小巧的黑影出现在房门口，接着是子嘉高大的影子，他正抓住她的手臂，我可以听到他急促而压低着的声音："不要，小恬，你会把她惊醒！"

"我要看看她。"是小恬的声音，细细的，那样好听。我的小恬！"我一定要看看她。"

她走进来了，我听得到她的脚步，感觉得到她贴近床边的身体的温热。然后，她跪下了，跪在我的床前。我不敢转动眼珠，不敢移动身子，怕她发现我是醒着的。于是，她开始祷告般低低地说了："姐姐，你原谅我，我不能不这么做。"

她哭了吗？我听得出啜泣的声音，掠夺者在怜悯被掠夺的人，多么可笑！

"小恬！快走吧，你要弄醒她了！"

是子嘉在催促？当然。那么，他竟对我连怜恤之情都没有了。

"我不忍心，子嘉，我不忍心。"小恬带泪的声音使我战栗，她不忍心？多善良的小女孩！可是，她的怜悯让我愤怒，我恨别人的怜悯，宁可他们对我残忍地遗弃，不愿他们对我流一滴怜悯的眼泪。"我们走了，有谁能照顾她？"小恬凄楚地说着。好妹妹，难道你还真的关心着我吗？

"小恬，别再迟疑了，我已经给她留下了足够的钱，还有阿英会照顾她。"

足够的钱！是了，十年的夫妻最后只剩下了一些金钱的关系，一笔钱足以报销所有的夫妇之情！还好，子嘉不能算是无情的丈夫，最起码，他还知道给我留下足够的钱！我想笑，或者，我已经笑了。

"快走！快！小恬！她要醒了。"

子嘉催促得多急呀！小恬站了起来。

"姐姐，原谅我，原谅，原谅我……"

她的声音越来越远，是子嘉把她拉出去了？

他们还是走了！我张开酸涩的眼睛，晓色正映满窗子，室内由朦胧而转为清晰。我仰卧床上，仍然保持他们没走前同样的姿势，一动也不动。大约过了二十分钟，我伸手按了按床前的叫人铃。

阿英披着衣服，打着呵欠走进来。

"阿英，帮我起床，我想到院子里去透透气。"我说，声调那么平静自然，仿佛什么事情都没有发生过。

"咦，先生呢？"阿英惊异地问。

"先生和二小姐有事情，到高雄去了，一清早走的。大概要过三四天才回来。"我泰然自若地说。

阿英点点头，那愚笨的脑袋竟然丝毫也想不到这事的不合情理。推过了我的轮椅，她扶我坐上去，用一条毛毯盖住我的腿。

"我去给你倒洗脸水来。"

洗脸水送来了，我胡乱地擦了一把。阿英把我推进了花园。园内，晨雾正堆积在每一个角落中，挂在每一条枝丫上。我打发走了阿英，把轮椅沿着花园的小径推去。晨雾迎面而来，迷迷蒙蒙，层层叠叠地包围了我。

"你是我的哈安瑙，我是白理察。"他说过，那是多少年前的事了？

"记住，哈安瑙永远没有答应嫁给理察。"

"你会答应，是不？"

"不，我和安瑙一样。"

"你不会和安瑙一样，你将嫁给我，过正常的夫妻生活，安瑙太傻了。"

"她不傻！她是聪明。如果结了婚，他们会成为一对怨偶，就因为她不肯嫁给他，理察才爱了哈安瑙一辈子。"

"也痛苦了一辈子。"他说。

于是，我终于没有做哈安瑙。我们在玫瑰盛开的季节结婚，他推着我进入结婚礼堂。我那才八岁大的小妹妹走在前面，提着小花篮，不停地把玫瑰花撒下，那条长长的，铺着地毯的走廊上，有他的足迹，有小恬的足迹，但是没有我的足迹——我坐在轮椅里。

"我会给你过最舒适的生活，抚养你的小妹妹长大成人，你再无需和贫穷困苦奋斗。"他说过，那又是多少年前的事了？

一个守信的男人！我被安置在精致富丽的洋房里，望着那稚龄的小妹妹惊人地成长！

"姐夫，我们学校里要开母姐会，我没有妈妈，姐姐又不能去，你陪我去吧！"小妹妹穿着白纱的短裙子，爬上了姐夫的膝头，小胖胳膊揽着姐夫的脖子。

"哦，当然，我陪你去。"他对她挤眼睛，向我微笑。

然后，我坐在轮椅中望着他牵着她的小手，隐没在道路的尽头。一个亲爱的丈夫，一个亲爱的小妹妹！倚着门目送他们消失，你能不感动而流泪吗？

"姐夫！我们学校演话剧，我被选上了，我演朱丽叶，你一定要来看哦！"

"当然，我会去的。"

"不迟到？"

"不迟到！"

"不行，你一定会迟到！干脆陪我一起去，你到后台来帮我化妆！马上走！"

一个爱撒娇的小妹妹，不容分说地拉走了她的姐夫，留给我的是寂寞而空虚的夜晚。但是，他的脾气那样好，代替了你去做长姐兼母亲的责任，你能够不感激他？

"姐夫！来，到花园里来打羽毛球，拍子给你！接好了！

快!"接住了抛过来的拍子，他斜着眼睛看她，皱起眉头。

"不许皱眉!"小恬警告地喊，"我们比赛，谁失的球多，谁请客看电影!"

推着轮椅，我停在落地的大玻璃窗前，望着花园里那两个跳蹦奔跑的人影，望着那忽上忽下的球拍，望着那像只大白蝴蝶般翻飞着的羽毛球。他一拍打重了，球飞进了玫瑰花丛中。小恬大笑着跑进花丛去拾球，接着却惊呼了一声，跳了出来。

"什么?"那个"姐夫"关心地迎了过去。

"刺。"小恬简洁地说，举起了手。

"痛吗?""姐夫"握住了它。

"没什么。"但，"姐夫"的手却没有放开，妹妹也没有缩回。然后，妹妹脸红了，跳开了去说："来! 我们继续!"

球拍子又舞起来了，羽毛球又开始了翻飞。但是，一个打得那么零乱，一个接得那样无心。不到一会儿，妹妹把拍子往地下一顿，扬着头说："你输了! 请客!"

"当然。哪一家?"

"新生大戏院的电影，青龙的咖啡!"

"还有没有?"

"不错!"脑袋歪了歪，再加上一句，"中央酒店的冰淇淋!"

"太多了! 应该……"

"不许还价!"小妹妹挑着眉，声势汹汹。"姐夫"苦笑笑，无可奈何。

然后，妹妹跑进屋来换衣服，大领口，窄裙子，成熟的胸脯在衣服中起伏。你望着她，不肯相信她已经长大了，仍然坚信她还是个提着花篮撒玫瑰花的八岁小女孩。望着她挽着"姐夫"的手并肩而去，你竟看不出她已长得和"姐夫"的眼睛一样高。

"姐夫，教我跳舞！"

"姐夫，溜冰去不去？"

"姐夫，到福隆海滨浴场去游泳，如何？"

姐夫这个，姐夫那个，你却充耳不闻，只因为她是小妹妹，永远长不大的小妹妹。

于是，有一天，小妹妹躲在房里不肯出来了，她的双颊失去颜色，眼睛黯然无光，行动恍恍惚惚，做事昏头昏脑。深夜，我推着轮椅到她门口，可以听到她低低的、不能抑制的啜泣。而那个"姐夫"，却整日整夜，坐在客厅中抽烟，一支接一支，抽得面色发黄，容颜憔悴。生活一下子就变得那么烦闷，那么紧张，而又充塞着那么令人窒息的压力。他变得暴躁易怒和难以接近。家中像个埋藏着火药的仓库，随时都有爆炸的可能。

"不出去玩？"饭后，我望着他问。

"你陪我吗？"他冷冷地望我，残酷地再加上一句，"或者我们可以去跳舞。"

我把毯子拉到下巴上，冷得发抖。我没有做哈安瑙，妄以为婚姻可以拴住白理察，多傻。他跳起来，不安地皱皱眉头："对不起，我随便说的。"

他走出房间，关上门，把一个寒冷凄凉和痛楚的夜留给了我。然后小恬跑出她的"壳"，用她温暖的手揽住我，蹙着眉说："别和姐夫生气，他胡说八道！"

凭什么她该为他的话道歉？凭什么她要因他的坏脾气不安？可是，你竟看不出燃在她眼睛里的爱情之光，只为了她是个小妹妹，逗人怜爱而又永远长不大的那个小妹妹！

她高中毕了业，留起一头长发。马尾巴上扎着绿色的绸结，穿上一袭浅绿色的薄绸洋装，活跃在春光之中，花园的石头上，只要她坐着，立刻群芳失色。那位"姐夫"如痴如呆，竟日凝眸，目光不能从她的身上移开。小妹妹长成了，到这时，我才能勉强自己相信。然后，她开始晚归，他的应酬也越来越多，有那么多时候，他们会"巧合"地碰到一起，再结伴归来。一天深夜，我坐在花园的暗影里，他们双双走入大门，她的小脑袋靠在他的肩膀上。当那门廊掩护着他们的时候，他的嘴唇落在她的发上。

"跟我去。"他低低的声音。

"到哪儿去？"

"去香港。"

"不。"

"请你。"

"我不能对不起姐姐。"

"我已经为她埋葬了十年的幸福，你知道她是什么？她只是我的累赘！"

累赘！这是我第一次听到他这样说。我在寒夜中颤抖，身边的小灌木丛都发出簌簌的响声。

啪的一声，"姐夫"的面颊上挨了一记，我那亲爱的小妹妹啜泣了起来："你怎能这样说？你太残忍，你对不起姐姐！是你当初求她嫁给你的。"

"一个人，如果当他'做'的时候，就能知道他未来该'受'的是什么就好了。可是，他不会知道，而当他知道自己做错了的时候，他已经来不及挽回了。"他的声调那么苍凉，那对我是个太陌生的声音，糅合着痛苦和绝望。"她是你的妻子，你每天面对着她，但她不能陪伴你，不能和你出入公共场合，不能一起游戏、探友、娱乐！她使你必须放弃许多东西，陪着她过一份不正常的生活。日积月累，当年的幻想成空，美梦消失，留下的只是沉重的负荷。"他停止了，把头埋在手掌心中。我的心脏收紧，彻骨彻心的寒冷使我哆嗦得像风中的枯叶。

"姐夫！"一声低唤，带进了数不清的柔情。

"你去吗？"

"什么？"

"香港。"

"不行！我不能！"她甩开了他，走进屋里去了。他独自站在门边，燃着一支烟，默默地吸着。寒夜里，烟蒂上的火光凄凉落寞地闪着。我不恨他了，我同情他，只因为我爱他太深。十年，我占据他的时间已经太长了。

小恬。妈妈临终的时候，握着我和她的手说：

"彼此照应，彼此照应！"

那是妈妈说的最后一句话。小恬，她确曾照顾过我，推着我在街头散步，念小说给我听。不惮其烦地告诉我她在学校中的琐事。小恬，那是个甜蜜的小妹妹。但是，她健康，她年轻，她美丽，她可以找到任何一个男人，为什么她却偏偏选中她的姐夫？这个男人不会成为她生命中的全部，因为她还拥有那么多令人羡慕的东西！可是，这个男人却是我整个的世界！小恬，她居然成了我的掠夺者，一个亲爱而又残忍的掠夺者。

有那么长的一段时间，我眼看着他们在"道义"和"私情"中挣扎，眼看着小恬日益憔悴，眼看着子嘉形容枯槁。但，我自己所受的煎熬却百倍于他们！有无数次，我坐在轮椅中，默默地看着小恬在室内蹒跚而行，我竟会有着扑上前去，捉住她，撕打她，唾骂她的冲动。又有多少次，我想拉住她，哀恳她，祈求她，请她把丈夫还给我！可是，我竟什么都没有做，只是下意识地压抑着自己，等待着那最后一日的来临。我无权去争取我的丈夫，只为了老天没有给我如常人一般的健全！那么，当我已比一般人可怜，我就该失去更多？这世界是多么地不平和残酷！

终于，那一天来了，我在他们的不安里看出，我在小恬歉意的，盈盈欲涕的眼神中看出。奇怪，我竟然冷静了，如果必然要如此发展，那么，就让一切该来的都来吧。我宁静得像一只偃卧在冬日阳光下的小猫，却又警觉得如同伺守在鼠穴之前的小猫，冷冷地望着他们进行一切。当我在子嘉外出时，找出了藏匿在抽屉中的飞机票，所有的事，就明显而清楚地摆在我的面前了。我的妹妹，将和一个男人私奔，而这男人，竟是我的丈夫。

雾在扩散，我在园中清冷的空气里已坐得太久了。把毯子裹紧了一些，我开始瑟缩颤抖起来。现在，他们应该已经在松山机场了，他们知道我不会追寻他们，知道我无法采取行动！这一对光明正大的男女呀！难道必须要私奔才能解决问题吗？我用手支着额，静静地哭泣起来。哭泣在这晨雾之中，哭泣在阴寒恻恻的春光里。长年的残废早已训练得我坚强不屈，但现在，我可以哭了，反正，世界上已只遗留下我一个人，让我好好地哭一场吧！

"太太！太太！"阿英跑了过来。

"什么事？"我拭去了泪痕。

"有一封信，在书桌上。"

望着那信封，我早已知道那是什么。我笑笑：

"还放在书桌上吧，我等一下再看。"

阿英把信封拿回去了。我继续坐在薄雾蒙蒙的花园里。雾散得很快，扶桑花的枝子上，已没有那沉甸甸白茫茫的雾气了。我闭上眼睛，希望能就这样睡去，沉酣不醒。

一阵飞机声从我头上掠过，我仰头向天，睁开眼睛，望着那破空而去的飞机，太阳正拨开云雾，在机翼上闪耀，渐渐地，飞机去远了，消失了。我的眼睛酸涩，而心底空茫。这飞机上有他们吗？在海的彼端，他们会快乐幸福吗？我又微笑了，我知道他们永不会快乐，无论他们走向何方，我的阴影将永远站在他们的中间。只为了他们两个都不够"坏"，他们真正的负荷不是我，是他们自己的"良心"。

门外有汽车声，谁来了？反正不是来看我的，我再也没有朋友和亲人。可是，大门开了，一个绿色的影子闪进了花园，我愣了愣，不大相信自己的眼睛。小恬！你遗忘了东西了吗？你没有赶上班机吗？接着，子嘉出现了，他们看来如同一对迷失的小兔子。

"怎么了，你们？"我喃喃地问。

"姐姐，"小妹妹闪动着大眼睛，嘴角浮起一个美丽凄凉而无助的微笑，"我们在雾里散步，走得太远了，只好叫汽车回来。"

是吗？只是一次雾里的散步吗？我看看子嘉，他正静静地、恻然地、求恕地望着我。小恬向我走过来，把手扶在我的轮椅上，幽幽地说："回来真好。姐姐，要我推你去散步吗？"

我的眼睛湿润了，有个硬块堵住了我的喉咙。到底，我那小妹妹还是太善良了。"良心"竟然连你上飞机都阻止了吗？我咽了一口口水，微笑地说："是的，推我去看看雾。"

"雾已经散了。"小恬说，推我走向后花园。我知道，我必须给子嘉一段时间，去运进那口箱子，和毁掉那封信。我真庆幸我没有拆阅那封信。

真的，雾已经散了。

乱线

第一次，他送来一盆兰花。

第二次，他捧来一缸金鱼。

第三次，他抱来一只小猫。

而今，在这慵慵懒懒、寥寥落落的春日的暮色里，兰花伫立在窗台上，由视窗射进的黄昏的光线，把兰花瘦长的影子投在靠窗而放的书桌上面。金鱼缸静静地坐落在屋角的茶几上，透明的水被暮色染成灰褐，两条大尾巴的金鱼正载沉载浮地在水中缓慢而笨拙地移动。小猫呢？许久没有听到它轻柔地低唤，也没有感到它温暖毛茸的小脑袋在脚下摩擦，哪儿去了？是了，它正蜷伏在茶几边藤椅上的坐垫里，睡得那么沉酣，我可以看清它背脊上竖着的小茸毛随着呼吸而起伏波动。室内这样静。兰花、金鱼、猫！都绕在我的四周，只要抬起眼睛来，对室内浏览一下，三样东西都在眼底，兰花、金鱼、猫！他说："希望你被我送的东西所包围，那么，你的生活里就少不了我，你会睹物而思人。"

睹物而思人？我深深地靠进椅子里，端起茶杯啜了一口，茶是冰冷的，不知是多久以前灌的开水了。事实上，室内也冷得够受，寒流滞留不去，虽是春天却有冬的意味，窗外那绵密的细雨也依旧漠漠无边地飘洒，雨季似乎还没有过去。

再啜一口茶，冷气由心底向外冒，寒意在加重。室内盛满了浓浓的暮色，浓得化不开来。兰花成了耸立的阴影，金鱼缸里已看不出鱼的踪迹。小猫，好好地睡吧，我喜欢听它熟睡时的呼噜声，这起伏有致的声音最起码可以冲破室内的寂静，还可以提醒我并不孤独。并不孤独，不是吗？有兰花、金鱼、和猫的陪伴，怎能说是孤独呢？他说："每一样东西上都有我！"

都有他吗？我微微地眯起眼睛去注视那蜷缩而卧的小猫，无法在那漆黑一团的小身子上找到他！兰花上有吗？金鱼上又有吗？"有"不是一个虚字，在这儿却成了一个虚字。闭上眼睛，我反倒可以看到他了，穿着他那件咖啡色的夹大衣，胁下夹满了他的设计、计划和各种蓝图，匆匆忙忙地拦门而立："我只能停二十分钟，马上要赶去开会。"

永远如此匆忙！是的，他只能在工作的空隙中来看我，尽管为他泡上一杯茶，却无法等茶凉到合适的温度，他已经该离去了。然后，留下的是一杯没喝过的茶，一间空荡的屋子，和一份被扰乱的感情。

睁开眼睛，他的幻影消失，室内已经昏暗沉沉。开亮了桌上的台灯，浅蓝的灯罩下发出柔和如梦的光线。握起一支笔，摊开了一张白纸，我想写点什么，或涂点什么。铅笔在纸上无意识地移动，直线，曲线，纵纵横横，重重叠叠，一会儿时间，纸上已被乱七八糟的线条所布满，找不出一丁点儿空隙。那样乱糟糟的一片，象征着什么？我的情绪吗？那些线条，我还能理出哪一条是我第一次画上的吗？情感上的线条呢？那最初的，浓浓的一笔！这个男人曾执着我的手："嫁我吧，我们在月下驾一条小船，去捕捉水里的月亮，好吗？清晨，到山间去数露珠吧。黄昏，你可以去编撰你'落叶的悼词'，让我醉卧松树之下！"

好美，是吗？但，一刹那间，什么都变了，那个人对他的朋友说："噢，那个小女孩吗？幼稚得什么都不懂，满脑子的梦啦诗啦，谁娶了她才倒霉呢，幸好我不是那个倒霉的人，天知道，要假装对她那些稀奇古怪的思想感兴趣是件多么可怕的事！"

于是，那浓浓的一笔带着它被斫伤砍断的痕迹，瑟缩地躲在心底。有那么长一段时间，这一笔所画下的伤口无法愈合，也无法淡薄。然后，那第二笔线条悠悠然地画了下来，那个大男孩子，秀逸，挺拔，超然脱俗！大家夸他聪明漂亮。但，我独爱他那对若有所诉的眼睛，和那手出众的钢琴技术。

"我猜我知道你爱听什么。"他说，手指在琴键上熟练地移动，眼光脉脉地注视着我，"门德尔松的《春之声》，德沃夏克的《幽默曲》，舒曼的《梦幻曲》，还有柴可夫斯基和肖斯塔科维奇！"

噢！肖斯塔科维奇！在他的前奏曲中，送走了那样美的一个夏天！我在琴韵中焕发，他在琴韵中成长。成长，是的，那时，他还只是个大男孩子，倚在我的身边，他曾低低诉说他那音乐家的梦想，一阕德彪西的《月光曲》可以感动得他泪光莹然。倚着钢琴，他狂放地叫："音乐！音乐！有什么能代替你！"

那份狂热，何等让人心折！凝视着我的眼睛，他曾为我弹奏一曲黑人的圣乐《深深河流》，用梦似的声调对我说：

"你就像一条深深河流，沉缓地流动，清澈得照透人的灵魂深处，你，本身就是音乐！看到你，仿佛就听到溪水流动的声音，玲玲朗朗，低柔细致。哦，但愿你永不离开我，你是我的音乐，我的梦想！"

好美，是吗？但，两年后，他完成了大学教育后，来看我，长成了，不再是孩子，下巴上有了胡子楂，眼睛里也失去了梦。当我提起他的音乐家之梦，他爆发了一串轻蔑的笑：

"哦，那是孩子时的幼稚想法！音乐家！做音乐家有什么用？世界上几乎每个音乐家都潦倒穷困！我才不做音乐家呢！我要发财，要过最豪华的生活，你想，如果能拥有一百万美金的财产，生活得岂不像个王子？所以，我想做个大企业家！"

大企业家？一百万美金的财产？噢！那失去的夏天！失去的音乐！失去的柴可夫斯基和肖斯塔科维奇！还有，那失去的《深深河流》！第二条矸伤的线又被收藏在心底，我不知道那小小的"心"中能容纳多少条断线。妈妈说："不要再去'寻梦'了，世界上没有你梦想中的东西！"

是吗，我的母亲？但愿你能使我成熟！让我把头埋在你的怀里，不再受任何伤害！但愿你能给我保护，使我远离那些必定会碎的"梦"！可是，你不能！你也曾寻过梦，是吗，好母亲？你也有一大口袋的碎梦，是吗，好母亲？但，你却没有办法不让我去走你走过的路！你说："我知道你会摔跤，我只能站在你的旁边，等你摔下时扶住你，而不能因怕你摔跤，而不让你走路！"

噢！好母亲！我需要摔多少跤，才能走得平稳？

第三条线又画了下来，哦，第三条线！我不能接受吗？这是怎样的一条线呢？细而长？柔而韧？我怎能知道它会不会像前面两条那样断掉碎掉？接受它吗？用生命来作赌注！妈妈说："向前走吧，握牢线头，别让它断掉！"

别让它断掉？噢，好母亲！

藤椅一阵"咯吱"地轻响，小猫正弓起了背，伸了个大懒腰，张开了迷糊的睡眼，不经心地对我看了看，舔舔爪子，洗了洗脸，一翻身，换了个姿势又睡了！哦，多么贪睡的小猫！他把你抱来，是希望你能解除我的几分寂寞，但你也有你的世界，竟吝于对我的陪伴！好，你睡吧，但愿你有个完整的好梦！

我刚刚正在想什么？对了，那第三条线！

那个男人，卷进我的生活正像一股旋风，那样缠绕着使人无法喘息，你不得不跟着他旋转，转得昏昏沉沉，不辨东西！你问妈妈："他行了吗？他可以吗？"

妈妈凝视我，多么深沉的眼光！

"变平凡一点，他已经行了！"

行了！抓牢这条线！于是，带着那样朦胧如梦的心境，披上那如烟似雾的婚纱，踩上了红色的氍毹，挽着那个男人的手臂，走向不可知的命运！那个人说："我将用我的生命去装饰你的生命！既然得到了你，从今，我将为你而活着，而呼吸，而做一切！"

好美，是吗？还记得那件浅蓝色软绸的绣花睡衣？小小的领子上镶着碎碎的花边，这是我亲自设计的，淡蓝的软罗像湖水，穿着它，如同被一层蓝色的湖水所包围，心灵深处，都可感到那湖水的微波轻拂，和柔缓的激荡。你含羞带怯地站在他面前，睡衣的带子在腰际打着蝴蝶结，结得那么整齐细心。你自觉脚下踩着的是轻烟轻雾，周围环绕着你的是诗情梦意。你不敢说话，怕多余的言语会破坏了那份美。但，他说："为什么选择蓝色？多么不够刺激！新婚时应该穿红的！"他伸手拨了拨领子上的小花边："真保守！睡衣把你捆得这么严密！"他拉过你来，轻轻一扯，腰带被抽了出去。噢！我细心结的蝴蝶结！还记得那小小的梳妆台和那面小小的镜子？还记得你如何在镜子前面，试着把长发盘在头顶，以打量自己是否已从少女变成妇人？还记得镜子里那对迷蒙的眼睛，和那满镜的红潮？还记得你怎样在镜子前面轻轻旋转，让蓝色的睡衣下摆铺开，像起伏的湖波？然后，他在床上喊：

"为什么起得这么早？来，再睡一下！"

突然的声音打断了你的冥想，由于吃了一惊，手里的发刷掉落在地下，刷子的柄断了。噢，多么地不吉利，新婚的第一个早晨就跌断了梳子！你怅然若失，怅然伫立。他不耐地喊："怎么了？来吧，梳子明天再去买一把就是了！"

新梳子买来了，不久，用成了旧的。湖色的睡衣褪了色，变成了淡淡的灰蒙蒙的颜色，不再有梦似的感觉、诗似的情意。你在他越来越暴躁的神态下惘然迷失，终日茫茫地寻觅着失落了的幻想。

他说："什么时候你可以成熟？什么时候你才能变成个完全的妇人？什么时候你能不再对着落日沉思，对星星凝视？什么时候你才不会像梦游病患者那样精神恍惚？"

什么时候？什么时候？那么多的什么时候！你瞠目结舌，不知道自己到底做错了什么地方。但，他的眉毛纠结的时间越来越长，双眉间的直线皱纹越来越多。你变成了个碍事的东西，仿佛手脚放的都不是地方。他说："别人的妻子都解风情，你怎么永远像一块寒冰？"

我？像一块寒冰？我冲到镜子前面去打量自己，看不出毛病之所在。我？像一块寒冰？但我有那么多、那么多无法倾吐的热情！我的细心熨帖，无法让他放开眉头，我的软语低声，徒然引起他的不耐。寒冰，是我？还是他？噢，人生的事如此复杂，我怎能弄清楚？我怎知该如何去做？噢，告诉我，好母亲，什么叫"妻子"？这两个字中包含了多少种不同的学问？

不知什么时候开始，倚窗等待成了你每日的主要工作，斜倚着窗子，看着暮色爬满窗栏，看着夜幕缓缓地张开，再看着星星东升，月亮西沉。然后，黎明在你酸涩的眼睛前来到，红日在你凄苦的心情中高悬。他，回来了，带着满身的酒气和廉价的香水味。你茫然地接待他，含泪拭去他面颊上的唇印，痴心地想着他说过的话："我将为你而活着，而呼吸，而做一切！"

有这一句话，什么都可以原谅，不是吗？但，他和一个舞女的秽闻传遍四方时，你才如大梦初醒。你费了一个上午的时间来哭泣，又费了一个下午的时间去买了件粉红色的睡衣。深夜，你穿着新睡衣在冰冷的床上颤抖啜泣。你把所有的梦都排列在枕边，用泪珠各个击破，和着泪，你对自己发誓："从今后，要做一个最平凡的女人！"

但，已来不及了。他含着泪向你告别，数年的夫妻生活黯然结束，他取走了他的东西，站在门口凄凉地说："你太美，你太好，是我配不上你，我不能和你恩爱相处，是我没有福气。你是那么地不凡！"

"向前走吧，握牢线头，别让它断掉！"妈妈说过。第三条线，别让它断掉。噢！好母亲！

一阵泼剌剌的水响，两条金鱼在鱼缸中追逐嬉戏。小猫仍然酣睡未醒。兰花淡淡的香味弥漫全室。兰花，金鱼，猫！他说："我要你被我送的东西所包围。"

第四条线吗？

妈妈说："你已经摔了那么多次跤，怎么还长不大呢？为什么又要去'寻梦'？难道想再摔一次？"

哦，好母亲！如果我必须再摔，我就只有摔下去。你不知道他是多么地不平凡！你不知道我对"梦境"追求的狂热！这又是一个必须会碎的梦吗？当然，它会碎的，只是不知在哪一天。但，当它还没有碎的时候，让我拥有它吧！不过，我又如何去拥有呢？命运是何等地奇妙！冥冥中是谁在支配着人的遇合？是谁在操纵着人生的离合悲欢？是谁在导演着世界上那些接踵发生连环上演的戏剧？假若那个冬天小秋夫妇不约我去她家小住，假若不是因为我的情绪过于低沉而渴望与好友一叙，假若小秋不那么热情，把我扣留到春天，假若……哦，如果没有那些假若，我怎会认识那个——他！

那是什么时候？对了，晚上。小秋好意地要给我介绍一个男友。"不再结婚是不对的，女人天生属于家庭，你必须从那些打击中恢复过来，找一个好的物件。"小秋说。

于是，那晚，小秋的丈夫带来了一个"博士"，是什么"博士"不得而知，但，那秃得发光的头颅足以证明他资格老到。在小秋的客厅里，大家尴尬地枯坐着，"博士"除了眨眼和干咳外，似乎不大会其他的事情。对了，他还会一件，就是把别人说的话重复一遍。

"我们听音乐吧！"小秋说。

"听音乐吧！"博士说。

"喜欢谁的唱片？普里斯莱？强尼·霍顿？保罗·安卡？还是蓓蒂·佩姬？"小秋说。

"谁的唱片？保罗·安卡？蓓蒂·佩姬？"博士说。

"我看还是保罗·安卡吧，他的曲子有股特别味道，很过瘾！"小秋的丈夫说。

"保罗·安卡吧，很过瘾！"博士说。

于是，保罗·安卡那副娘娘腔的喉咙所唱的歌曲就一支支地出笼了，博士伸长了脖子"恭听"。小秋和她的丈夫无可奈何地交换着眉语。我凝视着纱窗，那上面正有一只蜘蛛在捕捉蚊子。空气僵着，门铃响了，室内所有的人都精神一振。

一袭咖啡色的大衣，勉强算梳过了的头发，舒展的眉毛下有对充满灵气的眼睛，端正的鼻子下是张过分坚定的嘴，嘴角挂满了倔强、自负和坚毅。胁下夹满了卷宗夹子、绘图纸，和一些乱七八糟的东西，匆匆忙忙地在门限上一站。

"哈！是你这个大忙人！"小秋叫着说，"这次可以停几分钟？"

"二十分！"

"噢，难得难得！"小秋的丈夫说。

"你知道他是谁吗？"小秋问我，"××广告公司的——"她掉过头去看她丈夫："——的什么？该怎么说？"

"创办人，总经理，董事长，业务主任，设计部主任……反正，大部分都由他一手包办！"

我看他一眼，出于好奇。

他锁眉，没注意到我，我想。走到唱机旁边，他径自取下了那张保罗·安卡，换上一张《悲怆》。回过头来，他看着我，微笑："是不是比保罗·安卡好些？"

为什么要问我？为什么偏选中《悲怆》？难道你知道我的内心？知道这是我最爱的一张？

"比保罗·安卡好些。"博士说，我吃了一惊，他仿佛也是，望望博士，又望望我，他眼中有着困惑。糊涂的小秋，竟没有把我介绍清楚，但是，又何必要介绍清楚呢？我把眼光调向地面。磨石子的地上有五颜六色的小石子，黑的、白的、蓝的、红的。

"你最近忙些什么？"小秋问。

"我有份新的计划，"他打开一份草图，"假若发展了，一定大有可为。"

"又是新计划，"小秋的丈夫问，"你要赚多少钱才满意？"

"钱？"他笑笑，像是自嘲，也像在嘲笑别人，"我只是想做事，想把许多的梦想变成事实。至于钱，我的看法是：我不要贫穷，也不要豪富。所以，我像流水一样地赚钱，也像流水一样地花钱，只要赚得心安理得，花得也心安理得就行了。"

"你还有未竟的梦想？"小秋说，"我认为你是天下最幸福的人，事业，家庭，什么都有！"她转向我，解释地说："他的太太是公认的美人，希望有一天你能看到，美得不得了。"

"小秋就会帮我吹牛，"他笑着说，把草图卷成一卷，扔在一边，"不谈生意上的事。"

"谈什么？"小秋开玩笑地说，"音乐？艺术？文学？"她又转向我："任何一门，他都是行家。"

我凝视他，可能吗？他也凝视我。《悲怆》完了，二十分钟早已过去，他却没有即时离开。走到唱机边，他问我：

"换一张什么？"他拿起一张，征求地给我看，是《新世

131

界》! 我点头。德沃夏克! 多年以前, 有个大男孩子, 曾弹奏他的曲子给我听, 唱片旋转, 乐曲轻扬, 而我泫然了。

他走了。我若有所思, 唱片转不走我淡淡的感触和哀愁。小秋送客到门外, 退回来, 坐在我身边说:"是个很奇特的人, 是吗?"

"是个很出众的人。"我说。

"哦, 是吗?"她深深地注视我, "刚刚在门外, 他问我: '那个不会用嘴说话, 却会用眼睛说话的女孩子是谁?'"

我微颤了一下。

"对他的感想如何?"小秋问。

"哦……"我望望窗外, 繁星正在黑暗的天际闪烁。"像一颗跌落人间的星星。"我说。

"怎么讲?"

"星星挂在天空, 光熠灿烂, 跌落人间, 就只是一块顽石。如果你不去研究他的本质, 你很可能误把他看成一块在名利场中打滚的顽石。"

"一块顽石。"许久没有说话的博士突然开了口。我被他吓了一跳, 小秋显然也吃了一惊, 她大概早已忘记这位博士的存在了。一块顽石? 我望着那光秃秃的头颅、傻愣愣的神态, 一块顽石? 噢, 好一块顽石! 我忍不住要笑了, 站起身来, 我冲进浴室, 爆发了一串大笑。小秋追进来, 摇着我:"你疯了? 干什么?"

"只是笑笑,"我说, "一个晚上认识了两块顽石!"

两块顽石? 一块在客厅里, 另一块呢? 我仰首看着窗外的夜空，星光璀璨。你，挂在天空吧，何必跌落人间？染上一身凡尘俗气！

小猫醒了。在坐垫上伸懒腰，"喵！"的一声，跳落在地下，脚步那么轻。来吧，小猫，我正寒苦，你何不分一些温暖给我？弯腰捉住了它，放在膝上，轻轻地抚摸它的头和背脊。别闹，小猫，少安毋躁，我不会倒着摸你的毛。乖一些，小猫！静静地躺着吧！

第四条线吗？他说："你说我像一颗星星，跌落人间，却只是顽石，我也有这份自知之明，在商业圈子里打滚，如果真还具有若干'灵性'，也难免不受磨损。星星的灿烂，在于有光源的照耀，你，是我的光源！在认识你以前，我早就成了一块顽石，既然你发现了我的本质是星星，请帮助我，不要让我再变得暗淡无光！"

噢！你会是光源吗？以前三度受伤，早已使你成为惊弓之鸟，但，你怎么又去"寻梦"了呢？随着日子的消逝，你发现他的光芒与日俱增，像一粒多面的钻石，面面都发着光。常常闪耀得你睁不开眼睛，使你满心流动着喜悦之情，而与喜悦俱来的，是不能得到的酸楚！

"我只能停留二十分钟！"

每次他来，你知道，那只是他的"空隙"时间。下一分钟，他要去奔波于他的事业，保护着他的家庭。噢，他是星星，是钻石，我是光源，他却不属于我！可是，何必苛求呢？二十分钟也好，两分钟也好，两秒钟也好，最起码，这短暂的一瞬是你的，你看着他在你面前璀璨发光，感受着你内心绞痛的柔情，够了！何必苛求！这也是一份美，一个梦。噢，好母亲，别告诉我，这个梦也会碎掉！我已经有那么多梦的碎片，别让这一个我所战战兢兢堆积起来的梦也化成虚无！噢，好母亲，别告诉我什么是现实，我已经对现实那么厌倦和恐惧。让我生活在我的肥皂泡中，但愿这肥皂泡永远不破！

夜深了吗？邻居的灯光已纷纷暗灭。多寂静的夜，多扰人的雨声！窗外的芭蕉正迎着雨，点点滴滴。噢，真冷！那雨不像打着芭蕉，倒像打着我。"是谁多事种芭蕉？早也潇潇，晚也潇潇！"明天，我要剪掉那几匹芭蕉叶。再也不受这雨声的困扰！噢，这间小屋何等空寂！

兰花的香味绕鼻而来，你陪着我吗，兰花？还有金鱼，还有猫。

"每一样东西上都有我。"

他说过。可是，他在哪儿？花瓣上没有他的笑，金鱼吐不出他的声音。小猫，告诉我，他在哪儿？他正混迹于名利场中吗？现在的他，是顽石还是星星？

哦，好母亲，我明白了。不是我不属于这世界，就是这世界不属于我！我只能拥着小猫，枯坐灯前，让梦想驰骋于窗外。假若我能在牌桌上磨去青春，岂不是比现在快乐得多？许多年前，母亲，你说过："真正的爱情与痛苦俱存，真正的庸俗却藏着快乐。"

噢！母亲！人必须走多少路才能体会一些哲理，而体会之后又如何呢？上次，他说："认识你之前，每日只知追逐名利，事业和工作是生活中唯一的目标。认识你之后，思想占据了每日大部分的时间，反而越想越空越痛苦，这份生活，已成为无可奈何的负荷！"

噢，我是光源！带给他的却是痛苦！仔细思量，他不是做顽石比做星星更幸福？噢！这是人生吗？

"是谁多事种芭蕉？早也潇潇，晚也潇潇！"桌上的白纸，已涂上这么多的线条，浓的淡的，我还要继续涂抹下去吗？听！门在响，是他来了吗？不，那只是风声。夜，那么寂静，我，那么孤独！不，我并不孤独，我有那么多记忆中纷乱的线条，我还有兰花、金鱼和猫！

但是，别告诉我，我所有的都是空的。噢，好母亲！让我再寻这最后一个梦。

前夜

　　天渐渐地黑了，暮色像一层灰色的浓雾，从视窗、门外向室内涌了进来，充塞在每一个空间和隙缝里。郑季波坐在客厅的沙发上，双手抱住膝，凝视着窗外的一棵凤凰木沉思。虽然已经到了冬天，凤凰木的叶子好像还是绿的，但是，现在什么都看不清楚了！那模糊的枝丫上，仿佛也笼罩着一层厚而重的雾，使那一片片由细碎的叶子集合而成的大叶，只显出一个朦胧的、如云片似的轮廓。天确实已经昏黑：一阵风吹过来，玻璃窗发出叮当的响声，郑季波惊醒地站起身来，扭亮了电灯，下意识地看了看手表，表上的长短针正重叠在"6"字上，六点半，已不早了！

　　"怎么还不回来？"郑季波自言自语地问了一句。事实上，这句话他在一小时前就说过一次了，从五点钟起，他就在期望着女儿的归来。其实，平常还不是天天见面，他不了解为什么今天这么渴望着见到她。或者，因为这是她最后一晚做他的女儿了。

门铃响了，他急急地跑去开门，快到门口的时候，他又本能地放慢了步子，似乎有点不好意思让女儿发现自己正在等她。打开了门，出乎意料的只是一个邮差，是从台南寄来的汇票，又是给絮洁的礼金！郑季波收了汇票，有点失望地关上大门，走上榻榻米。郑太太从厨房里跑了出来，手里拿着一个锅铲，带着点不由自主的兴奋问："是絮洁回来了吗？"

"不是，是邮差送汇票来，四弟给絮洁寄了两百块钱礼金！"

"啊！"这声"啊"用着一种拉长的声调，微微地带着几分失望的味道。郑季波望着太太那矮矮胖胖的身子，那很善良而缺乏智慧的脸孔，以及那倒提着锅铲，迈着八字步退回厨房的神态，忽然对她生出一种怜悯的心情，不禁跟着她走到厨房门口。厨房桌子上堆满了做好的菜，预防冷掉和灰尘，上面都另外盖着一个盘子。锅里正好烧着一条大鲤鱼，香味和蒸汽弥漫在整个厨房里，郑太太忙碌地在锅里下着作料，一面抬头看看他，有点不自然地笑了笑，似乎需要找点解释似的说："红烧鲤鱼，絮洁顶喜欢吃的菜，孩子们都像你，个个爱吃鱼！"

他感到没有什么话好说，也勉强地笑了笑，依然站在厨房门口，看着太太老练而熟悉地操作。鱼的香味冲进他的鼻子里，带着几分诱惑性，他觉得肚子有点饿了，郑太太把鱼盛进了碟子里。鱼在碟子里冒着热气，皮烧得焦焦的，灰白色的眼珠突了出来，仿佛在对人冷冷地瞪视着。

"几点了?"郑太太把煤油炉的火拨小了,在炉上烧了一壶水,有点焦急地问。

"快七点了!"郑季波回答,望着桌子上堆满的菜。那种怜悯的情绪更具体而深切。

郑季波帮着太太把菜一样一样地拿到饭厅里。一共有六个菜一个汤,都是絮洁平日最爱吃的菜,黑压压地放了一桌子。郑季波笑笑说:"其实也不必做这么多菜,三个人怎样吃得了?"

"都是絮洁爱吃的,明天就是别人的人了,还能吃几次我做的菜呢?"

郑季波没有接话,只看了她一眼。郑太太低垂着头,花白的头发在脑后束了一个发髻,使她看起来比实际的年龄还要老些。她在桌子的四周不住地摸索着,仿佛在专心一致地安放着碗筷,其实一共只有三副碗筷,实在没有什么好放的。郑季波默默地走出了饭厅,回到客厅里,在沙发上坐了下来。要办的事早在前几天都办完了,现在倒有点空荡荡地闲得慌。伸手在茶几的盒里取了一支烟,他开始静静地抽起烟来,其实,他并没有抽烟的习惯,只在情绪不安定的时候才偶尔抽一两支。

明天絮洁就要出嫁了,这原是一定会发生的事,不是吗?天下没有女儿会陪着父母过一辈子的。先是絮菲,再是絮如,现在轮到絮洁,这将是最后一次为女儿办喜事了,以后再也没有女儿可以出嫁了。像是三张卷子,一张一张地答好了交出去,这最后的一张也答完了。原可以好好地松一口气，享受一下以后没有儿女之累的生活。但是，不知为了什么，郑季波感到一阵模糊的、空虚的感觉。这感觉正像烟蒂那缕轻烟一样：缥缈、虚无，而难以捉摸。

"还没有回来吗？"郑太太走过来问，当然，她自己也明知道絮洁还没有回来，只是问一句而已。郑季波摇了摇头，茫然地望着郑太太那双改造派的脚，和那摇摇摆摆的走路姿势，隐约地记起自己和郑太太新婚的时候，每当他注视到她这一双脚的时候，她就会手足失措地把脚藏到椅子底下去，好像有一个莫大的缺点被人发现了似的。那时她很年轻，很容易脸红，喜欢用那对秀丽而温柔的大眼睛悄悄地注视着别人，当别人发现了她的注视时，她就会马上羞红了脸把头低下去。这一切都别有一种惹人怜爱的韵致，可是，当时他却并不这么想，他只觉得她很幼稚、很愚昧，又很土气。

"是不是所有的事都办好了？照相馆接过头了吗？计程车订好了没有？花篮和花都要最新鲜的，你有没有告诉花店几点钟送花来？"郑季波点了点头，表示全都办好了。他倒有一点希望现在什么都没有弄好，那他就可以忙忙碌碌地有事可干了。就像絮菲结婚那次一样，一直到走进结婚礼堂，他都还在忙着。但，现在到底是第三个女儿结婚了，一切要准备的事都驾轻就熟，再也不会像第一个女儿结婚时那样手忙脚乱了。郑太太搓了搓手，似乎想再找点问题来问问，但却没有找出来，于是走到书架旁边，把书架上的一瓶花拿了下来，自言自语地说："两天没有换水了，花都要谢了，我去换换水去！"

郑季波想提醒她那是今天早上才换的水，却没有说出口，目送着她那臃肿的身子，抱着花瓶蹒跚地走出去，不禁摇摇头说："老了，不是吗？结婚都三十几年了！"

　　年轻时代的郑太太并不胖，她身材很小巧、很苗条，脸庞也很秀丽，但是，郑季波并不喜欢她。当他在北平读书，被父亲骗回来举行婚礼时，他对她只有一肚子的怨恨。婚前他没有见过她，举行婚礼时他更连正眼都没有看过她一眼，进了洞房之后，她低垂着头坐在床沿上，他很快地掠了她一眼，连眼睛、鼻子、眉毛都没有看清楚，就自管自地冲到床前，把自己的一份被褥抱到外面书房里，铺在椅子上睡了一夜。他不知道她的新婚之夜是怎么过的，只是，第二天早晨，当他醒来的时候，出乎意料地，她竟站在他的面前，静静地捧着洗脸水和毛巾。他抬起头来，首先接触的就是她那对大而黑的眼睛：脉脉地、温驯地、歉然地望望他。他的心软了，到底错误并不在她，不是吗？于是他接受了这个被硬掷入他怀里的妻子。但，由于她没有受过教育，更由于她是父母之命而娶的女子，他轻视她、讨厌她、变着花样地找她发脾气。起先，他的母亲站在儿媳妇的一边，总帮她讲话，渐渐地，母亲却偏向他这一边来了，有一天，他听到母亲在房里对她说："一个妻子如果不能博得丈夫的欢心，那她根本就不配做一个妻子，我们郑家从没有过像你这样无用的媳妇！"

　　她忍耐了这一切，从没有出过怨言。

　　"那时太年轻了，也太孩子气了！"

　　郑季波对自己摇了摇头，香烟的火焰几乎烧到了手指，他惊觉地灭掉了烟蒂，手表上已经七点半，望了望大门，仍然毫无动静。习惯性地，他用手抱住膝，沉思地望着窗外。月亮已升起来了，那棵凤凰木反而清晰了许多，云一样的叶片在风中微微地颤动着。

郑太太抱着花瓶走了进来，有点吃力地想把它放回原处去，郑季波站起身来，从她手里接过花瓶，放回到书架上。这种少有的殷勤使郑太太稍感诧异地看了他一眼。他坐回沙发里，掩饰什么似的咳嗽了一声，郑太太看了看天色，问："怎么还不回来？再不回来，菜都要冷了！"

"她除了烫头发之外还要做什么？为什么在外面逗留得这么晚？"郑季波问。

"要把租好的礼服取回来，还要取裁缝店里的衣服，另外恐怕她还要买些小东西！"

"为什么不早一点把这些杂事办完呢？"

"本来衣服早就可以取了，絮洁总是认为那件水红色的旗袍做得不合身，一连拿回去改了三次。"

"何必那么注意小地方？"郑季波有点不满。

"这也难怪，女孩子把结婚的服装总看得非常严重的，尤其是新婚之夜的衣服，记得我结婚的时候……"郑太太猛然住了口，郑季波看了看她，努力地想记起她结婚那晚穿的是一身什么样的衣服，但却完全记不起来了。

八点十分，絮洁总算回来了，新烫的头发柔软而鬈曲地披在背上，怀里抱着大包小包的东西，一进门就嚷着："妈！你看我烫的头发怎么样？好看吗？"

本来絮洁就是三个女儿中最美的一个，把头发一烫似乎显得更美，也更成熟了。但，不知为了什么，郑季波却感到今晚的絮洁和平常拖着两条小辫子时完全不一样了，好像变得陌生了许多。郑太太却拉着女儿的手，左看看、右看看，赞不绝口。絮洁兴奋地说："我还要把礼服试给你们看看，妈，我又买了两副耳环，你看看哪一副好？"

"我看先吃饭吧，吃了饭再试好了，菜都冷了！"郑太太带着无法抑制的兴奋说。郑季波想到饭厅桌上那满桌子的菜，知道太太想给絮洁一个意外的惊喜，不禁赞叹地、暗暗地点了点头。

"喔，你们还没有吃饭吗？"絮洁诧异地望了望父母，"我已经在外面吃过了。你们快去吃吧，我到房里试衣服去！"

絮洁撒娇地对郑太太笑了笑，跑上去钩住郑太太的脖子，在她脸上亲了一下。又回过头对郑季波抛来一个可爱的笑靥，就匆匆忙忙地抱住她那些大包小包的东西往自己的房里跑去。郑太太愣了一下，接着立即抱着一线希望喊："再吃一点吧，好吗？"

"不吃了，我已经饱得很！"

郑太太呆呆地望着女儿的背影，像生根一样地站在那儿，屋里在一刹那间变得非常地沉寂。郑季波碰了碰郑太太，用温柔得出奇的语调说："走吧，玉环，我们吃饭去！"

郑太太惊觉地望了望郑季波，嘴边掠过了一丝淡淡的苦笑，摇着头说："可爱的孩子，她是太快乐了呢！"

郑季波没有说话，走进了饭厅，在桌前坐了下来，郑太太歉然地望着他问："菜都冷了，要热一热再吃吗？"

"算了！随便吃一点就行了！"

桌上堆满了菜，鸡鸭鱼肉一应俱全。那盘红烧鲤鱼被触目地放在最中间，直挺挺地躺在那儿，灰白色的眼珠突了出来，好像在冷冷地嘲弄着什么。郑季波想起他和郑太太婚后不久，她第一次下厨房做菜，显然她已经知道他最爱吃鱼，所以也烧了一个红烧鲤鱼。那次的鱼确实非常好吃，他还记得每当他把筷子伸进那盘鱼的时候，郑太太总是以她那对温柔的大眼睛热切地望着他，仿佛渴望着他的赞美，但他自始至终没有夸过她一句，他不了解自己何以竟如此吝啬。

他应该已经很饿了，可是，对着这满桌子丰盛的菜肴，他却有点提不起食欲来。但，虽然提不起食欲，他仍然努力地做出一副饕餮的样子来：大口大口地扒着饭，拼命地吃着菜，好像恨不得把这一桌子的菜都一口咽下去似的。一抬头，他发现郑太太正在看着他，猛然，他冲口而出地说："这鱼好吃极了！"

"是吗？"郑太太注视着他，一抹兴奋的红潮竟染红了她的双颊，郑季波诧异地发现这一句赞美竟能带给她如此大的快乐。这才想起来，这一句可能是他生平给她的唯一的一句赞美。离开了餐桌，他默默地想："这句话早该在三十二年前就说了，为什么那时候不说呢？"

回到客厅里，郑季波缓缓地踱到窗口。窗外的月光很好，这应该是一个美好而静谧的晚上，夜晚总带着几分神秘性，尤其是有月亮的夜。这该是属于年轻的情侣们的，躲在树叶的阴影下喁喁倾谈，望着星星编织着梦幻……可是，这一切与他都没有关系了，他已经老了，在他这一生中，从没有恋爱过，年轻时代的光阴完全虚掷了。

"爸爸！"

郑季波转过身来，呆住了。絮洁垂着手站在客厅门口：穿着一件白缎子拖地的礼服，大大的裙子衬托出她那细小的腰肢，低低的领口露出她丰满圆润的脖子，头上扣着一圈花环，底下披着一块雾一样的轻纱，黑而亮的头发像瀑布一般披在肩上，耳环和项链在她耳际和脖子上闪烁。但，这一切外在的打扮仍然抵不住她脸上那一层焕发的光辉，一种无比圣洁而热情的火焰燃烧在她微微湿润的眼睛里，嘴角带着个幸福而甜蜜的微笑。郑季波简直不敢相信这就是他那跳跳蹦蹦、爱闹爱撒娇的小女儿。

"我美吗，爸？"

"是的，美极了！"郑季波由衷地回答，想到明天她将离开这个家而投入另一个男人的怀抱，不禁感到一阵难言的、酸涩的味道。是的，小燕子的羽毛已经长成了，你能够不让她飞吗？

门铃忽然响了起来，郑季波望着女儿说："我去开门，你不要动，当心把衣服弄脏了，大概又是送礼的，或者是邮差送汇票来！"

"不是，一定是立康，他说过那边房子完全布置好之后还要接我去看一次！"絮洁说。

"可是，"郑季波站住了，"絮洁，我以为你今天晚上要留在家里和爸爸妈妈一起过的，你知道，这是……"他本来想说"这是最后一个晚上了"，但觉得"最后"两个字有点不吉利，就又咽了下去。

"喔，真对不起，爸，我们还有许多零碎事情要办呢！"絮洁有点歉然地望着郑季波。

这个"我们"当然是指她和立康，郑季波忽然觉得自己在和这未来的女婿吃起醋来，不禁自嘲地摇摇头。开了门，果然是立康，郑季波望着这一对年轻爱人间的凝眸微笑，脉脉含情的样子，目送着他们双双走出大门，猛然感到说不出的疲乏和虚弱，他身不由己地在沙发上坐了下来。三十年来，这一副担子是何等地沉重啊！

郑太太关上了大门，走回客厅里。客厅好像比平常空旷了许多，郑季波无聊地又点燃一支烟，狠狠地吸了一口，把嘴做成一个弧形，想吐出一个烟圈。但是，烟圈并没有成形，只吐出了一团扩散的烟雾。郑太太找出了一个没有绣完的枕头，开始坐在他对面一针一线地绣了起来，空气中有点不自然的沉寂。郑太太不安地咳了一声，笑笑说："他们不是蛮恩爱吗？絮洁一定过得很快乐的！"

郑季波的视线转向了郑太太，他知道她又在给絮洁绣枕头了。她老了！时间在她的鬓边眼角已刻下了许许多多残酷的痕迹，那对昔日明亮而可爱的眼睛现在也变得呆滞了，嘴角旁边也总是习惯性地带着那抹善良的、被动的微笑。"可怜的女人，她这一辈子到底得到了些什么？"郑季波想。于是，他又模糊地记起，当郑太太生下了他们的第一个女儿絮菲的时候，曾经脸色苍白地望着他，含着泪，祈谅地说："我很抱歉，季波！"

她觉得抱歉，只为了没有给他生一个儿子，其实，这又怎能怪她呢？郑季波又何尝希望有儿子，他对于儿子或女儿根本没有丝毫的偏见，只是，因为对她有着过多的不满，因为恨她永远是他的包袱和绊脚石，所以，没有生儿子也成为他责怪她的理由了。

"那时是多么地不懂事啊！"他想。

"记得我们刚来台湾的时候，觉得这幢房子太小了，现在，房子却又太大了！"郑太太环顾着房子说，嘴边依然带着那抹温驯的微笑。郑季波觉得心里有一种说不出的滋味，三个女儿，三个饶舌的小妇人，常常吵得他什么事都做不下去，现在，一个个地走了、飞了，留下一幢空房子、一桌没有吃的菜，和许多零零碎碎的回忆。

"我应该给你生一个儿子的，季波！"

郑太太注视着郑季波，眼光里含着无限的歉意。忽然，郑季波感到有许多话想对郑太太说，这些话有的早该在三十年前就说了的。他望着郑太太那花白的头发，那额上累累的皱纹，那凝视着他的、一度非常美丽的眼睛。他觉得自己的情绪变得有点紊乱了，太多片段的记忆，太多复杂的感情，使他感到迷惑，感到晕眩。灭掉了烟蒂，他不由自主地坐到郑太太的身边，冲动地、喃喃地说："玉环，我从没有想要过儿子，女儿比儿子好，尤其因为……"他感到说话有点困难，他不知道该怎么说才好，停了半天，才又嗫嚅地接下去："因为女儿是我们的，我和你的……"他感到词不能达意，不知道为了什么，他觉得有点紧张、有点慌乱，这种感觉是他从来没有过的。但是，显然郑太太已经了解了他的意思，她的眼睛睁得大大的，眼眶有一点儿湿润，里面闪耀着一种奇异的光辉。这表情他刚刚也曾看过，那是絮洁年轻的脸上，充满了对幸福的憧憬与渴望。

郑太太低低地、犹疑地问："那么，你并不因为我生了三个女儿而生我的气吗？"

"生你的气吗？玉环，为什么要生你的气呢？"

"女儿是要走的呢！"郑太太有点不安地说。

"儿子长大了也是要走的，孩子们长成了，总是要去追求他们自己的幸福的，这样也好，现在，只剩下我们两个了！"

郑季波凝视着郑太太，当他说"现在只剩下我们两个了"的时候，忽然心中掠过了一抹前所未有的甜蜜又凄凉的感觉，像是有一只无形的手，捏紧了他的心脏，酸酸的、甜甜的。他再也说不出话来了，垂下了眼睛，他又看到了郑太太那双改造派的脚，随着他的视线，郑太太忽然羞怯地把脚往椅子底下藏去，郑季波诧异结婚这么多年后，郑太太还会做这个她在新婚时常做的，惹人怜爱的举动。

"你为什么要把脚藏起来呢？"他问。

郑太太瞬了他一眼，像年轻时代般羞红了脸，接着又微笑了起来，有点腼腆地说："我本来裹了小脚，和你订婚没有多久，他们告诉我，你坚持要退婚，说我是小脚，又没有读过书，我就哭着把脚放了，只是不能放得像天足那样大，我怕你看了不喜欢。本来我想在婚前念书的，可是来不及了！"

郑季波静静地凝视着她，好像直到这一瞬间，他才第一次了解了她，认识了她，她那温柔的眼睛，她那驯服的微笑，她那花白的头发，这一切是多么地动人啊！郑季波觉得他的心像一张鼓满风的帆，被热情所塞满了！他不知不觉地握住了她的手，那双手并不柔软光滑，那是一双做过许多粗事的手，上面应该和她那善良的心一样受尽了刺伤和折磨，他讷讷地、不清楚地、吃力地说："玉环，我爱你！"感到婚后这么多年再来讲这话未免有点可羞，他的脸微微地红了起来，又结结巴巴地补了一句："现在……讲这话……不是……太迟吗？"

"迟吗？"郑太太像喝醉了酒一般，眼睛里有模糊的薄雾，两颊因激动而发红，嘴唇微微地张着，呼吸变得急促而紧张了，"迟吗？我等这句话足足等了三十二年了！"

夜仿佛已经很深了，风从开着的窗子里吹进来，掀起了窗上那薄薄的窗纱。小桌上的时钟嘀嗒嘀嗒地响着，墙上的日历卷起了一角，似乎在等待着被撕去。

窗外，凤凰木舞动着它云一样的叶片，在风中微微地点着头。

蓝裙子

孟思齐捧着一大堆书，沿走廊向校园走，脑子里还在想着刚才和康教授所讨论的一个历史问题："从天灾看朝代之兴亡"。真的，每个朝代将亡的时候，一定先发生天灾，继而是饥民造反，然后英雄豪杰群起，接着就是一次大革命。

"有道理！有道理！"孟思齐一面想着，一面点头晃脑地自言自语。

"喂！"一个声音在他面前响了起来，"请问一声，三〇九号教室在哪里？"

孟思齐吃了一惊，连忙抬起头来，只感到眼前一亮，一个女孩子正站在他面前。他推了推鼻梁上的眼镜，有点意乱神迷似的看着这个女孩子。一件镶着小花边的白衬衫，底下系着天蓝色的大阔裙，小圆脸，嵌着一对清澈如水的眼睛，微微向上翘的小鼻子，底下配着道小巧玲珑的嘴巴，乌黑的头发，扎着两根辫子垂在胸前。孟思齐欣赏而诧异地看着她，心里在自问："哪里跑来这样一个超凡脱俗的女孩子？我才不信我们学校里会有这么漂亮的女同学！"

"喂！"那女孩微微地甩了一下头，"请问，三〇九号教室在哪里？"

"哦，哦！"孟思齐这才大梦初醒似的说，"在二楼，从这边楼梯上去！"他给她指着路。

"谢谢！"小圆脸上浮过一个浅笑，蓝裙子轻轻地在空中划了一个弧度，消失在楼梯的转角处了。

孟思齐愣愣地站着，什么朝代兴亡、天灾人祸都从他脑子里飞走了。他觉得在这一瞬间，他已经获得了一种新的灵感，不，不是灵感，而是一种奇异的感应，不，也不对！反正那是一种特殊的感觉，是他二十几年来从来没有感到过的。这种奇异的感觉弥漫在他心里，充塞在他的每个毛孔中，他呆呆地伫立着，努力想抓住这份虚渺的感受。

"嗨，老孟！"一个声音喊着，一位同学跑了过来，是同班的何子平。他看了看孟思齐，笑着拍拍他的肩膀说："怎么，老夫子，一个假期不见面，你竟变得更呆了！大概又和康教授讨论了什么大问题吧！"

孟思齐讪讪地笑了笑，若是在平日，他一定马上把他和康教授讨论的内容说出来，现在他却并不这样做，他只觉得今天不适宜谈学问。本来嘛！开学第一天就埋在书本里，一定要让何子平他们更取笑他是老夫子了。他把书本抱在怀里，和何子平向校园里走，何子平继续说："你真是康教授的得意门生，碰在一起就是谈不完，刚才我找不到你，就猜你是去找康教授了！"

"找我？你找我做什么？"孟思齐问。

"有件小事，今年的迎新会要你做主席。"

"我做主席？"孟思齐把眼镜扶正，仔细地望望何子平，想看出他是不是开玩笑。何子平嬉笑地望着他，一脸淘气，使孟思齐莫测高深。

"我做主席？"他只得再重复一句话，"你开什么玩笑？"

"谁开玩笑，"何子平说，"你是大家公推的。"

"我让给你。"孟思齐说，"我只想做个打杂的！"

"那么，"何子平耸耸肩，用一种商量的语气说，"你得参加一个表演节目。"

"我？"孟思齐又推推眼镜片，"除非要我学猫叫。"

"随便你表演什么都行，"何子平忍住笑说，"反正我给你登记下来，你答允一个节目，到时可不许赖账！"

"那，那不成，我不会表演！"孟思齐讷讷地说。

"那么你还是做主席吧！"

"我还是表演好了！朗诵诗行不行？"孟思齐皱眉问。

"行！"

"好，我就朗诵一首'春眠不觉晓，处处闻啼鸟……'"

"要命！"何子平跺跺脚说，"规定要朗诵新诗！"

"那不成！"孟思齐正要说，何子平已挥了挥手，自顾自走了。孟思齐站定在校园里，望着何子平的背影消失。他不喜欢何子平，觉得何子平油头粉脸，整天都是忙些什么同乐会、迎新会、舞会等玩意儿，念书只是名义上的，考试时作弊，居然也混到了大学三年级！他生平看不起这种"混"的人，他的人生观，是要脚踏实地，苦干！可是，今日的青年，抱着像他这种观念的实在太少了！他摇了摇头，自嘲地笑笑，抱紧了怀里的书本，向教室走去。

迎新会在校内大礼堂里举行，时间是星期六晚上七时。礼堂里挤满了人，台上挂着一个红布条，写着"史地系迎新晚会"等字样。何子平穿着一身崭新的西装，才理过的头发油光闪闪，在台上台下穿梭不停，极力要显出他的"忙碌"和"重要"。孟思齐倚门而立，依然穿着他那身破旧的黄卡其布制服，蓬着满头乱发，腋下还夹着一本书，以一种不耐烦的神情看着台上一个同学在表演魔术。

"喂，请让一让好吗？"

一个声音清脆地说，孟思齐吓了一跳，这才发现自己正一只手撑在门上，成了个拦门而立的姿势，他慌忙放下手来，站正身子说："哦，对不起，请进请进。"

一个少女对他嫣然一笑，跨进门来，他一愣，怎么又是她！那蓝裙子袅袅娜娜地走进了礼堂，他仍然呆呆地站在门口，忘了自己胸前正挂着"招待"的红条子，忘了去给她找一个位子坐，忘了请她在门口的签名绸上签下名字，只是呆立着看那蓝裙子向里面摆动。然后，一个人影一阵风似的卷到她面前，一张嬉笑的脸弯向她，一连串客气的声音飘过来："哦，周小姐，请坐，这里这里！"

又是何子平！像个大头苍蝇，见不得花和蜜！孟思齐感到打从心底冒出一股厌恶，掉开了头，他不想去看那谄媚的一幕，却又不由自主地追踪着那个蓝影子，看到她在第一排的左边坐下，这是何子平费了大劲给她空出的位子。

"下一个节目是孟思齐同学的朗诵诗！"

麦克风突然播出的声音吓了他一跳，这才明白是自己的节目到了。整了整衣服，他大踏步地跨上台去，在麦克风前面一站，用手推了推眼镜，轻轻地咳了一声，还没有开始朗诵，台下已爆发了一片笑声。等他皱皱眉头，再清清嗓子，底下的笑声更大了。他不明白为什么别人看到他都要发笑，他觉得自己十分严肃，实在没有什么值得可笑的地方。可是，看他们那发笑的样子，好像他简直是个大滑稽。

他有些恼怒地扫了台下一眼，开始朗诵一首刘半农翻译的新诗《恶邮差》。

你为什么静悄悄地坐在地板上？告诉我吧，好
　　母亲！
雨从窗里打进来，打得你浑身湿了，你也不管。
你听见那钟已打了四下吗？是哥哥放学回来的
　　时候了。
究竟为着什么？你面貌这样稀奇？
是今天没有接到父亲的信吗？
我看见邮差的，他背了一袋信，送给镇上人，
　　人人都送到。
只有父亲的信，给他留去自己看了，我说那邮

差，定是个恶人……

　　这首诗是描写一个孩子看到母亲为等信而忧愁，就责备那不送信来的"恶邮差"。孟思齐音韵抑扬地念着，自认为这是一首很动人的诗，但台下笑得更厉害，好像他在台上耍猴子戏似的。他眼波一转之间，正好看到何子平正俯身和那个蓝裙子的少女说话，一面说，一面指着台上的自己笑，那少女则微笑地凝视着自己。他顿时感到脸上一阵热，他能容忍别人取笑自己，但不能容忍何子平！尤其在"她"的面前！他开始觉得今天的朗诵是何子平故意安排好来拿他开玩笑，这使他怒不可遏，但他仍然念完了那首诗，当他念道：

　　　父亲写的信，我都能写的，你可以一个错处也
　　　　找不出。
　　　我来从Ａ字写起，直写到Ｋ。
　　　但是，母亲，你为什么笑？
　　　你不信，我写得和父亲一样好吗？……

　　他看到台下的她，动容地收敛了笑，用一只手托着下巴，静静地望着他。她那善意的表情，支持他把全诗念完。下了台，同学们笑着拍打他的肩膀，假意地恭维他。他哼了一声，冷淡地走向礼堂门口，才预备跨出礼堂门，听到身后一阵掌声，本能地，他回头望了一眼，原来是她！她正站在麦克风前面，代表新生客串一个节目。他站住了，她唱一首歌，是《跑马

溜溜的山上》。

孟思齐靠在宿舍的窗子旁边，听着同宿舍的两个同学的谈话，他手里拿着本《中国近代史》，另一只手握着笔，却全神贯注在那两个同学的谈话中。

"你知道，何子平这学期完全被一年级那个蓝裙子弄疯了！"一个说。

蓝裙子，这是大家给她取的外号，因为她永远都是穿着蓝裙子，深蓝、浅蓝、天蓝、翠蓝……各式各样的蓝。

"何子平，"另一个说，"他是见一个追一个！昨天我还在万国舞厅碰到他，他正穷追那个叫什么小玲的舞女！"

"听说蓝裙子对何子平也蛮有意思呢！"

"你怎么知道？"

"有人看见他们从植物园的浓荫里走出来！"

孟思齐把手里的书狠狠地往床上一扔，不要脸！他想着，也不知道自己是在骂谁。反正这时代的青年都是一塌糊涂，何子平这该死的家伙！总有一天，他要揍何子平一顿，你玩舞女可以，玩蓝裙子就不行！但是，吹皱一池春水，干卿何事？他愤愤地走出宿舍，发誓不再去为这些乱七八糟的事操心，人生什么都是假的，唯有充实自己才是真的！这样大好的光阴，还是研究学问好些，他大踏步地向康教授的家走去。

在康教授的客厅里，一坐两小时，不知怎么，却没有以前那种高谈阔论的情致。到了吃晚饭的时间，康太太从室内出来，坚决留他吃晚饭。他只好留下，虽然全心挂念着女生宿舍。他想把蓝裙子约出来，告诉她和别人玩，可以！和何子平玩则不可以！明知道自己管不着，却就是心慌意乱地想管。

走进康家的饭厅，眼前一亮，不禁呆了一呆。饭桌边亭亭玉立地站着一个少女，是她！蓝裙子！怎么会是她？她怎么会在康教授家里？或者是自己想得太多，竟生出幻觉来吧！他推推眼镜片，把眼睛睁大了一点，再看，不错，依然站在那儿，正抿着嘴角对他笑，看样子不像是幻影了。康太太走过来，笑着对他说："你认得吧？她是我的侄女儿，现在和你同学，她总对我说你的学问好，还会朗诵什么诗歌，难得你们今天都在这儿，彼此见见，以后有个照应。"

怎么！她提起过他？学问好！她怎么知道？此后有个照应，谁照应谁？他觉得满脑子晕陶陶的，那对大眼睛看得他浑身无力，筷子在汤碗里乱夹。她看着，想笑，又不好意思笑。他猛悟到自己的失仪，用筷子夹了一筷子汤往嘴里送，她扑哧一笑，慌忙低下头。他衔着筷子，直发呆，你笑，笑什么？你笑得真好看，有谁告诉过你吗？

晚上，康太太让他送她回学校宿舍，他受宠若惊，和她缓步在人行道上，夜色如水，繁星满天，他却讷讷无言，她的高跟鞋在人行道上发出清脆的声音，蓝裙子不住碰着他的腿。好半天，谁也不说话，校门却已在望了，这是个好机会，不应该失去，应该告诉她，告诉她什么？对了，告诉她不要再和何子平出去玩，何子平那家伙不是好东西！

"喂——"他一惊，以为是自己在说话，却原来是她在说。

"怎么?"他问。

"没什么,只是,你那天朗诵得非常好!"

"真的吗?"

"当然!"

他望着她,她那夜色中的侧影多美!他们在校门口站着,彼此望着彼此,却都无言可说。然后,一阵铃响,一辆脚踏车冲到他们面前,停了下来,车上跳下一个人来,他定睛一看,是何子平!何子平望也不望他,就冲向蓝裙子咧嘴一笑说:"等了你一个晚上,你到哪里去了?"

"去玩。"她轻轻说,对何子平微笑。

"去玩?"何子平问,转过头来看孟思齐了。"和他吗?"他不信任地问。

孟思齐一肚子气,何子平,我总有一天要揍你!他想着,一面和那微笑着的蓝裙子生气。那么可爱的微笑,应该吝啬一点,送给何子平,实在太可惜!何子平又开口了,对她说:"现在还早,我请你去凯莉吃一点冷饮吧,怎样?"

不要答应!不许答应!孟思齐想着,但是,她却笑吟吟地说:"好啊!"说着,她对他挥挥手:"孟思齐,再见!"

再见?谁和你再见?你居然和这个小流氓出去!你别糊涂!他跨前一步,想阻止,但,何子平已把她弄上了自行车前的横杠,带着她如飞而去。临行,何子平还对他抛过来充满调侃意味的一声:"再见吧,孟同学!"

"我一定着了魔了!"孟思齐想着,靠在一棵榆树干上,怔怔地望着前面的女生宿舍。那幢两层楼的建筑耸立在黑暗的夜色里，视窗射出点点昏黄色的光线。他不知道她住在哪一间，因此，对每一个视窗都觉得怪亲切，又怪刺心的。他就这样站着，直到女生宿舍的灯光纷纷熄灭，他才叹了口气，怏怏不乐地离开了那棵老榆树。

"明天晚上决不到这儿来了！"他想。但，第二天，夜色一来临，他又痴立在榆树下了。

就这样，许多日过去了，许多夜也过去了。他忘了他的书本，忘了天灾人祸与国家兴亡的关系，忘了康教授，忘了许许多多东西，他的笔记本里纵纵横横地写满了："蓝裙子！大眼睛！""该死的何子平！""李家溜溜的大姐，人才溜溜地好哟，张家溜溜的大哥，看上溜溜的她哟！"最后那一条是《跑马溜溜的山上》里的歌词，他生平不会唱歌，但偏偏对这首歌的每一句，他想把它忘记都忘不了。

这天夜里，他站在榆树下，眼望着何子平把蓝裙子送回女生宿舍。他看看手表，已将近十一点。哼！你居然和这流氓玩到十一点才回来，你怎么如此不自重！他浑身冒火，气得鼻子里冒烟，悻悻然回到自己的宿舍里。同寝室的都已入睡，只有何子平还没有回来，他一面打开被褥，一面咬牙切齿。一会儿，何子平吹着口哨进来了，松领带，脱皮鞋，弄得满室声音，一股旁若无人的劲儿。躺在床上，还不肯安静，得意忘形地说："老孟，你看蓝裙子怎么样？"

"哼！"孟思齐哼了一声，算是答案。

"蓝裙子长得还不错，就是赶不上小玲的丰满……"

你居然拿蓝裙子和舞女相比！孟思齐气得牙齿都磨出了响声。好，何子平，如果你不尊重她，我一定要好好地教训教训你……

"老子玩女孩子，经验多极了，"何子平仍然在大吹大擂，"像蓝裙子这种小嫩苗似的女娃娃，我只要小施手腕，她就逃不出我的掌心……"

一句话没说完，孟思齐跳了起来，冲到何子平的床前，一只手拉起了何子平，另一只手握了拳就对着何子平的鼻子打下去。何子平惊喊了一声，挣扎着站起来，孟思齐的第二拳又当胸打到，何子平大叫："老孟，你疯了！"叫着，就跳起身，一头撞向孟思齐，孟思齐向后跌倒，撞翻了书桌。于是，全寝室都震动了，孟思齐打架，这简直是天字第一号的大新闻。在大家把他们拉开以前，他们已打了个落花流水，何子平鼻青脸肿，孟思齐的眉毛上给眼镜片划了个大口子，血流了满脸，两人都狼狈不堪。但是，这次打架的原因，却没有一个人了解，包括何子平在内。

打架的第三天，孟思齐在走廊上碰到了康教授，康教授看着他头上扎的绷带，笑笑说："孟思齐，今天晚上到我家里来便饭，我有点历史上的问题要和你谈谈。"

惭愧！这么久没有和康教授研究学问了。晚上，孟思齐到了康教授家里，和康教授对坐在客厅里，康教授却久久不发一语，最后才笑笑说："求学问虽然重要，可是，我总觉得人生大事也是应该解决的，思齐，你这份书呆子脾气简直和我年轻时一模一样。我以前追求你师母的时候，给她写了三年情书，一天一封，没有间断过，但是，怕她知道信是谁写的，见了面不好意思，我居然不签名，所以，你师母收了我三年情书，还不知道信是谁写的！"

孟思齐笑了，正好师母走进来，也扑哧一笑说："真是书呆子！我收到第三封信的时候，已经猜到是他的杰作了，他还以为我不知道，真不知道的话，怎么他家一遣人来说媒，我家就马上答应了呢！"

康教授和孟思齐都笑了出来。康师母说："来吃饭吧！"孟思齐一跨进饭厅，立即又呆住了！她！蓝裙子！他简直不敢相信自己的眼睛，康教授和康师母直对他笑，蓝裙子却低俯着头，脸上红红的，眼梢带着一抹娇羞怯怯的微笑。

饭后，又是他和蓝裙子一起告辞出来，走在宽宽的人行道上，两人都默默无言，结果还是她先开口，低声说："为什么和人打架？"

他讪讪一笑，不知如何回答，她接着说："昨晚你没有到榆树下来，我好担心，以为你病了，后来才知道你在前晚和何子平打架。"

原来他到榆树下去痴立的事，她竟然知道！他呆住了，停了脚步愣愣地望着她，她也回视着他，眼睛是热烈的，水汪汪的。他们注视了好长一段时间，她才轻轻说："我从没有和何子平怎么样，他只是单相思罢了！"

他一把握住了她的胳臂，微一用力，她的头就靠在他的胸前。她深深地叹息了一声，偎紧了他，问："我们现在到哪里去？"

"植物园，怎样？"他说，这是他唯一想得出来的，适宜于谈情说爱的地方，虽然他从来没有试验过，但他知道那儿的浓荫深处，是多么有利于两心的接近。

他们依偎着向植物园走去。

斯人独憔悴

　　第一次见到他好像还是昨天的事一样。那时，我是个腼腆的小女孩子，他是个腼腆的大男孩子。在大哥的那一群朋友里，就是他最沉默、最安静，总是静静地睁着一对恍恍惚惚的眼睛，若有所思地望着谈话的人群，或是凝视着天际的一朵游移的白云。那次还是我初次参加大哥的朋友们的聚会，拘束得如同见不得阳光的冬蛰的昆虫。大哥和他的朋友们那种豪迈的作风、爽朗的谈笑，以及不羁的追逐取闹，对于我是既陌生又惶恐。私下里，我称他们这一群作"野人团"，而他，却像野人团中唯一的一个文明人。

　　那天，我们去碧潭玩，大家都叫我小妹，取笑我，捉弄我，也呵护我。只有他，静静地看我，以平等的地位和我说话，好像我是和他们一样的年纪，这使我衷心安慰。因而，对他就生出一种特别的好感来，而且，他那对若有所思的眼睛令我感动，他说话时那种专注的神情也使我喜爱。当我们两人落在一群人的后面，缓缓地向空军公墓走去时，他问我："小妹，你将来要做一个怎么样的人？"

"我？我不知道。"真的，我不知道，我还属于懵懂无知的年纪，没有太多的时间去计划未来。因为他问话时的那种诚挚，使我反问了他一句："你呢？"

"我？"他笑笑，"做一个与世无争的人，过一份平平稳稳宁静无忧的岁月。"他望望天，好像那份岁月正藏在云天深处："世俗繁华，如过眼云烟，何足羡慕追求？人，如能摆脱庸庸碌碌杂杂沓沓的世事纠缠，就是大解脱了。"

我茫然地注视着他，他的话，对我来说，是太深了些，但他说话的那种深沉的态度让我感动。他对我笑笑，仿佛是笑他自己。然后，他不再谈这个。我们跑上前去，追上了大哥他们，大哥笑着拍拍我的头说："哈，小妹，'诗人'和你谈了些什么？"

"他有没有跟你谈人生的大道理呀？"另一个绰号叫"瘦子"的人嘲弄地问。

"他告诉了你云和天的美吗？花和草的香吗？"再一个说。

于是，他们爆发了一阵哄笑。听到他们如此嘲弄他，我暗暗地为他不平，我并不觉得他有什么值得笑的地方，虽然他有点与众不同。我不高兴大家这种态度，于是，我走近他，他看我，笑笑，似乎对那些嘲弄毫不在意。看他脸上那种神情，倒好像被嘲弄的不是他，而是大哥他们。他的满不在乎和遗世独立的劲儿，使我为之心折。

那时，我才刚满十五岁。

然后，有一段时间，他这个文明人杂在野人团里面，经常出入我的家，我也常常和他们一起出游。不过，那段时间很短暂，没两年，野人团就随着大哥的大学毕业，随着他们要受预备军官训练而宣告解散。大哥受完军训后，野人团中的一些人虽然又恢复到我家走动，他却始终没有再露面过。有时，我想，他或者已找到了他的境界，而隐居在什么深山幽谷之中，度那与世无争的宁静岁月。不过，在我那稚弱懵懂的年龄，还确曾为他耗费过不少精神，徒劳地浪费了不少的怀念。最后，在我逐渐的成长和时光如水的流逝中，我终于埋葬了对他的这段不成形的、朦胧的、幼稚的感情。

　　此后，一年一年地过去，他在我记忆中逐渐模糊，终至消失。到底十五六岁还是个幼小的年龄，而接踵而来的生活中又充满了太多绚丽的色彩，我度过了一段光辉灿烂的少女时期，然后，和野人团中一个虽平凡，却稳重的青年结了婚，人人都满意这个婚姻，包括我自己。

　　再和他见面，距离初次见到他，已经是整整十年了。十年，给每一个人的变化都很大，大哥已经做了两个孩子的父亲，我也不但已为人妻，且将为人母了。

　　当外子带我出席他们的校友会时，我是再也想不到会和他见面的。校友会在外子母校的大礼堂举行，人很多很乱，主要就是大家聚聚，联络联络感情。有个规模不小的聚餐，聚餐之后是舞会。我因为正害喜，对于室内那混浊的空气和嘈杂的音乐感到不耐。而外子与几个旧日的好友碰到了头，立即聚在窗边，高谈阔论了起来。听他们谈了一些彼此的事业，年纪轻轻的就唏嘘着年华的老大，我是越来越不耐烦了。但外子正谈得高兴，看样子并没有告辞的意思，我只得悄悄地溜出了大礼堂，到外面清新的夜色中去透透气。

礼堂外面几步之遥，有个小小的喷水池。我踏着月色，向喷水池走去，站在池边，看着那喷出的水珠在月光下闪烁，看着平静的水面被粒粒落下的水珠击破，别有一种幽静的美。我不知不觉地在池边坐下，凝视着自己的影子在水波中荡漾。我是那样出神，竟没有发觉有人走到我的身边，直到一个声音突如其来地吓了我一跳："小妹，你好？"

我迅速地抬起头来，面前站着的男人使我不能辨识，一袭破旧的夹克，敞着拉链，里面是件肮脏的衬衫，和一条灰色卡其布的裤子。乱蓬蓬的头发下有张被胡须掩埋的脸，只看得见在夜色中闪烁着异样神采的一对眼睛。衣领敞开，翻起的夹克领子半遮着下巴。瘦瘦长长的身子挺立在月光下，像个幽灵。我迟疑着，比迟疑更多的，是胆怯。

"不认得我了？"他的声音平平静静的，没有高低之分，"以前你大哥他们叫我诗人，记得吗？"

"诗人？"我一惊，实在没料到当年那个沉默腼腆的大男孩子竟是面前这个落拓潦倒的中年人，难道十年的光阴竟能把一个人改变得如此之大！我正错愕之间，他已自自然然地在我身边坐下，从夹克口袋里摸出一包烟，问我："抽烟吗？"

我摇摇头，他自顾自地燃起了烟，然后静静审视着我。现在距离近了，我更可以看出时间在他身上所刻下的痕迹，他双颊下陷，颧骨突出，憔悴得几无人形。再加上那奕奕有神的眼睛，显得十分怪异。这突然的见面使我口拙，尤其是他那惊人的改变，令我简直不知说些什么好。

"这些年好吧？你长大了。"他说，声音依然那样平板，没有带出一丝情感来。

"我已经结了婚……"我说。

"我知道。"他打断了我，"很幸福吧？"

我不置可否地笑笑，恢复了平静，望着他说："你呢？这些年躲在哪里？我们都看不到你。是不是已经找到了你希望的那种与世无争的生活？"

他凝视我，双眼灼灼逼人地燃着异样的光，但我直觉地感到他并没有看见我，他的眼光透过了我的身子，望着的是虚无缥缈的夜色，和虚无缥缈的世界。

"我几乎找到了，"他说，怅然若失地，"可是，我又失去了。"

"怎么回事？"

他深深地抽了一口烟，再把烟喷出来，烟雾在寒夜里很快地扩散了。他注视烟蒂上的火光，沉默了一段很长的时间，然后轻轻地问："要听故事吗？"

我没有说话，只用手抱着膝，做出准备倾听的姿态来。他望着我，这次他是真的在看我，好半天，他说："你好像还和以前一样，喜欢听而不喜欢说。好久以前，我觉得你和我是同类的，现在也这么觉得。那么，你真的幸福吗？你的丈夫能使你获得宁静和快乐吗？"

我皱皱眉，我不想去分析，于是我说："告诉我你的故事。"

他说了，用那种平板而没有高低的声调。

"我一直渴望着一种境界，你知道。"他说，微仰着头，注视着寒空里的星光，"我想找一个安静而幽美的所在，我厌倦都市的繁华和一般人追逐名利的生活。因而，当我受完了预备军官的训练，而凑巧知道东部山区中出了一个学校教员的缺时，我竟毫不考虑地接受了这个工作。"他看了我一眼："你会奇怪吗？一个大学毕业生到山地里去教小学？"

"不。"我说。

"可是，我的家人却觉得很奇怪，在这儿，我必须先告诉你我的家庭。我父亲是早年留德的学生，学工程，然后一直在大学中执教。我母亲出自名门望族，毕业于杭州艺专，是个薄负微名的女画家。我有三个姐姐、两个妹妹，我是家里唯一的一个男孩子。我父亲学的既是科学，受的又是新式教育，所以，他是个男女一视同仁的父亲，但是，他却是个最重男轻女的父亲，他宠爱我，优待我，视我如同瑰宝。母亲就更不用说了。我在家里的地位一直高高在上。父亲让我受最好的教育，期望我能出国留学，然后出人头地。他那望子成龙的苦心，为人子者，也真当感激了。所以，当我决定到山地去教书时，他如同挨了一记闷棍，整整三天三夜，他和我母亲，还有我的姐妹，苦口婆心地劝我放弃我这荒谬得'不可思议'的计划。母亲和我的姐妹甚至泪下。但是，我终于不顾一切，提着一口小皮箱，走入了山区。

"那学校坐落在半山的一个村落里，简陋到极点，那地区荒凉贫瘠，我实在不懂为什么有人愿意定居在这儿。所有的居民，都贫苦到衣不蔽体，六七岁的孩童，赤身露体都是常事。学校中一共只有五个人管理，一个是校长，一个算术教员，一个常识教员，加我这个语文教员，另外还有个管理洒扫的校工。校长姓林，年约四十几岁，是本省人，能说一口很好的日语。对于我的来到，他表现了适度的欢迎，然后将我安插在一间半新旧的屋中。

"我负担了从小学一年级到六年级的全部语文课程，事实上，每年级只有一班，班级越高，人数就越少，因为一般十二三岁的孩子，都要帮家里做事，家长就不肯放他们出来读书了。功课看起来忙，事实上并不太忙，只是，学生程度之低，和天资的愚鲁，使我一上来就大失所望。我置身于一群破破烂烂、毫无天分的孩子之中，看着的只是山脊和梯田，竟有种被欺骗似的感觉，这与我幻想中那宁静幽美的神仙境地，简直相差得太远太远了。可是，逐渐地，我开始安于我的新环境了，因为我发现这儿的孩子有一份特殊的淳朴，而生活在简单中，也有他的人情味。何况我还有很多空余的时间，可以在深山幽谷之中去探索一些奥秘，凝思一些真理。于是，我也就心安理得地待下来了。

"那是我到山地的第二星期，我曾托一个老太太帮我物色一个上班制的下女，因为学校没有包伙，而我又从无烹饪训练，再加上整理房间，洗衣，洒扫，样样都需要一个人帮忙（在这儿，你可看出我的公子哥儿脾气仍然未改，我常想，我只是个理想主义者，而不是个实行主义者），所以，一天早上，维娜被带到了我的房间里。

"维娜是个小小巧巧的女孩子，大约十八九岁，棕色的皮肤，苗条而结实的身子。有一对大大的，带着点疑问味道的眼睛，好像对世界上一切事物都充满了好奇和追寻谜底的欲望。鼻子挺直而有棱角，嘴唇厚实富于性感，我不知道为什么把她看得那么仔细，大概因为在这穷乡僻壤中，生活太单调了，有一个人让你研究研究总是好的。不管怎样，我喜欢这个女孩子，我接受了她。这，竟然影响到了我整个的一生。"

他停顿了叙述，重新燃起了一支烟。黑暗里，烟蒂上的火光在他瞳仁中跳动。他吸了一口烟，继续说下去：

"维娜是她的汉名，据说是我的前任给她取的名字，事实上，大家都叫她阿诺，我不知道诺是不是'娜'字的发音，但，我喜欢叫她维娜。维娜每天一清早就到我的房里，洒扫，整理，把衣服抱到溪边去洗。她在屋后的一块小空地上煮饭，每天当我起床时，我会发现室内早已纤尘不染，而桌上陈列着碗筷和我的早餐。为了方便起见，我给了她一把我房门的钥匙，使她可以在我未起身时进房里来工作。她每次来，轻悄得像一只黑夜行路的小猫，居然从没有惊醒过我。因而，她来的头一两天，当我早上醒来，看到室内井然有序，而桌上的饭菜热气腾腾，竟惊异得以为我像童话中的樵夫，拾回家一个田螺，夜里，田螺中会走出一个美女，为他洒扫煮饭。我起床后，吃过饭，她立即又轻悄地走了回来，铺床叠被，然后就吃着我吃剩的饭菜，很快地吃上几大碗饭。她做事时沉默寡言，可是动作迅速优美。没几天，我就发现她成了我生活中不可缺的一环。

"一天早上，我被雨声惊醒，睁开眼睛来，天才微微有点蒙蒙亮，我翻身想再睡，却听到钥匙轻轻地在锁孔中转动的声音。我知道是维娜来了，只为了好奇，我假装熟睡未醒，却偷偷地窥视着她进房后的工作情形。她走进室内，头发上滴着雨水，身上，她惯穿的一件灰白色的连衣裙已经湿透，贴在她丰满而小巧的身体上，看起来竟出奇地动人，她看了看床上的我，拾起我换下来的一件衬衫，用来抹拭头发上的雨水。然后，她轻快地在室内移动，整理着一切，身子转动的线条优美而自然，我忘了装睡，禁不住呆呆地凝视着她，于是，她一下子就停住了，看着我，试着对我微笑。

"'早，先生。'她说，她的普通话很生硬。

"'早，维娜。'我说。

"'下雨了。'她说。

"'到房里来煮饭吧！'

"她把炊具搬进房里，鼓着腮帮子吹那已湿了的木柴，火光映着她的双颊，带着一份原始的自然的美。

"'你家里有些什么人？'我没话找话说。

"'婆婆、爸爸、妈妈、弟弟、妹妹。'

"'你有几个兄弟姐妹？'

"'十二个。'

"哦，天呀！十二个！在山地里，女人生孩子就像母猪生小猪一般简单。

"'你是第几个？'

"'最大的。'她回头看着我，突然反问了我一个问题，'先生，你是平地人，为什么要到山上来？'

　　"她把我问住了，我怎么能向她这样的女孩子解释我上山的动机？怎能告诉她我那些人生的哲理？于是，我好久都没说话，最后，我勉强地说：'因为山上比平地美丽。'

　　"她的眼睛看来怀疑而不信任，还带着几分被愚弄了似的表情。但是，她没有多说什么，也没有表示什么。我反倒有些不安，我渴望能让她明白我并没有欺骗她。于是，第二天，我竟荒谬地把她带到山里。在山中的谷地里，到处都开着一串串紫色的小草花，还有蒲公英。我像一个傻子一样地，费了将近两个小时的时间，告诉她那花是多么地美，草是多么地美，岩石又是多么地美……我又热切地向她形容城市，繁忙的人群，拥挤的车辆，嘈杂的噪声，那些庸俗的追逐着名利的人，彼此倾轧，彼此伤害……我告诉她人心的险恶，诉说着社会的百态，一直说个不停，她静静地倾听着，用她无邪的眸子关切而怜恤地注视着我。那神情就仿佛我是个发着热病的孩子。终于，我停了下来，因为我发现我想令她了解我的意境，这念头的本身就实在荒唐！她根本就无法体会，她是个既无邪又无知的孩子，和那山、那草、那岩石一样地单纯，一样地只属于大自然的一部分。我又何必要把这样的一个单纯的脑筋中灌输进去'思想'，徒然使原有的简单变成复杂呢？我一停止说话，她就对我绽开一个温柔的微笑，然后跳蹦着在山谷中收集着野花，她奔跑的小身子在山谷的暮色中移动，恍如一个森林的女妖，我感到被眩惑了。

"从这一天开始，她每日清晨来的时候，都要给我带来一大束山谷中的野花。她显然误会了我的意思，以为我狂热地爱着这些花朵。她把花束插在瓶中，上面经常还带着露珠，我知道她为了采这些花，必须多绕一大段路。往往，我会对这些花沉思，幻想着维娜赤着脚，奔跑在晓雾朦胧的山谷中，那是怎样的一幅画面。

　　"随着日子的流逝，我和维娜就越来越熟悉，越来越不拘礼了。她开始和我同桌吃饭，开始为我做一些不属于她工作范围之内的工作。她为我补衣服，补袜子……在她该回去的时间，她还尽量地逗留在我的室内。晚上，我们常用一盏煤油灯（我不记得我有没有告诉你山中是没有电灯的）。我在灯下批改作业，她在灯下为我补缀衣服。往往，我从作业上抬起头来，就可以看到她黑发的头，映着灯光的明艳的双颊，微微起伏着的胸部，和裸露在短衫外的棕褐色浑圆的手臂。这时，我会幻觉她是我的，幻觉她是个仙子和幽灵的混合品……因而竟忘了工作，对她怔怔地凝想起来。于是，她会抬起头来，给我一个既高兴又羞怯的笑，讷讷地用她所特有的那种不纯熟的普通话说：'看什么呀，先生？'

　　"我对她微笑，她也对我微笑，逐渐地，我们会对笑得很长久，笑得忘记了许多事情，笑得天和地都醉醺醺的，笑得精神朦胧恍惚。然后，我会突然想起工作，而回到我的作业里，她就会俯下头去，轻轻地吐出一声，像是惋惜，又像失望的轻叹。

　　"山中的岁月千篇一律，难免会有些枯寂。林校长是有家

172

眷的人，他有个日本籍的妻子，和两个小孩，在山中颇得人望，山胞们大都说山地话和日语，小部分年轻人会说普通话。日子一久，我就发现大家很尊敬林校长，但是对我和另外的教员，却有点'敬鬼神而远之'的态度，我很难和他们打成一片。而我本人也不长于交友，再加上言语不通，更不易和他们相处，因而，我显得孤僻落寞。在寂寞中的人，是十分容易和对他亲近的人交友的，这也是我和维娜的友谊与日俱增的原因。

"我发现维娜的缝纫工作越来越多了，她在灯下停留的时间也越来越长久。终日面对着她，我早忘记她只是个村姑，我开始在她身上发掘，而发掘出来的东西，竟多过了我所意料的。

"一天晚上，我厌倦了作业本，当我抬起头来的时候，我接触到她关怀的眼睛，我放下笔问：'维娜，你从来没有下过山吗？'

"她摇摇头。

"'你的父亲呢？'

"'很早以前，爸爸下山去卖鹿角鹿骨，回来的时候，没有带回一毛钱，连鹿角鹿骨都没有了。'

"'怎么回事呢？'

"'不知道，不过，他从此不肯再下山，而且提起平地人就恨得要死。'

"'维娜，你想下山吗？'

"她注视着我，仿佛在思索，终于，她摇了摇头，对自己微笑，笑得十分稚弱动人。

"'不。'她说，'我下山做什么呢？平地人都很聪明，我太笨了，只能留在山上，到平地去，大家会笑我的。'

"她说出了一份真实，当我审视她的时候，我不由自主地拿她和桌上的那瓶她采来的蒲公英相比较，她就像一朵小小的蒲公英，淳朴自然，应该属于旷野和山谷，而不能属于高楼大厦。

"山中的冬天来得比平地早，阳历十二月初，天气已经寒阴阴的了。我穿上了毛衣，清晨和深夜，还禁不住有些瑟缩。可是，维娜依然裸露着她微褐色的手臂，在清晨的寒风中来到，赤着的脚踏过冰冷的朝露，似乎丝毫不觉寒冷。一天，我在溪边看到她，卷着高高的裙子，裸着大腿，站在冰冷的溪水里给我洗衣服，一面洗着，一面还高兴地唱着歌。她的歌喉低柔而富有磁性，唱起来颇能令人心动。当时，在溪边还有别的女人在洗衣服，我只远远地看着她，并不想惊动她，但她一定凭她的第六感发现了我，她抬起头来，用眼光搜索到了我，于是，她给了我一个悄悄的微笑，眼睛里焕发着光彩，唱得更加高兴了。猛然间，我心中微微一动，我觉得我与她之间，已经有了一份默契似的情感，这情感隐秘而微妙，但它显然是存在着。这发现使我有点儿不安，不过并不严重。当天晚上，当我们又坐在灯下工作时，我问：

"'维娜，今天你在河边唱的歌是什么意思？'那歌词是艰涩难懂的山地话。

"'噢，'她微笑着停止缝纫，'我不会说，我不知道用普

通话该怎么说。'

"'试试看。'

"她微笑沉思，一层红晕在她面颊上散布开来，她用眼尾悄悄地注视我，脸上有种朦胧的、幸福的光彩。然后，她试着翻译那歌词的意思给我听：

"'那歌的意思是说，有一朵小小的云，顶在我的头上，也顶在你的头上，一朵云下的两个人，有两颗不同的心，哪一天，两颗心变成一颗，你知道了我的心，我就不用再躲躲藏藏，担惊害怕……噢，我不会说了！'她笑着结束了那对她来说很困难的翻译工作，涨红的脸和含羞的眼睛，流转着盈盈的醉意。我望着她，呆住了。

"'你看什么啦，先生？'

"我收回了视线，但，我改不下本子了，作业簿上的字在我眼前跳动，越过练习本，我可以看到她放在桌上的胳膊，浑圆的手臂带着女性的魅力，我有冲上前去握住它的冲动。可是，我克制了自己，隐隐地，我感到这份感情已经过分了，过分则充满危机。我到山上来是寻求宁静，不是制造问题。幸好，这时候，寒假的来临结束了这危险的一刻，放寒假的第二天，我就束装下山了。"

他停了下来，天际有星光在闪烁，大礼堂里的音乐隐约可闻，不远处的草堆里，有个不知名的虫子在低唱着，我们身后的喷水池中，水珠纷纷溅落发出细碎的轻响，仿佛有人在喁喁地诉说着什么。他灭掉了手里的烟蒂，用手抱住膝，微微地仰起头，凝视着天边的星星。好一会儿，他才继续了他平板的声调的叙述……

"我回到台北，回到我热闹的家庭里，我的父母和姐妹包围住我，想找出我身上有没有野人的气息，母亲说我黑了，却结实了，父亲用探索的眼光研究我，想发掘出我内心深处的东西，他一直不能了解为什么我会愿意待在山上。短短的三个星期中，也发生了许多事情，我的大姐在阴历年后出嫁。我的二姐正整理行装，准备出国。我的三姐想说服我寒假之后留在台北，她振振有辞地说：

"'爸爸妈妈只有你这样一个男孩子，好不容易巴望到你大学毕业，你既不承欢于膝下，又不准备出国深造，更不找个有前途的好工作，居然跑到深山里去和野人为伍，简直是荒唐。留在台北，我保证你可以在洋机关里谋到一个差事，每月两三千的收入，岂不比在山野里赚那几百块钱强！'

"我只能对她们苦笑，我发现，全天下的人竟然都不了解我，我变成父母的哀伤、姐妹们的失望，好像我是个病入膏肓而不可救药的人。两个妹妹把握住一个寒假，拖着我进入繁华的中心，去追逐享乐。我们到过最大的餐厅，跳过舞，看过数不清的电影。每晚，霓虹灯闪耀得我睁不开眼睛，街头巷尾播放的热门音乐震耳欲聋，来往穿梭的汽车使我神经紧张，而那忙忙碌碌陶醉于酒绿灯红的人徒然让我觉得他们可怜。于是，当夜深人静，我拖着满身的疲乏躺在床上时，我会那么深切地怀念着山上那份简单而宁静的时光，怀念我那间只能聊避风雨的小屋，怀念那群无忧无虑的孩子，怀念山谷中蔓生的蒲公英和紫色的花串，还有——怀念在煤油灯下为我缝纫的那个小小的女孩。

"一个寒假，我家人为我做的努力算是完全白费。寒假刚结束，我就又仆仆风尘地回到了山上。

"我回到小屋的时候，正是日暮时分，山谷中暮霭腾腾，空气在旷野中堆积。我停在屋前，想找钥匙开门，但是，我立即发现，门是虚掩着的。带着几分诧异，我推开了门，顿时间，我呆住了。

"室内整理得井井有条，纤尘不染，我没有带下山的书，都整齐地摆在书架上，床上铺着新鲜的稻草，屋角的小几上，放着一盆清水，绳子上搭着我的毛巾，这一切，就像我只刚刚离开了十分钟一样。而最让我心动的是书桌上的小瓶中，一串串紫色的小草花正生动地迎风点头，仿佛是才从枝丫上采下来的。我跨进室内，把箱子放在地下，环室注视，下意识地以为我那森林中的小妖女会躲在什么隐秘的角落，可是，她并不在室内。我走到桌边，用手拨弄那串紫色的小花，感到一层温暖正由花朵上输进我的手心，又由我的手心输进我的心底。像一个漂泊在外的游子，骤然回到了家里一般，我有种类似解脱的欢愉和满足。闭上了眼睛，我静静地站着，静静地体会这种由心底向四肢扩散的安详和和平感。直到一声惊喊由门边传来。

"我回过头去，维娜正目瞪口呆地站在门口，她手中捧着一束枯枝，显然准备引火。她的长发凌乱而自然地飘垂着，穿着件破旧不合身的黑色短外衣，外衣里面依然是她那件灰不灰白不白的连衣裙，裸露着腿，赤着脚。她那无邪的大眼睛张得大大的，用种不信任似的神情看着我，一瞬间，我竟看不出她是悲是喜。可是，接着，她的手一张，枯枝从她怀里散落，她喊了一声，向我跑过来，一把抓住我的手臂，激动地对我嚷着一大串的山地话，我虽然听不懂，但我明白自己是如何在被期待着，这使我眼眶湿润而情绪激荡了。

"她喊了好一阵之后，才猛地缩了口。她退后一步，注视我，突然地羞怯起来，涨红了脸。她讷讷地用普通话说：'哦，先生，你回来，真好。我以为，你——不回来了。'

"我内心被柔情所涨满了，不能不对她温柔地微笑，我鼓励地拍拍她的手，问：'你来这里做什么？'

"'整理呀，你不定哪天会回来的，总不能让这里乱七八糟的，我天天都来，以为你很快就回来，你一直不来，我就以为你不来了。'

"我笑着，指指枯枝说：'做什么？'

"'烧开水呀！'说着，她又发出一声惊呼，匆匆忙忙地拾起枯枝说，'我还没有烧呢，你要没水喝了！'然后，她跑到屋外空地上，顿时生起火来。空地上风很大，火很快地燃着了，在噼啪的木柴声中，在火舌跳跃的照射之下，在暮色苍茫的背景里，她浑身散发着一种原始的美，她偷偷地注视我，在火焰下对自己悄悄地微笑。提了水来，她把水壶放在炉子上，又轻快地笼着火，拨着枯枝，然后，她唱起歌来，那支她曾在溪边唱过的山地歌曲。她的活力使我振奋，使我动心，望着她赤着脚在火光中来回走动，我更感到她像个森林的小女神了。

"开学了，一切又恢复了以前的情况。早晨，维娜悄悄地走进我的房间，给我整理一切。晚上，我们共用着一盏煤油灯。她不时从灯下对我送过一个痴痴的微笑。我常会莫名其妙地忘记我的工作，而对着她黑发的头沉思。日子一天天过去，五月里，刚刚来临的夏季就带来了当年第一次的台风。"

他又一次停顿了叙述，再度燃起一支烟。在烟雾里，他安静地沉思了一会儿，回忆使他的眼睛暗幽幽的，看起来深邃难测。

"那次台风，我忘了它叫什么名字，反正，有个很美的女性的名字，却有极泼辣的性格。当风力逐渐加强的时候，我正在上课，林校长来通知我停课，让学童们在暴风雨来临前赶回家去。停了课，我回到小屋里，维娜正忙着给我那不太坚固的木板窗子钉上钉子。

"'维娜，'我说，'你回去吧，当心风大了回不去！'

"她看看我，不在意地笑笑，然后说：'没有风雨会让我害怕！'

"我知道她说的是实情。岂止没有风雨会让她害怕，似乎没有任何事会让她害怕，寒冷、黑暗、酷热，对她都一样地不足重视。我常怀疑她的人体构造是不是与别人不同，否则她怎么那样禁得起风霜。

"窗子钉好了，她把炉子搬进了房里，关好房门，一面给我做晚餐，一面唱着歌。雨来了，狂风穿过了山谷，呼啸着，摇撼着我的小屋，大滴大滴的雨点，喧嚣嘈杂地击打着门窗。我侧耳倾听，山谷中万马奔腾，风吼之声如雷鸣般响着。我十分不安，怕维娜会回不去，但，维娜对那风雨恍如未觉，仍然轻快地摆着碗筷，轻快地唱着她那支美丽的小歌。

"我们一起吃过晚餐，燃上了煤油灯。屋外的风声是更加可怕了。维娜把门开了一条小缝，想看看屋外的情形，风从小缝中直扑进来，煤油灯立即灭了。狂风向室内怒卷而来，门似乎关不上了，我跑过去，帮助维娜把门重新合上，费了大力和风挣扎，才把门扣上。维娜摸索着燃起煤油灯，我才发现我的手臂上被钉子划破了一块，正流着血，她赶过来，一看到我的伤口，她的脸就变白了，她俯下头，用嘴吸吮伤口，她的嘴唇清凉柔软，一经接触到我的皮肤，就使我全身掠过一阵轻微的战栗。她抬起头注视我，我在她的大眼睛里看到原始的、野性的火焰，她的嘴唇上沾染了一滴我手臂上的血，鲜红而刺目。我凝视着她，直到煤油灯的火焰终于被窗缝中的风扑灭，我觉得自己拉了她一下，然后，她柔软的身子紧贴着我，小小的、结实的身体在我怀中如一块烧红的烙铁……窗外，风雨是更加大了。

"第二天早上，我醒来的时候，台风早已过去，窗子大开着，室内和往日一样，整理得清清爽爽，桌上放着早餐。我起了床，她从门外进来，对我展颜微笑。她没有提昨夜的事，好像那件事根本没有发生过，我们一块儿吃早餐，然后我去上课，她去洗衣服。看她的样子，那件发生的事似乎毫无关系，我不大明了他们山地人对贞操的看法，我想，可能他们是不重视的，后来，我才知道，他们在这方面竟比文明人更加保守。

"维娜依然早来晚归，安分守己地做着她自己的工作，她从不向我提起未来的保证，更没有和我谈过'爱情'，只是，她显得更加欢快活泼，她那支小歌，变得刻不离口，每次，当我听到她磁性的歌喉，总会引起一种朦胧的、幸福的感觉，隐居在这深山幽谷之中，有维娜这样的少女相伴，人生，还要渴求什么呢？我几乎已找到了我一直寻求的境界，那种与世无争的安详岁月。可是，接着，暑假来临了。

"当我下山的前夕，维娜给我烧了一只鸡送行，还偷来了一瓶她家里自制的米酒。她的酒量比我好，但我们都喝得醺醺然。那是第一次，她对我说了几句情话，她说：'你走了，我每天到这里来等你，你不会不回来吧？'

"'你放心！'我说，抚摸她的头发、面颊。于是，她纵身投入我的怀里，她的胳膊如两条有力的藤蔓，她浑身都燃着火，炙热而激烈……

"我下山后，刚好赶上我三姐的婚礼，她嫁了一个年轻的工程师。由于三姐的结婚，我成了亲友们瞩目和关心的对象，父亲鼓励我早日成家，妹妹们竟然为我大做起媒，整整一个暑假，我就陷在大家好意的安排里，我被动地认识了好几个女孩子，还几乎被其中一个所捕捉。但我实在不想谈婚姻，我怕负担家庭，也怕生儿育女。所以，暑假一完，我就逃难似的回到了山上。

"重回到山上，维娜果然在我的小屋中等我，两个月不见，她看来苍白憔悴。猛一见到我，她对我扑来，把她的头埋在我怀里，她在我怀中揉擦、喊叫、反复地说：'我知道你

会回来的！我知道你会回来的！我知道你会回来的……'

"我等她平静下去，然后托起她的头来，她竟泪眼婆娑。她凝视我，又哭又笑，又说又叫，然后，她跳开去，为我起火煮饭，她工作着，唱着歌，像个突然从冬眠中醒过来的昆虫，一睁眼发现有那么好的阳光，必须活动欢唱一番，以表示其内心的兴奋。

"到山上的第二天，林校长出其不意地来看我，维娜恰好不在屋里，林校长坐定后，竟对我提出一个大大出我意外的问题：'听说，你有意思要娶维娜，是吗？'

"我大吃了一惊，老实说，我从没有转过要娶维娜的念头。我抗议地说：'谁说的？'

"'维娜。'

"'维娜？'我皱起了眉，'她说了些什么？'

"'她坚信你会娶她。'林校长说，深沉地望着我，接着，他叹口气说，'你知不知道你走后发生的事？维娜有了孕，她的父亲鞭打她，一直鞭打到她流产，她父亲讨厌平地人，认为你占了维娜的便宜。维娜却坚信你会回来，会娶她。'他看着我，摇了摇头说：'老实说，如果我是你，我这次就不回到山上来了！'

"我霍然而惊，当然，我不可能娶维娜，无论如何，维娜只是一个目不识丁的山地村姑，我怎能娶她为妻子呢？如果我这样做了，我的父母会怎样说？我的姐妹又会怎样说？而且，我也从没有想到要娶她，娶一个山地女孩子！这未免太荒谬了！

"'林校长,'我勉强地说,'关于这件事,我想我愿意给她家里一点钱,至于婚姻,不瞒您说,这是不大可能的。'

　　"'我了解,'林校长说,'我一开始就知道你不会娶她的,问题是,这山上的人并不像平地上那样讲理,他们多少还遗留了祖先传下来的野性,我怕这件事不是钱所能解决的……'

　　"'您的意思是?'我不安地问。

　　"'我怕他们会对你用武力。'

　　"'什么?'我又吃了一惊,'武力?难道他们要强迫我娶维娜?'

　　"林校长苦笑笑,摇摇头说:'他们不会强迫你娶维娜,事实上,你要娶维娜都不简单,他们还未见得肯把维娜嫁给你,他们的地域观念十分重。我的意思是,如果你真有心娶维娜,我愿意尽量帮你调停,为你做一次媒。'

　　"'如果我不想娶她呢?'我问。

　　"'那么,'林校长严肃地说,'下山吧!偷偷地下山去,以后也不要再到山上来。'

　　"我开始明白事态的严重性,而认真地考虑起来。就在这时,维娜进来了,看到林校长,她有些错愕。接着,就莫名其妙地羞红了脸,显然她以为校长是为了谈婚事而来。林校长也没有再坐下去,只对我含意很深地看了一眼,就起身告辞了。

　　"林校长走了之后,维娜在室内不住地东摸摸西摸摸,她很明显是想知道林校长的来意,却又不敢直问。我冷静地注视她,打量她。奇怪,在以前,我对她那棕褐色的皮肤,赤裸的脚，披散的长发，都曾认为是原始的美的象征，可是，在林校长提起婚姻问题之后，我再来衡量她，这往日的优点却一变而为缺点。我看到她的无知、愚鲁、土气和粗野。暗中，我把她和山下那几个几乎引动了我的女孩子比较，其中的差异竟不可以道里计，和这样一个无知的土女结婚？我打了个寒战，这简直是不容考虑的！

"维娜在我的眼光下瑟缩，终于，她抬起头来望着我，红晕在她面颊上扩散，羞怯在她的眼底流转，无论如何，她依然娇美动人。她走近了我，大胆地仰视我，把她的手放在我的胸前，玩弄我衬衣上的纽扣。然后，她怯怯地，像述梦似的说：'我们可以到你喜欢的那个山谷中，造一间房子，我曾经造过，可以造得比这一间更好。你说过，你喜欢那些小花、那些小草，还有那山、那石头，我们把房子造在那里，我帮你煮饭，洗衣，让孩子在草地上玩……你不喜欢我家里的人，我就不和他们来往，就我们两个，我们可以有许多许多的小孩，你教他们念汉字，念你书架上那些厚厚的书……'

"听起来似乎不错，这些话竟吐自一个村姑嘴中，不是很奇妙吗？我有些眩惑了，望着面前这张醺然如醉的脸，我被她所勾出的画面所吸引，这种境界不正是我所渴求的吗？可惜，我只是个理想家，而不是个实行家，我依然无法容纳她为妻的念头。人，往往就这样可笑。尽管我嘴中说得冠冕堂皇，却仍然屈服在庸俗的、世俗的观念之下，一个堂堂的大学生怎能娶个无知的村姑？就这样，我竟把掬在手中的幸福硬给泼洒掉！

"她倚在我胸前，絮絮叨叨地说了许多的话，许多超过她的智慧的话，许多空中楼阁似的幻想……而我，一直像个傻瓜般伫立着，脑子里纷忙想着的，只是怎样向她开口解释，我不能娶她的原因，解释我要离开她的原因。她说得越热烈，我就越难开口，然后，一件突然的事变发生了。

"就在她倚在我怀里述说的时候，房门砰然而开，维娜跳了起来，同时，三四个大汉从门外一拥而入。领头的一个有张长长的脸，上面画着斑驳的花纹，一进门就用山地话大声地吆喝咒骂。他们都赤手空拳，并没有带任何武器，我看这一局面，就明白不大好办，但我仍然企图能和平解决。可是，还没有等我开口，维娜就惊呼了一声，对着那花脸的男人扑过去，她抱住他的脚，急切地诉说着，嚷着。这显然更激发了那男人的火气，他甩开她，对我冲了过来，另外几个人也分几面对我夹攻，急迫中，我听到维娜哀号地狂叫了一声：'先生，跑呀！快跑呀。'

"我没有跑，并不是我不想跑，而是没有机会让我跑，我的下颏挨了一拳，接着，更多的拳头对我身上各处如雨点般落下，我倒在地上，有人用膝头顶住我的胸口，打我的面颊，在撕裂似的痛楚中，我只听得到维娜发疯般地狂呼哀号，然后，我失去了知觉。

"醒来的时候，我正躺在地上，维娜蹲在我的身边，细心地用水在洗涤我的伤口，我想坐起来，可是，浑身上下竟无一处不痛，维娜按住我，把我的枕头垫在我的头下。她看起来居然十分平静，虽然她的衣服撕破了，脸上也有着青肿

的痕迹，可是，她对我微笑，轻轻地抚摸我脸上的伤痕，好像一个母亲在照顾她的孩子。我沙哑地问：'那个画了脸的人是谁？'

"'我的父亲。'她低柔地说，接着，她揉着我的手臂，我相信那只手臂一定脱臼了。她在我的关节处按了按，放心地拍拍我，说：'他们只轻轻地打打你，林校长一定去说过了，现在，他们不会再打你了，我们好了，没有人会管我们了。'

"'你是什么意思？'我不解地问。

"维娜的脸红了，她那带着青紫和污泥的脸使她像个小丑，她轻轻地说：'爸爸对我说，如果我喜欢你，就跟了你吧！他这样说，就是答应了。'

"我悚然而惊，和这种野蛮人联婚！简直荒谬，太荒谬了，这种只会用拳头的野人的女儿，竟想做我的妻子！我试着坐起来，尖锐的痛楚和强烈的愤怒使我龇牙咧嘴，我抓住维娜胸前的衣服，冷笑着说：'告诉你，维娜，我不会和你结婚，我是个文明人，你是个野人，我们根本就没有办法结合，你应该嫁一个你的同类，不是我！'

"她睁大了那对无邪的眼睛，莫名其妙地望着我，显然她无法明了我话中的意思。我对她重说了一次，她仍然怔怔地望着我。然后，她抚摸我，哄孩子似的说：'你睡吧，先生，明天就不痛了。'

"我泄了气，在她纯真的眼光下，我感到无法再说拒绝她的话。此后一星期，我就躺在小屋内养伤，她，维娜，像个忠实的小妻子，寸步不移地侍候在我床前，任何时候，我睁开眼睛，都可以接触到她深情款款的注视。每时每刻，都可听到愉快的、磁性的歌声，唱那支浣衣时唱过的山地小歌。

"这一星期内，我也认真地思考过和她结合的事，但终于断定是不可能，我不会永远生活在山上，我还有家，有父母和姐妹。可是，望着她欢快地在室内操作，听着她单纯悦耳的歌声，我实在不忍心告诉她。当我身体康复后，我去找一次林校长，我把现实的问题分析给林校长听，林校长以了解的神态望着我。于是，我留了一笔钱在林校长那儿，请他在我离去之后转交给维娜。

"第二天早上，当维娜去河边洗衣服的时候，我收拾了我的东西，悄悄地走了。我没有留下纸条和任何说明，因为她是看不懂的。我曾绕道河边，对她的背影凝视了一会儿，阳光在她赤裸的手臂上反射，流水从她的腿中流过去，乌黑的发丝在微风里飘拂，她弯着腰，把衣服在水中漾着，又提起来——那是我的一件衬衫，她站直身子，嘴里唱着歌……"

他的叙述停顿了，烟雾把他整个的脸都遮了起来，那对亮晶晶的眼睛在烟雾里闪熠。大礼堂里正播放着一首圆舞曲，音乐如水般在黑夜中轻泻。他抛掉了手里的烟，站起身来，俯身注视着喷水池中的水，那些纷坠的小水珠把水面漾开了一个个小涟漪，几点寒星在水波中反射。

"故事可以结束了，"他的声音幽冷深远，仿佛是从遥远的山谷中传来，"我下了山，找到一个收入很高的工作，投身于熙熙攘攘的人群，重去做一个正常的人。一切好像已纳入正轨，山上的一段荒唐的日子似乎已成过去。可是，这故事还有一个小小的尾巴。"他站直身子，眼睛凝视着远方的一点。

"数年后，我没有在繁华中找到我所寻求的真实，我感到自己的心彷徨无依，像个游魂般漂泊而无定所。我终日失魂落魄，午夜思维，我开始怀念起山间的岁月，怀念我那小小的、纯真的女孩，而这种怀念，竟一日比一日强烈。到最后，几乎一闭上眼睛，我就会幻觉自己正和维娜生活在蒲公英花丛中的小屋里，孩子们在谷中爬着玩，维娜握着一串串紫色的小草花，赤着脚，唱着那支简单而悦耳的山地歌曲，对着我嫣然微笑。这种幻觉扰得我无法工作，无法成眠，于是，一个冬日的黄昏，我又回到了山上。"

他再燃起一支烟，猛吸了一口。

"我回到山上，没有直接去我的小屋，我先去找了林校长，林校长惊愕地望着我，然后，他告诉了我那故事的结局。维娜在我走后，固执地死守着那间小屋，无论谁的劝告都不肯出来，她坚信我会回去，一年后，她绝了望，于是，她开始绝食，她的绝食被发现的时候，已经奄奄一息，他们曾经设法救活她，但她只是摇头，临终时指着山谷的方向，因而，他们把她葬在那开满蒲公英和紫色花串的山谷里。

"我曾回到我的小屋，做过最后一番巡视，自从维娜死后，这房子就没人再住过。灰尘满布和蛛网密结的房间里，有我的几本书，整齐地放在桌子上，我那件未带走的衬衫，静静地躺在床边，我又到了她的坟前去凭吊，坟上已遍布青草，无数紫色的花串，在初冬的暮色里，迎着风前后摆动。"

他说完了。站在那儿，他注视了我好一会儿，我被他这故事的气氛所紧压着，觉得无法透气。我们沉默地待在夜色里，谁也不说话。最后，还是他先打破了沉寂：

"怎样？小妹，你听了一个故事，惨吗？美吗？维娜是个多美的灵魂，是吗？希望这个故事不会影响你快乐的心情。你看，有谁从大礼堂里出来了？如果我没有看错的话，那是你的丈夫和他的朋友，他们好像正在寻找你呢！好吧，我不打扰你们了，请原谅我先走一步。再见，小妹。"

果然，外子正和他的朋友向水池边走了过来，我站起身，想叫他别忙着先走，可是，他已经大踏步地走远了。他向着龙柏夹道的小径走去，月光把他的影子拉得长长的，只一会儿，那孤独的影子就消失在小径的尽头了。

外子和朋友们走了过来，外子说："哈，你在和谁说话？害我们找了你半天！"

真难得，他竟发现了我的失踪。

他的一个朋友说："怎么，刚才在这儿的好像是诗人嘛！"

"诗人？"另一个说，"他是个可怜人，心理不正常，听说他家里预备把他送疯人院。"

疯人院？我浑身一震，外子说："他和你谈些什么呀？想想看，你竟和一个疯人待在一起，多可怕！"

"他告诉了我一个故事，"我轻轻地说，"一个很动人的故事。"

"什么故事？"

"关于一个山地女孩子，他和一个山地女孩子的恋情，以及那个女孩子的死。"

"死？"外子的朋友惊诧地说，"谁死了？"

"那个女孩子。"我说。

"哦。"那朋友哦了一声，接着就笑了起来，他的笑声在这静夜中显得异样地可憎，我有些生气了。他终于止住笑说："那女孩子并没有死。"

"没有死？"轮到我来惊异了。

"他告诉了你些什么？"那朋友说，"他有没有告诉你他娶了那女孩子？"

"他说他回到山上去找她，但那女孩子已经死掉了。"

"哼，"外子的朋友冷笑了一声，带着种了然一切的沾沾自喜的神情，"事实并不是这样。他上了山，那女孩子居然还在他的屋里等他，于是，他娶了她。可是，他犯了一件错，他把这女孩子带到山下来了，结果，这女孩子学会了打扮，学会了穿旗袍，学会了穿高跟鞋，也学会了看电影，坐汽车，抽烟，喝酒，以及交男朋友……她再也不肯回山上去了。"

"然后呢？"我问。

"他失去了这个女孩子，她跟人跑了。他到处找寻她，最后，终于找到了。"

"在哪儿？"外子问。

"宝斗里。"那朋友又纵声大笑了起来，拍着外子的肩膀说，"要去找她吗？十五块钱就可以和她睡一次。噢，在嫂夫人面前说这个话，太粗了，该打，该打！"

"找到之后怎么样呢？"外子问。

"怎么样？"那朋友耸耸肩，"诗人哀求那女孩跟他回到山上去，可是，那女孩子叫流氓把他给穷揍了一顿，叫他以后不许来找她，所以……"他又耸耸肩："诗人就完了，疯了，这是他找寻真善美的结果。哈哈哈！"

我跑开去，一阵反胃，想吐。

外子走过来，拍拍我的肩膀，打了个哈欠，说："怎么？又害喜了？医生说怀孕三个月之后就不会呕吐了。"

我没说什么，夜已经深了，我们和外子的朋友告了别，缓步走出校园。外子挽着我，哈欠连声，但却精神愉快，他招手叫了一辆三轮车，一面说：

"唔，一个很好的晚上，不是吗？和老朋友聚聚，谈谈，真不错。老周告诉我，××公司的股票要涨，趁现在下跌的时候，应该捞一笔，明天要去看看行情……"

我坐在车里，外子的声音从我耳边飘过。车子驶进了热闹的街道，霓虹灯满街耀眼地闪烁着，三轮车在汽车群中争路，一片喇叭和车铃声。面对着一明一灭的霓虹灯广告，想着刚刚诗人寂寞而孤独的影子，我深深地叹了一口气。

"冠盖满京华，斯人独憔悴。"我喃喃地念。

"你在说什么？"外子问我。

"哦，没什么，"我说，"我累了。"

我向他靠近，悄悄地拭了拭眼角。人，糊涂平庸的是有福了。我闭上眼睛，把头靠在外子的肩膀上，什么都不想去思索，只一任车子在夜雾和霓虹灯交织的街头上向前滑去。

月满西楼

一

我不知道这一切是怎么开始的，我不知道是什么神灵把我安排进了这个奇异的故事，但是，一切开始了，发生了，我突然走进了一个陌生的世界，改变了我一生的命运。而且，这所有的事都那么真实，并非一个虚幻的、玄妙的梦！

一切是怎么开始的呢？

二

那是我领到学士文凭后的第三个月。

刚毕业的兴奋和雄心都已经成为过去了。三个月来，我寄出了一百多张履历表，翻烂了报上人事栏广告，发现一张大学毕业证书，甚至换不到一个糊口的工作！每天早上下楼来吃早餐的时候，就觉得叔叔婶婶的脸色一天比一天难看了。当然，我绝不能怪他们，叔叔只是个公务员，他并没有责任养活我，更没有义务送我上大学，但，他却又养活了我，又送我上了大学，他百分之百地对得起我泉下的父母了。而现在，我好不容易毕了业，总应该赚点钱给叔叔婶婶，支持堂弟堂妹们的学业，才算合理，如果继续在叔叔家吃闲饭，终日荡来荡去，无所事事，那就难怪叔叔婶婶脸色难看，就是我自己，也觉得不是滋味。

这天早饭桌上，婶婶有意无意似的说："美蕖，可能是你的条件太高了，现在人浮于事，找工作越来越难，你也别希望待遇太高，只要能供膳宿，也就很不坏了。"

言外之意，婶婶不欢迎我在她家继续住下去了，我不是傻瓜，当然听得出来，叔叔有些过意不去，推开饭碗，他粗声地说："急什么？让美蕖慢慢去找，总找得着工作的！"

好叔叔，好婶婶，我不能再增加他们的负担了，他们自己还有三个读中学的孩子呢！拿起报纸，不看国家大事社会新闻，直接翻到分类广告那一页，从人事栏里逐条看下去，差不多可应征的工作都在前一两天应征过了，只有一个启事，用两条宽宽的黑边框着，很触目地刊在那儿：

征求中文秘书一名，供膳宿，限女性，二十至
二十五岁，未婚，高中毕业程度以上，擅抄写，字

迹清秀，对文艺有爱好者。应征者请书自传一份，四寸半身、全身照片各一张，需注明身高体重年龄，及希望待遇，寄北投××路××号翡翠巢石先生收。

一则很莫名其妙的启事，给我最直觉的印象，它不是在征求什么中文秘书，倒像是征求女朋友。四寸半身、全身照片各一张！注明身高体重年龄！这也是一个有工作能力的人所必须要附带注明的吗？这是在求才还是求人呢？我抛下了报纸，不准备应征，事实上，即使我应征，被录取的希望也渺小又渺小，我已经有了不下一百次的应征经验了。吃完了早餐，我摆脱不开悒郁的心情，工作！工作！工作！我迫切地需要一个工作！重新抓回那张报纸，我再看了一遍那征求启事，为什么不姑且一试呢？多一个机会总多一分希望呀！何况，这启事也有诱人的地方，供膳宿之外，"翡翠巢"三个字对我别具吸引力，该是个大花园吧！种满了藤葛巨木、奇花异卉的地方？里面有什么？一个巨人？不知道为什么，它使我想起小时候看过的一个童话，题目叫《巨人的花园》，述说一个美丽的大花园里，住着个寂寞的巨人的故事，好吧！管他是求才还是求人，寄一份资料去试试！

随便扯了一张纸，我写下了下面的应征函：

姓名：余美蘅

年龄：二十二岁

学历：×大中文系毕业

身高体重：身高一五九公分，体重四十三公斤。（如果我能获得一个工作，该可以增加几公斤。）

自传：你会发现我是一个平凡的人，平凡得和这世界上许许多多的人一样：两只手，两只脚，两个眼睛，一个鼻子，一张嘴。也和那些人相同，我还有满脑子平凡的幻想和抱负。但，我正走在一条崎岖的小路上，像成千成万的大学毕业生一般，发现铺在自己面前的并不是一条康庄大道。不过，我有勇气去披荆斩棘，只要给我机会，我愿把平凡的幻想变为真实！

你不会有兴趣研究我的资料，但我看出我有需要告白一切。我，十岁丧母，十五岁丧父，从此依靠叔父婶母生活，他们已完成了我的大学教育，而堂弟妹们年纪尚小，叔父的家境也极清苦。因此，你可看出一个工作对于我的重要性，不过，我并不想博取同情——世间多的是比我更值得同情的人——我相信自己的工作能力，也相信自己并不笨。但愿你和我同样相信它。

我不敢期望过高的待遇——我值多少钱，这该看我的工作情形来定，因此，我保留这一点，留给你去填，假若我有幸让你来评定的话。

我想，我当时写这份应征资料的时候，多少有些儿戏的态度，我并不相信会被录用，也不相信这是份适合我的工作。所以，这份资料寄出后，我也就不再放在心上了，事实上，报纸上那份征求启事一直刊登了一个星期，当它不再出现在报纸上之后，我就真的把这件事抛到九霄云外了。那份应征资料和许许多多应征资料一样，有去而无回，大概都寄到月球上去了。我又继续了一个多月各处碰壁的生活，自尊和雄心都被现实磨损到可怜的程度，我不再有勇气去应什么征，也不愿意去见任何人。婶婶不说什么，但她开始帮我物色男朋友了，我看出铺在我面前的，连崎岖小径都不是，而是一片暗密无路的丛林。我几乎考虑结婚了，这是绝大多数女性的路——离开书房，走进厨房。但是，要命的，我竟连一个可嫁的人都没有。

就在这绝望的情况中，"翡翠巢"的回音来了，一盏亮在暗密的丛林里的明灯！那是张纸质极佳的白色信笺，上面简简单单地批着两行漂亮的钢笔字：

余小姐：请于十月一日晨九时，亲至北投翡翠巢一谈。

　　即祝好

　　　　　　　　　　　　石峰　九月×日

信上并没有说一定用我，但已足以鼓起我的勇气了。我握着信笺，兴奋地计划着如何去见我的雇主，丝毫没有去想迎接着我的是怎样奇异的命运。

三

我在一个初秋的早晨，第一次到翡翠巢去。正像我所预料的，这儿已远离了市区。我走上一条很好的柏油路，这条路一直把我带上了山，虽然我对于即将面临的"口试"有些不安，但我依然被周围的景致所吸引。我惊奇地发现这条通往山上的柏油路的两边，一边竟然是一片绰约青翠的竹林，另一边是苍劲雄伟的松林，竹子的修长秀气，和松树的高大遒劲成为鲜明的对比。竹林和松林间都很整洁，泥土地上有着落叶，但并不潮湿，松林里还耸立着许多高大的岩石，更增加了松林的气魄。柏油路很宽，汽车一定可以直接开上去，翡翠巢顾名思义，应该在一片绿色的山林之中。我的兴趣被松林和竹林所提高，情绪也被那山间清晨的空气所鼓舞，我感到身体里蠢动着的喜悦，每当我向前迈一步，我渴望得到这工作的欲望就更深一步。

我就这样四面浏览着，缓慢地向前步行，平心而论，我正在胡思乱想，想许许多多的事，未来，以及当前的工作问题。因此，我完全没有听到有辆摩托车正用高速度从山下冲上山来，等我注意到的时候，那辆车已冲到我的身边，由于山路的环山而造，弯路极多，那驾驶者在转弯前并没有看到我，当他看到的时候一定已来不及刹车，而我又走在路当中。

事情发生得很快，我跌倒，车子冲过去。我在路上滚了一滚，不觉得痛，只觉得满心惊惶和愤怒，勉强爬起来，我看看腿，右腿膝部擦破了皮，并不严重，裙子撕破了一些，有点狼狈，但是别无伤痕。我想，那车子并没有真正撞到我，只是扶手或是什么钩住了我的衣服，我站直身子，那车子已折回到我的身边，驾车的人仍然跨在车上，他有张强硬的、男性的脸，不太年轻，也不老，三十八九岁的样子，满眉目的不耐。

"我希望你没有受伤！"他大声说，几乎是命令的语气。

"我希望你开慢一点！"我气愤地说，声调愤怒，他应该下车，表示点歉意什么的。

"你没受伤是你的幸运，你挡了我的路！"他冷冷地说。

"路又不是你造的！"

他咧开嘴，微翕了一下，我看到他嘴边的嘲笑味道。

"不幸，正是我造的。"他不太清晰地说，然后提高了声音喊，"如果你没受伤，我走了。"发动了车子，他立即又向山上冲。

我非常愤怒，怎么这样倒霉，会碰到这种冒失鬼！我在他身后大声说："希望你撞到山上去！"

他的车子走远了，我不知道他听到了没有。我在路边停了几分钟，整理我的衣服，平定我的情绪。

这只是一个小小的插曲，我没摔伤什么地方，也没扭伤筋骨，我又继续前进，很快忘记了这件不快的事。何况，晨间的树木那么苍翠，鸟鸣又那样地喜悦。

太阳升高了，初秋的台湾，太阳依旧有炙人的热力，我逐渐感到燥热和口渴，前面有一个交叉路口，路边有棵如伞覆盖的大树，我走过去，树下有一张石椅，上面刻着一行字："翡翠巢敬赠"。

敬赠给谁？是了，给任何一个行人，让他在树荫下得到片刻的憩息。现在，它是被"敬赠"给我的，我自我解嘲地微笑，在椅子上坐了下来，再一次整理我的衣服，擦拭手臂上和腿上的灰尘，坐在那儿，我有份下意识的满足，满足些什么？我自己也不知道，只朦胧地感觉到什么——仿佛，翡翠巢对我不是一个陌生的名称，它已和我有密切的关系。

周围很安静，松林静静地躺着，竹林也静静地躺着，柏油路蜿蜒上山，另一条分岔的石子路通向密林深处，一块小小的木牌竖立在石子路边，上面画着箭头，写着"往翡翠巢"的字样，石子路也很宽，坐在这儿可以隐约地看到一带红墙和屋顶。我张望着，我的时间很宽裕，不必匆忙地赶路，大可以再为我将面临的口试打一番腹稿。我坐了大约有十五分钟，没有看到任何一个行人。阳光很好，天空澄碧，林间有小鸟清脆的鸣叫……什么都很好，很美，很安详。可是，就在那一刹那间，我忽然有种异样的感觉，不知道是第六感还是什么，使我猛然感到一阵寒战，我清楚地觉得有人在我的附近，某一棵树后，或者某一块石头后面，有个人正窥探着我。似乎阳光变冷了，我脑后的发根突然直竖，一种我不了解的因素使我毛骨悚然。我跳了起来，完全出于直觉地回过头去，背后是一片松林，有三块并立的大岩石，像一个屏风般遮在前面，阳光明亮，松林中什么都没有。

我不禁嘲笑自己的神经过敏，走上了那条石子路，我向翡翠巢的方向走去，很快地，我走近了那个地方。出乎我意料，那是山坡上辟出来很开阔的一块平地，有十几幢房子耸立在那儿，看样子翡翠巢不像我想象的那么孤独。这儿显然是高级的住宅区，那些有钱有闲的人的别墅所在地。我走过去，很容易地找到了翡翠巢，它在路的尽头，占地广大，有白色的围墙，一株高大的凤凰木的枝干伸出了墙外，好几棵比墙高的大榕树，叶子被修剪成为弧形、圆圈和鸟兽的形状。这儿是什么地方？巨人的花园？我伸手按了门铃，那门上"翡翠巢"的金属牌子对我发着光。

是一个三十岁上下的、瘦削的男佣来给我开的门。（后来我才知道他是翡翠巢的司机，大家都叫他老刘。）大门内果然是个花团锦簇的大花园，种满了玫瑰、石竹、菊花和万年青。花园是经过设计的，有个假山石堆砌成的喷水池，山石缝中长满了各种花草，一棵仙人掌盛开着水红色的花。大约有二三十棵不同品种的玫瑰，红的、黄的、白的……迎着阳光绽放着鲜丽的颜色。不过，这儿并不是一片巨木浓荫，除了围墙边经过修剪的榕树和凤凰木，花园里最大的木本植物就是几棵大型的茶花和扶桑。因此，整个花园都显得明亮，整洁，而充满了生气。那幢建筑在花园中的西式二层洋房，也给人同样的感觉，房子外部贴的是绛红色的砖片，宽宽的走廊边竖着有简单花纹的水泥柱。从大门进来，一道磨石子路直通正房，和正房旁边的车房，车房门敞开着，里面有一辆深红色的小型篷车。

我被带进客厅——一间明亮的大房间，三面落地长窗迎进了一屋子的阳光，圆弧形的藤椅，椭圆的柚木小桌，绿色的长沙发，简单的家具，显露着不简单的一些什么：漂亮，华贵，整洁，给人说不出的好感。墙上没有字画，只悬挂了一朵大大的、藤编的向日葵。

一个十八九岁的女佣迎接着我，对我展露了她美好的牙齿，和这屋子、花园的一切相似，她整洁而清秀。

"是余小姐吧？先生正在等您。"

"是的。"我说，开始有点微微地紧张。"石先生在吗？"我多余地问了句。

"楼上，他要在书房里见你，请上楼。"

我上了楼，没有心情再打量房子的结构，我走进了一个大房间，很大很大，有沙发，有书架，有令人眩目的那么多的书，有一张大大的书桌……有个男人背对着我，正在那顶天立地占据整面墙的书架上找寻书籍。我身边的年轻女佣说了句："石先生，余小姐来了！"

"知道了！"那男人头也不回地说。

我听到门在我背后合拢，那女佣出去了。只剩下我站在那儿，心怀忐忑地看着我雇主的背影，我的心脏在迅速地跳动，不知道为什么而紧张，手心里微微出着汗。

那男人慢慢地转过身子，面对着我。我的心脏狂跳了一下，身子挺直，希望有个地缝可以让我钻，希望我没有来这儿，希望退出这房间……但是，来不及了，那男人上上下下地打量我，不惊异，也不稀奇，他的眼睛里有着嘲弄的笑意，和刚刚他在山路上撞我之后的表情相同。不慌不忙地，他说：

"很失望吧，余小姐？我竟然没有撞到山上去！"

"我——呃——"我狼狈地想招架，"假若——假若我刚刚知道是您的话……"

"就不会诅咒我了？"他问，盯着我。

"我想——"我心中涌起一阵反感，我有被捉弄及侮辱的感觉，即使我迫切地需要这个工作，我也不能因此就对人低声下气呵！"我想，我会保留一点，或者，我会在心里诅咒而不说出口来！"我直率地说，我猜想我的脸色一定不好看，这工作百分之八十是砸了。

他看了我一眼，那抹嘲笑的意味消失了，走到书桌后面的安乐椅上坐下来，他对我指指书桌对面的椅子："坐下谈，好吗，余小姐？"他仍然有命令的口气，我必须记住他是我的雇主，我顺从地坐了下来。他又看了我一眼，他的眼睛严肃，过于严肃了一些，和刚刚那种嘲弄的神色十分不像出自一个人。我看得出来，他在研究我。"我伤到你了吗？"他突然冒出一句话来。

我愣了一下，仓促地接口："你指在山路上？还是说现在？"

他又有了笑意，这次不是嘲弄，而是温和而感兴趣的。点了点头，他说："看样子，两者都让你受了伤，嗯？不过，我希望都不太严重。"

"确实，"我也微笑了，"都不严重。"

"那么，我们可以谈谈正事了。"他打开书桌中间的抽屉，拿出一些纸张来，是我的那份应征资料。他拿起里面的照片，仔细看了看，又看看我，仿佛核对照片和我是不是同一个人。

他满意了，放下照片，他望着我说："这次我征求秘书，来应征的有一千六百多份，我选了五个人，你是我见的第五位。"

我默然不语，五分之一的希望！我但愿在山坡上没有诅咒他。

"工作的性质很简单，也很不简单，主要是帮我整理一份资料，这资料是一部石家的历史，其中包括我祖父的文稿、日记、诗词。需要抄写、分类，再根据我祖父的日记，用有系统的文字，写一本传记。"

"我——"我插嘴说，"我想，您为什么不请一位作家来做这工作？"

"你是说——"他有恼怒的样子，"你不想做这工作？"

"哦，不！"我慌忙说，"我要的，只要我能胜任。"

"你的自传上不是说你很有能力吗？"他有些汹汹然。

"哦，呃，是的，当然。"我连声说，这人击败了我，他比我强，我无能为力地，被动地望着他。

"把我祖父的资料弄完之后，还有我父亲的，和——另外一个人的，我会给你看很多东西……其次，你要帮我看信、回信，你想，你行吗？"

"是的，我想我行。"我说，心底不无疑惑，他所做的这份工作，并不是非做不可的呵！还是他另有目的？

"你必须住在我这里，因为我不一定什么时候在家，工作的时间也就不一定，每星期你有一天假日，这休假的日子也由我决定，行不行？"

"行。"我说，能减轻叔叔婶婶的负担总是好的。

"你的待遇——"他顿了顿,"暂定为两千元一个月,怎样?"

"哦。"我有些惊异,这远高过我的预料,我还不大相信我的耳朵。"你——你的意思是——录用我了?"我嗫嚅地问。

"当然,或者你不想干?"

"怎么会!"我叫着说,兴奋而喜悦,"我什么时候开始上班?"

"明天!"他简单地说,推开椅子,站起身来,"把你的东西带来,你最好中午以前搬来,下午我要出去。现在,你可以回去收拾东西了!"

我也站起身来,不信任地望着他,一切对我像梦境,很不真实,我喃喃地说:"但是,这——这——就说定了吗?"

"怎么?"他眉端的不耐又浮了起来,"你还有什么问题?"

当然,还有一些问题,这个人是谁?石峰?一个名字?一个符号?他的工作是什么?这一切不是太奇怪了一些?太特别一些?他这幢房子里还住着些什么人?我将和怎样一些人生活在一起?问题还很多呢,但是,我都问不出口,而我的主人已堆满了一脸的不耐,我必须识相些,除非我不想要这个工作!于是,我咽下了喉间所有的问号,轻声地说:"不!我没有什么问题。"

"那么,明天见!"他说,转过身子,又去寻找他的书籍。

我默默地退出了房间,我不是客人,不能要求主人送客,我独自走下宽阔的楼梯。

四

就这样，我搬进了翡翠巢。

搬进翡翠巢的第一个早晨，我的主人把我带进一间设备整齐的房间，这房间属于楼上六间房间之一。一开门，我就有些眩惑，房里的家具是齐备的，化妆台、衣柜、书桌、书橱、床，以及床头柜、台灯、窗帘……无一不是准备得恰到好处，而且，是一间完全为女性准备的房间，家具并不新，却很精致，窗帘是水红色的尼龙纱，墙也是同样的颜色，梳妆台上有个镶着木刻花边的椭圆形镜子，书橱的玻璃门里，书籍琳琅满目。我惊异地望着我的主人，这间房间总不至于是为我而准备的吧？

"你就住这一间吧！"我的主人——石峰——说，他的脸上一无表情，"这房间本来是另一个女孩住的，现在她已经离开了，目前就属于你，那些书啦，小说啦，你有兴趣，也可以用来解闷。反正，这屋里的任何东西，你都可以动用。今天我们不开始工作，你休息休息，我马上要出去，我们明天再谈。"

他没有给予我发问的机会，也没有再多解释什么，立即唤来了那个年轻的女佣，对我说："这是秋菊，你有什么事，可以叫秋菊去做。"转向秋菊，他叮嘱了一句："好好侍候余小姐，不许让她感到有任何不方便的地方！"

"是的，先生。"秋菊恭敬地说。

"再见！余小姐！"他掉转身子，大踏步地走开。

"噢，等一等，石先生！"我急急地说。

他站住，回过头来，凝视着我。

"我想——想向你道谢，"我说，"这一切对我是太好了！"

他耸了耸眉毛，做了一个很特殊的表情，没说一句答复我的话，转身走了。我出了几秒钟的神，才走进"我的"房间，好奇地打量着室内的一切。秋菊跟着我走了进来，把我带来的衣箱放在床上。

"要我帮你整理东西吗，余小姐？"她问。

"哦，不用了，我自己来，你去忙你的吧！"

"好的，小姐。"她退出房去。

"哦，再等一下。"我又喊住了她。

"小姐？"她疑问地望着我。

"我想问问，这幢房子里还有些什么人？"

"现在，就只有石先生、我和司机老刘。"

"现在？"

"有时候，石少爷会回来。"

"石少爷？"我狐疑地问，"那是石先生的儿子吗？"

"不，是石先生的弟弟，我们就这样叫惯了。"

"石——太太呢？"我问，并没有把握这位石先生有没有太太。

"她去年回来过一次，今年还没回来过。"

"她在什么地方？"

"大概是美国吧！我弄不清楚。"

"哦——"我顿了顿,"好,你去吧——"我又想起一个问题:"再有一件,这间屋子原来是谁住的?"

"这是——"她迟疑片刻,摇了摇头,"我不知道,我来的时候,这间屋子就空着,我只是每天打扫它。"

或者,她知道而不愿意讲。我想,我盘问得太多了,但我实在遏止不住自己的好奇呵!我对她笑笑,说:"好了,谢谢你,秋菊。"

她嫣然一笑,红了红脸,走了。这是个好脾气的女孩,应该很容易相处的。我关上了房门。走到窗前,拉开了窗纱,我正好看到那辆红色的敞篷车从花园的磨石子路上开出去,我的主人出去了。

我开始整理我的东西,把衣服挂进了衣橱,一些文具放在书桌上,整个整理工作只费了半小时,实在我的东西都太简单了。东西收拾完了,我就在我的房里转着圈圈,东摸摸,西看看,梳妆台上没有化妆品,只有一把用桃花心木精工雕刻着木柄的发刷。书橱中大部分是小说,小说中又绝大多数是翻译小说。还有一套古本的《红楼梦》和元曲本的《西厢记》《桃花扇》《牡丹亭》等。除了这些文艺方面的书,也有少数医学方面的书,像《心脏学》《遗传学》《病态心理学》和《畸形儿的成因》等书。看样子,这房间原来的主人该是学医,或是学文学的。我从书架中抽出一本左拉的《给妮侬的故事》,我没看过这本书。翻开封面,扉页上有几个清秀的字迹:"小凡存书第一百二十四种"。

小凡?这是这屋子原主的名字吗?随便翻开一页,我发现这位看书的人有在书页上乱写乱画的毛病，一只长耳朵的小兔子，把文字都遮住了，书边的空白处，胡乱地写着几行字：

　　妮侬——你不骄傲吗？好一个左拉哦！给妮侬的故事！可有一天，有一个人儿能为我写一本厚厚的书？"给小凡的故事！"岂不美妙！谁会写？冬冬吗？冬冬，冬冬，你爱我吗？爱我吗？爱我吗？——你不害羞呵，小凡！

另外一页的横眉上，也涂着字：

　　冬冬就只能永远做冬冬，我的冬冬，不是别人的冬冬，
　　等着吧，或者我来写一本给冬冬的故事呢！

再一页：

　　——呵，我是不会相信这个的，这种幸福里不能有阴影。呵，冬冬也不会相信的，噢，冬冬呵！

再一页：

　　妮侬——我不嫉妒你！我不嫉妒任何一个人！没有一个人能比我更快乐，我有冬冬呵！

再一页：

　　我希望我能更美一点，从我有记忆起，我就只是为了冬冬才希望我长得美，可是，冬冬说，小凡，你够美了呵！我是吗？冬冬，我是吗？

　　诸如此类，书上画满了字，冬冬啊，小凡啊，我放下了这本书，另外换了一本《贵族之家》，扉页上同样有"小凡存书第×××种"的字样，里面也有各种各样的乱画和文字，这位小凡，她显然很习惯于把书中的主角和自身扯在一起：

　　丽莎呵，拉夫列茨基呵，这是残忍的，我不喜欢这些残忍的故事，啊啊，我流了多少的泪呵，丽莎，丽莎，该诅咒的屠格涅夫！不该活生生地拆散他们呵！我和冬冬会怎样呢？冬冬，别笑我，我是那么傻气地爱你呵，你不会离开我吗？即使我——噢，我怎敢写下去？

　　我放下书，上午的阳光从窗口直射进来，屋子里十分明亮。我不想再去翻阅那些书，那每本书中都有的字迹，使我心头有种模糊的重负，小凡，冬冬，这是些什么人呢？和我风马牛不相及，但是他们困扰我！我走到书桌前面，随便拉开了一个抽屉，有些东西在里面，几本陈旧的、厚厚的日记本，但都包着很漂亮的包书纸，上面分别写着：

小凡手记

——一九五九年——

小凡手记

——一九六〇年至六一年——

然后，六二年，六三年，底下没有了。一年一本，我想打开一本看看，可是，迟疑了一下，我又把抽屉砰然合上，这是别人的秘密，我最好不参与。而且，我觉得这位小凡的影子充塞在这房间里，使我有些不安，又有点沉重。换了一个抽屉，我打开来，有个K金项链，坠子是个心形的牌子，上面刻着字：

给小凡——你的冬冬，一九六二年

把抽屉迅速地关上，我心头忽然浮上一股凉意，这个小凡一定已经死了，否则，她不会遗落"冬冬"送给她的东西，而不随身带着。我走到床沿上坐下，心头的寒意在加重，这张床，是小凡睡过的，那张椅子，是小凡坐过的，这间屋子，是小凡住过的……而小凡，她可能已经死了……我狠狠地甩了甩头，不愿去想那个小凡了。走到窗边，我热心地看着满园的玫瑰和鲜花。那个上午就这样过去了，中午，秋菊请我下楼吃午餐，餐厅里只有我一个人吃饭，我的主人还没有回来。

整个下午我都过得很无聊，空闲而无所事事，石峰始终没有回家。我到花园里走了走，在喷水池边看那些金鱼闪来闪去。花园很空旷，没有什么地方可以做长久的逗留。我不敢出去，怕万一石峰回来找不到我，这毕竟是我上班的第一天！

折回到我的房里，我开始觉得时间很难挨，这种"上班"的滋味也颇不好受。从窗口远眺，可以看到山下的原野、房屋、火车轨道和绿色的农田。我百无聊赖地荡来荡去，从中午直到黄昏。暮色涌进了室内，我倚着窗子，思量着我的新工作的性质。忽然，一阵钟磬的声音远远传来，绵邈的，沉着的，一声又一声。这山上何处有着庙宇？这钟声带给我一种特殊的感受，我倾听着，神志飞向一个空漠的境界。然后，汽车喇叭响，我的主人终于回来了。

他并没有派人来叫我，我和他再见面是在晚餐桌上。他用锐利的眼光望着我，问："怎样，在这儿过得惯吗？"

我注视着他。"我觉得——"我坦白地说，"你并不需要一个秘书。"

"需不需要由我来决定，嗯？"他继续盯着我，"我无意于浪费自己的金钱，但我也不想在我的秘书上班的第一天，就用过多的工作来惊吓她！"

"过少的工作也同样可以惊吓人呢！"我说。

"你会很忙的，"他说，"不过，我希望你先熟悉一下环境。你——喜欢你的房间吗？"

"很——喜欢，"我说，"但是，好像——有些属于私人的东西你忘记取走了。"

"你是说小凡的东西？"他毫不在意地问，"让它留在那儿吧！你高兴看就看看也无所谓。"

"我不想去发掘一个我不认识的人的秘密。"我说。

"是吗？"他用研究的神色看我，"你是个鲁莽而不识好歹的人啊！那些东西妨碍了你吗？你爱看不看呀！"

"当然，它们并不妨碍我，"我犹豫了一下，"可是——小凡是谁？"

他眼底闪过一丝笑意，又是那带点嘲弄性的！不过，只是那么一闪就消失了，他沉吟了说："你还是先问问我是谁吧？"

"真的，"我说，"你是谁？"

"一个工程师，目前在××公司担任总工程师的职务。"

"你需要我为你做什么？"

"我似乎说过了。"

"似乎。"我说，"不过，我还是弄不清楚。"

"慢慢来吧，过两天再说，你会弄清楚的！"他下了结论，开始埋头吃饭了，仿佛这是一个不值得一谈的问题。

五

过两天再说？真的又过了两天，石峰都是早出晚归，我很难得和他见到面，他也始终没有交代工作给我，我的狐疑越来越深，不知道他到底找我来做什么？在无聊的长昼和孤寂的晚上，我终于打开了小凡日记的第一本，随便翻翻吧，让这个小凡来陪伴陪伴我。

那是个晚上，我躺在小凡曾经睡过的床上，打开了注明"一九四九年"字样的那本手记。它立即吸引了我，窗外月光似水，窗内一灯如豆，我走进了小凡的世界。

×月×日

不知道是什么力量会让我决心写日记的？对于我，倪小凡，会安下心来写点什么，就是很奇怪的事了，不过，我是应该写的，那么，当我有一日会——噢，可怕的！那么，我总多少可以给冬冬留下一点东西，让他来回忆我，来纪念我。啊，冬冬，我好像做一切都只是为你！只是为你！包括我的呼吸，我的生存，我的一切的一切的一切！都只是为你啊，冬冬！

×月×日

冬冬今天和我提抗议，他说我不该再叫他冬冬了，他说："小凡，你要叫我冬冬，叫到几时呢？难道我们都七老八十的时候，成为老公公和老婆婆，你还叫我冬冬吗？"我说："是的，你是我的冬冬呵！"他抱住我，他说："小凡呵，闭上眼睛，你能看到什么？"我闭上眼睛，说："冬冬，还是你！我只看得到你！"他说我是个傻里傻气的小女孩，和他第一次见到我时一样。

第一次？噢，那时我几岁？五岁？梳着小辫子，在山坡上那棵树下玩，他从树后突然冒了出来，一把小手枪对着我。"冬冬！"他喊。我"哇"地哭了。他抱住我，说："傻呵！傻呵！我逗你的，跟你玩呢！"我惊异地望着他，跟我玩！从来没有人愿意跟我玩，大家看到我都像看到毒蛇一样，我挂着眼泪笑了，他说："又哭又笑，小狗撒尿！"于是，我们笑作一堆儿。从此，我心里就只有他了，那个对我喊"冬冬"的男孩子，我就这样叫他的，后来就干脆叫他冬冬了。那时他几岁？九岁？想想看，我怎能记得那么清楚呢？有关冬冬的一切记忆，都是那样清楚呵！

× 月 × 日

（这一页上画了一张男人的脸孔，有线条夸张的宽额和嬉笑的嘴，滑稽兮兮的。）

冬冬！看到吗？这就是你，加两个长耳朵，你就像一只小兔子了。像我们小时候共养的那一窝小兔子。像吗？你说！冬冬！最近，童年的事总在我脑子里萦绕，大概因为我想记日记的关系，值得我写的只有和你的一切呵，冬冬！我真庆幸爸爸把我们带回家乡，使我能够见到你，五岁和你认识，生命里就只有你了！噢，冬冬！记得小时候你为我打过多少次架呵！当那些孩子嘲笑我的时候，当他们捉弄哥哥的时候，都是你挺身而出呵！那次，为了他们把哥哥的脖子上套了绳子，当作牛一般牵到河里边去泡水，你冒火了，跟他们打了两个多小时，你被十几个孩子包围，打得头破血流，晕倒在河边的草堆里，我伏在你身上号啕大哭，你醒了，反而抱着我说："我没事呀！傻小凡，你干吗哭得这么伤心呵！"可是，你后来在床上躺了一个星期才复元。你复元后，你大哥把那些围攻你的小孩捉来，监视着他们，让你一对一地把他们打了个遍。噢！我现在回忆到这件事的时候，仍然禁不住眼泪汪汪。多动人啊，你大哥的侠义心肠和你的英雄气概！我真傻，不是吗？呵！我又要哭了！

×月×日

（这一页中夹着两瓣枯黄的玫瑰花瓣。）

早晨，我在门缝里拾到一朵新鲜的红玫瑰，是你送来的吗？当然是你，冬冬！把它送到唇边，吻遍它每一瓣花瓣，然后簪在头发上。下楼吃早餐的时候，你那样赞美地、深情地凝视呵！我真宁愿在你的凝视下死去。"我美吗？我美吗？"我在你面前转着圈子。"小凡，呵，小凡！"你喊着，假若没有你大哥在旁边，你一定会来抱着我，吻我了。你大哥那样看着我，他的眼光那样奇怪，那样悲哀呀！每次想到大哥的眼光，我就觉得我终有一天会——噢，可怕的！冬冬呵！

×月×日

今天我又明显地看到那个阴影了，那阴影罩在我的额上，那样清晰，我奇怪冬冬看不出来。整日，我埋在书堆里，冬冬去上课了。我翻遍了遗传学，困惑已极，我研究不清楚。对着镜子，我审视自己，十七岁，我毕竟已经十七岁了！上帝助我，我只是为了冬冬，才希望活下去呵！

×月×日

冬冬说："我要吻化你，吻死你，吻进你的骨头！"我们整天缠在一块儿。午后，大哥发了脾气，他对冬冬说："你不能整天赖在小凡的屋里呀！别忘了你的前途！"啊，大哥，仁慈一点吧！

×月×日

我和冬冬上了山，到庙里去求了一个签。签上写的是："忆昔兰房分半钗，而今勿把音信乖，痴心指望成连理，几番风雨费疑猜。"

这是我和冬冬的写照吗？我满怀惊恐，冬冬揽着我说："这是什么迷信呀？鬼才相信它！"他撕破了那黄色的签条，拉着我在庙前庙后的石阶上奔跑。黄昏的时候，满山夕阳，我站在阳光里面，他忽然大声喊："别动，小凡！你是金色的，金色的小凡！"

金色的？我忽然有某种不祥的预感，今天的我是金色的，明天呢？后天呢？我总有一天会褪色！我投进了冬冬的怀里，嚷着说："让今天停住！让今天永远停住！"

"今天是停住的，"冬冬说，他的声音好奇怪，"今天永远在我们手里！"

是吗？是吗？冬冬呵！

×月×日

我还记得家乡石家的那幢古老的大房子，我还记得屋顶上那阴森森的阁楼，和楼上那口漆得亮亮的空棺材。那是冬冬的爷爷的棺材，人没有死为什么就要准备棺材呢？每年油漆匠来把它重漆一次，它的漆恐怕比木料还厚了。那一次，我们在捉迷藏，冬冬把我藏在棺材里面，后来，不知道怎么回事，仿佛是爷爷在楼下发脾气大叫，他们都一哄而散，跑得一个都不剩，只有我在空棺材里面，因为抬不起那棺材盖，躺在里面吓得直哭。没多久，冬冬溜了回来，把我从空棺材里放出来，他的脸孔吓得雪白雪白："你没事吧，小凡？你是活的吧？"他用颤抖的手摸着我。

我"哇"地大哭，嚷着说："我吓死了！我吓死了！"他把我紧紧地抱在怀里，他的心跳得好重好重，一迭连声地说："别哭，别哭，小凡，好小凡！"

然后，他忽然吻了我，用他的嘴唇，压在我的额上，我像中了魔般不哭了，抬起头来，我郑重地说："我长大了要嫁给你！冬冬。"

那时，我七岁，他十一，我已经知道我是他的人了，永远是他的人！多么美的童年，冬冬，你也记得和我一样清楚吗？

×月×日

冬冬又去上课了，窗外下着雨，我倚着窗子坐着，看山，看云，看雨。我的情绪那么低落，没有冬冬的日子就长而无聊，我不知道怎样打发我的时间！（下面画着两颗大大的、相并的心形。）

雨总使我寒战，爸爸下葬那一天也下着雨，他们给我和哥哥穿上缌衣，牵着哥哥到爸爸的坟前，哥哥只是笑，不停地嬉笑，傻傻地玩弄着缌衣上的带子。爸爸死了，他却在笑，我哭着伏在爸爸的棺材上喊："爸爸！爸爸！爸爸！"

石爷爷把我拉开，抚摸着我的头说："小凡，以后，你就住到我们家来吧！我把你当自己的孙女儿一样看待！"

冬冬站在一边掉眼泪，揉着眼睛说："是的，小凡，你跟我们一起住，别哭了，你没有爸爸妈妈，我也没有爸爸妈妈呀！"

于是，石爷爷也哭了，我们的眼泪和雨一样多，只有哥哥在笑。那天我就住在冬冬家里，以后也就都住在冬冬家里了，晚上冬冬溜到我的房里来，用他的胳膊搂着我，我哭，他陪我哭。三年后在台湾，石爷爷下葬之后——可怜的石爷爷，他毕竟没有用上他那漆了十几次的棺材！——我也同样在晚上溜到冬冬房间里，紧紧地抱着他，他哭，我陪他哭。

噢！为什么我会想到这些伤心的事？都是这讨厌的雨！

×月×日

石家和倪家，解不开的孽缘，世世代代！这是以前家乡的人说的，下面还有一句，是："永不得善果！"真的吗？冬冬说这些都是鬼话，但是为什么石家和倪家每代都有相恋的故事？也都不得善终？难道我和冬冬也会——呵！我害怕这些！我害怕这些！

冬冬，冬冬，我是多么爱你呵，假若有那么一天，有那么可怕的一天——请你，求你，永不要遗弃我，永不要遗弃我！冬冬！

×月×日

……

×月×日

……

这就是那一个晚上，我所看到的日记的一部分，小凡，冬冬，我走入了他们的恋爱，那第一本日记让我一直看到深夜，看得头脑昏沉，眼睛涨痛。整夜，我脑子里就浮着小凡和冬冬的影子。摆脱不开，挥之不去。从这第一本日记中，我归纳出一个简单而动人的故事。小凡和冬冬是一对青梅竹马的小恋人，石家和倪家是世交，因此，当小凡父母双亡后，她就被收留在石家。她在石家长大、长成，和冬冬耳鬓厮磨，感情也与日俱增。但是，他们之间一直有一种神秘的阴影，这阴影不是他们两人的力量可以除去的，这困扰着他们，使他们不安、痛苦。而且，这恋爱显然还有一份阻挠的力量，那位不时在日记中出现的"大哥"！这就是我综合出来的故事，至于那阴影是什么，我不知道。冬冬和小凡是何许人，我也不知道。可是，随着第二、三个无所事事的日子，我和他们是越来越熟悉了。

我终于看完了小凡全部的日记。事实上，最后一本日记已经不是记载事实，而是全部胡说八道，一些不连贯的句子，没有意义的单字，布满一张又一张的纸，还有些恐怖兮兮的图画，一个骷髅头，一张狞恶的脸上洒满了红墨水，像是斑斑的血迹，许多乱七八糟的线条，和被钢笔所划破的纸张。这是怎么回事？我不知道。翻出小凡最后一张比较清晰和通顺的文字，是这样写的：

好奇怪的一些思想，那些大大的、大大的一些眼睛，在我的房子里跳舞，我讨厌它们！整夜我都被几十个黑色的小鬼抓着，它们在抽我的筋，剥我的皮，用几千万根针来扎我，呵，我好疼！

冬冬，冬冬是谁？我拼命想也想不起来，他们要抓我，我知道，那么多的人，他们问我问题，问我问题，不停地问，不停地问，呵，呵，呵！我要，我要干什么呢？

下面没有了，从这以后都是看不懂的东西。我抛下了日记本，脑中迷糊得厉害。这是怎样奇怪的事？我，应征来做一个人的中文秘书，可是，这人并没有工作给我做，却把我安置在一个房间里，这房间充塞着一个神秘的影子——小凡，这——到底是怎么一回事呢？

我想了很久，想不透我眼前的谜，也解不开这个谜。我的主人依旧早出晚归，每天搪塞我关于工作的问题，我越来越感到情况的不妙，终于，我决心要向我的主人提出辞呈了。可是，就在这时候，我的主人"召见"了我。

六

这是我到达翡翠巢的第六天，一个明亮的早晨，秋菊来通知我，说是石峰请我到他的书房里去。

我去了，石峰正坐在书桌前面，桌上摊着一份什么工程设计图一类的东西，他手上拿着圆规和量角器，在做精密的计算。看到了我，他指指书桌对面的椅子："请坐，余小姐。"

我坐了下去，疑问地望着他，但他又埋头到他的工作里去了。我坐了好一会儿，实在按捺不住，咳了一声，我说："石先生，秋菊说是你请我来。"

"是的。"他头也不抬地说。

"我想知道，你是不是有工作给我做？"

这次，他抬起头来了，用一种很奇怪的神色，他深深地注视着我。然后，他把圆规的针尖半咬在嘴唇中，微蹙着眉，显出一副思索的神情，好半天，才说："我想，我们该谈一谈了。"

"我有同感，石先生。"我说。

他瞥了我一眼，唇边微露笑意。抛下了圆规，他坐正了身子，说："好吧！余小姐，你看完了小凡的日记吗？"

"这——"我错愕地看着他，不知道他葫芦里卖的是什么药。他不慌不忙地燃起了一支烟，喷出了一口烟雾，他笑了笑——我发现我很少看到他笑，他的脸孔一向冷淡而严肃。——他的笑带点鼓励和安慰的味道，不勉强我回答，他凝视着烟蒂上的火光，说："我知道你看过了，几天来，你很寂寞，你无事可做，你又很好奇，于是，你接受了小凡。我猜想，你对她应该是很熟悉了？你也阅读过她在书上乱批的那些字吧？"

"我——我想。"我仓促地说，"你在暗中窥探我。"

他又笑了。

"确实不错，你完全猜中。"

"这——这并不很公平，石先生。"我有些气愤，"我不懂你把我弄到这儿来，是要我做什么？"

"第一步，我要你看小凡的日记，"他慢吞吞地说，"这一点，你已经做到了。"

"可是——你不必这样神秘，如果这是我工作的一部分，你尽可以交下来让我看。"

"这不同，当你把它当工作来做的时候，你不能自然而然地接受它。小凡也不能像现在这样深深嵌进你脑子里去。告诉我，你对小凡的印象如何？"

"那是个很可爱，很活泼，很痴情，而略带点任性和神经质的女孩子。"我说。

"很正确。"他满意地喷出一大口烟，"你做得很好。"

"可是，我仍然不懂，"我说，"小凡的日记和我的工作有什么关联？"

他打开了书桌旁边的抽屉，从里面拿出了一件东西，丢在我的面前，说："看看这个，是不是能使你懂一些？"

我拿起来，那是一张照片，一个少女的四寸照片，挺秀的眉毛，一对莹澈的眸子，嘴唇很薄，唇边有个小酒窝，微笑的样子十分俏皮。翻过照片的背面，有一行字："小凡摄于一九六一年春"。

"怎样？"石峰问，注视着我的眼睛迷离难测，"仔细看看这张照片，你会不会对照片上的人有些面熟？"

经他这样一提示，我才发现确实如此，这照片上的人似曾相识，越看就越面熟，但又实在没见过，我困惑地抬起头来，石峰正审视着我。"看不出来吗？"他问，又丢了一张照片到我面前，"那么，看看这个。"

我拿起那第二张照片，却赫然是我的照片，我应征时寄给石峰的那张照片，两张照片一对比，我立即发现似曾相识的原因了。我和小凡，我们竟然长得非常相像，仔细看当然分别很大，猛一看却确实有四五分相同，尤其是眼睛和脸庞。我疑惑地望着石峰。"我像她，"我说，"是吗？"

"是的，你像她，但并不是最像的一个。"

"怎么讲？"

"在应征的一千多个人里，有比你更像她的，我之所以选中你，是因为你那篇自传，你文笔活泼而心思灵巧，再加上，你还有一个地方和小凡相同——你是个孤儿。"

"我懂了，"我说，呼吸不由自主地紧张起来，我十分激动，"你并不是在找什么中文秘书，那些都是障眼法，你是要找一个小凡的替身，你就是那个冬冬，你无法使小凡复活，你就挖空心思想再找一个小凡，对吧？不幸，我被你选中，你把我弄到小凡的屋子里，让我看小凡的日记，想把我脱胎换骨，变成另一个人，变成你的小凡。但是，你错了，天下没有相同的两个人，我也不可能变成小凡，这工作我不干！"

"冷静一点，余小姐，"他说，态度沉着而稳重，"你并没有把事情弄得很清楚，你有丰富的联想力，却没有细密的推断力。第一，小凡并没有死。第二，我也不是冬冬。"

"哦，是吗？"我愕然地问。

"你想，冬冬只比小凡大四岁，小凡今年不过二十三四岁，冬冬也不过二十七八，我呢？我已经三十七八了，这不是很明显吗？"

"这——"我顿住，半天，才说，"那么，你到底要我做什么？如果小凡也没有死，你为什么要找一个像小凡的人？"

他沉思片刻，烟蒂上的烟灰积了很长的一段。他的眼睛投向窗外，有点迷离，有点落寞，又有点萧索。那眉端额际，积压着某种看不见的忧郁，使他整个的脸显得庄严而又动人，像是一个伟大的艺术家手下的雕塑品，那样冷漠的，却又充满灵性和生命力。

"故事必须从很久以前说起，"他慢慢地说，"希望你有耐心听我说完它。"

我有耐心，事实上，他撼动了我，他的神情令我感动，他的语气使我沉迷。我静静地听着他的叙述。

"说起这个故事，我必须先说石家和倪家的关系。"他开始了，烟蒂上的烟在缭绕着。

"在我的家乡，石家和倪家是当地的两大家族，追溯到我们五代之前，石家和倪家几乎同样富有，同样有庞大的土地、家园和为数众多的子孙。两家都是务农为本的书香世家，都出过才子，有过中科举的子弟。而且，两家一向友好，也互通过婚。这样，不知道到了我们祖先的哪一代，出了一件很不愉快的婚变。石家的一个子弟，可能是我的玄曾祖，也可能是我玄曾祖的父亲，看上了倪家的一位小姐，但我这位祖先已早有妻室，倪家的声望也不可能嫁女为妾。于是，我这位玄曾祖或是玄玄曾祖就千方百计地要把元配夫人送回娘家，也就是找她的毛病，以便出妻，来达到娶倪家小姐的目的。这位元配夫人不堪丈夫的折磨冷落，就吞鸦片烟自杀了，据说死得很惨，临死的时候，她咬牙切齿地诅咒着说：'诅咒倪家！诅咒石家和倪家的恋爱！让倪家世世代代不得善终！如果石家和倪家的子弟相恋，天罚他们！天咒他们！'

"据说，从此之后，石家和倪家就受了诅咒，永远摆脱不开厄运的追随。当然，这只是传说，仿佛每一个地域，都有许许多多古老的传说，用来解释一些无法解释的、离奇的故事。但是，倪家确实从此凋零，而石家和倪家，也从此结下许许多多解不开的孽缘。最不可解的，是石家和倪家，从那一代开始，就几乎代代都有相恋的子女，而每一对都有最悲惨的结局。据说，首先就是那位逼死妻子的石家子弟，他终于娶了倪家的小姐，婚后三年，这小姐疯狂而死，那位丈夫也因痛苦及内疚，壮年夭折。

"接着，倪家就被——按乡下人的说法——恶鬼缠住了，差不多每一代，他们都要出一个疯子、白痴，或是畸形的人，由此，人丁越来越减少，到了我祖父的一代，已经是独子单传。

"我祖父和小凡的祖父，从幼就是好朋友，大了，他们曾经一起念书，结拜为兄弟。正像每一代一样，小凡的祖父看上了我的祖姑母，也就是我祖父的妹妹，我的曾祖父因为懔于家乡的传说，不愿把我的祖姑母嫁到倪家去，结果，我的祖姑母竟和小凡的祖父私奔了。这在当时，是一件引起轩然大波的事件。小凡的祖父和我的祖姑母在外十年，小凡的祖父死了，怎么死的，谁也不知道。我的祖姑母带了一儿一女回到家乡，那个儿子就是小凡的父亲，那个女儿是一个很美的女孩，但是——十七岁那年死于疯癫。

"小凡的父亲长大了，又是老故事重演，他爱上了我的姑妈，这次，坚决反对婚事的却是我的祖姑母，她用恐惧的声

音反复说：'石家和倪家绝不能通婚！绝不能通婚！不但先祖的诅咒尚存，中表联姻，血缘也太近！'

"这样，他们的婚事终于受阻，我的姑妈竟一时想不开，悬梁而死。小凡的父亲因而心碎，就此远离了家乡。连我祖姑母去世的时候，他都没有回来奔丧。在祖姑母临死的时候，她才对我祖父说：'让石家的孩子远离开倪家，倪家的血统是有病的，是遭过诅咒的，他们永远不可能有健康的子孙！'

"她始终没说出来她的丈夫是怎样死的，不过，后来我们辗转听说——也可能是传说——说他并没有死，而终老于一栋疯人院里。

"然后，许多年过去了，小凡的父亲带着小凡他们回来了，他没有带回小凡的母亲，据说她母亲很早就死了，带回三个孩子：小凡、小凡的哥哥和小凡的姐姐。"

石峰停顿了片刻，烟蒂已经快烧到了他的手指，他熄灭了烟，重新再燃上一支，神情凝重，而眼光困惑。深锁着眉，他在沉思，也在回忆。我没有去惊动他，好一会儿，他又继续了下去："那三个孩子，你该从小凡的日记里获得一些线索，她哥哥是个白痴，她姐姐——那是个美丽得出奇的女孩，小凡不及她十分之一，但是——我能说什么？倪家是遭过诅咒的。他们把她关在阁楼上，我总听到她的狂歌狂哭，十六岁左右，她用一把剪刀刺破了自己的喉咙，死了。"

我打了个寒战，石峰看了我一眼，敏锐地问："还想听吗？"

"是的，"我说，"你刚谈到主要的地方。"

"剩下的你该从小凡的日记里得到答案了，我是那日记中屡次提到的'大哥'，冬冬是我的弟弟，比我整整小十岁，他的名字是石磊。我们兄弟自幼父母双亡，依靠祖父生活，小凡的父亲死后，我祖父收留了小凡——她是倪家最后的骨肉了，算起来和石家还有一些亲属关系。至于那个白痴哥哥，我们把他送进了当地一家类似精神病院和收容所的地方，当我们来台湾后，就再也不知道她哥哥的消息了。

"于是，石家和倪家又一代的恋爱悲剧再度开始，小凡和小磊——我一向称他为小磊，小凡却总用她自己发明的称呼——'冬冬'来喊他。他们的爱情开始得更早，几乎在童年的时候就开始了。以前，家乡的人把倪家称为'狂人之家'，都严禁孩子们和小凡来往，小凡从小就很孤独，而小凡的哥哥，更是孩子们捉弄的对象。小磊数度为小凡而打架，他保护她，爱她，怜惜她，对她一往情深，从不改变。至于小凡，她从小心里就只有小磊一个人，这个，你当然可以从她日记中领会到。

"来台湾那一年，小凡只有七岁，没多久，我祖父去世，临死，他把我叫到床前，千叮咛万嘱咐地说：'长兄如父，从此，小磊交给你了，但是，千万千万，不要让他和小凡太接近，那女孩是不健康的。'

"我当然懂得祖父的意思，但是，我失败了。我负起了教育小磊的责任，也曾经度过一段困苦的时期，兄弟两人，加上小凡，相依为命地生活。小磊是个懂事而肯上进的孩子，我可以使他向上，我可以看到他光明灿烂的远景，但是，他根深蒂固地爱上小凡，他不肯相信任何对小凡不利的话，斥之为迷信，为胡说，我越反对，他和小凡的感情反而越深。而小凡——我怎么说呢？"他用手抵住额，略事沉思，他的脸深刻动人——是一张重感情的、富思想的脸。

"小凡确实是个可爱的女孩，她十四岁那年，我第一次带她去做过一番精密的检查，医生证实她的脑波和心理测验都不正常，换言之，尽管她一如常态，她的血管中却潜伏着病态的因子。除此之外，她还有先天性的心脏病，医生说她绝不可能长寿。我没有把结果告诉她，但她自己也经常恐惧怀疑。我把检查的结果告诉了小磊，小磊置之不顾，斥之为荒诞不稽，这样，直到前年，小凡终于病发。最可怜的，是小磊那时刚刚大学毕业，正满腹计划地想和小凡结婚，这打击，使小磊一直到现在无法抬起头来。"

"小凡呢？她在哪儿？"我插嘴问。

石峰静静地望着我，在烟灰缸里揿灭了烟蒂，慢吞吞地说："在疯人院里。"

我又一次寒战。望着石峰，我说不出话来，怎样可怕的一个故事！它震动我每一根神经，牵动我每一缕感情，尤其，我看过小凡的日记，读过她的心声，知道她那深深切切的一片痴情。那样一个有条有理有思想的女孩，现在竟在疯人院里！老天在她出世的时候，就剥夺了她获得幸福的权利！这种生命，何必到世界上来走一趟？何等残忍的故事！

"她——她——"我迟疑地说，"疯到什么程度？"

"如果你有兴趣，哪天我带你去看看她，她已经不认得任何人，和她姐姐以前一样，狂歌狂哭，狂喊狂叫。看过她以前的样子，再看她目前的情况，那是——"他摇摇头，眉毛紧锁在一起，"让人心碎的，所以，我不愿小磊去看她，但他仍然要瞒着我去，每次去过了回来，就把自己关在房间里，酗酒买醉，放声痛哭。"

"他——他现在在哪里？"

"你是说小磊？"

"是的。"

"在念书，念研究所，他大学里念的是外文，现在却跑到研究所里去念中国文学，住在学校里很少回来，这儿使他触景伤情。"

我沉思不语，这故事多么沉痛，一对深爱的恋人，被这种残酷的事件所分开！我沉浸在这故事之中，几乎忘记了自己。石峰也不说话，只是坐在我的对面，静静地抽着烟。好一会儿，我才惊觉地抬起头来。

"那么，"我鲁莽地说，"我能做些什么？"

"挽救小磊。"他从容不迫地。

"什么？"我疑惑地望着他，"我不大明白你的意思。"

"是这样，"他的语气沉痛而怆恻，"小磊原是一个脚踏实地、极肯努力的孩子，我们一度过得很苦，直到我在建筑界奠定了基础，情况才好转。对小磊，我抱着极大的希望，祖父生前，他是祖父的宠儿，祖父临终把他托付给我，我必须承认，他是个能多好就有多好的弟弟，可是，现在……"他把眼光调向窗外，烟雾笼罩着他的眼睛："小凡把一切都毁了。"

"你是说——他不再振作了？"

"两年中，我用尽了一切办法。"他继续说，"我并不是希望小磊一定要成大名，立大业，但他绝不能沉沦。而现在呢，小磊的念书只是借口，这样他可以不回来住，又可以不做事，但他根本没有念什么书，他喝酒、赌博，逛舞厅，用种种方法麻醉他自己，来逃避现实。我不能眼看他继续摧毁自己，所以——"

"你想出征求女秘书这样一个主意，事实上，你在找一个小凡的替身。"我嘴快地接了下去。

他深深地凝视我。"小凡是代替不了的，我并不想找到第二个小凡，"他说，"我只是在冒险，找一个和小凡长得相像的女人，她要熟知小磊和小凡的过去，要在思想上、修养上、风度上、学识上都不亚于小凡，用来——"

"还是一样，代替小凡的位置。"我说。

"不错。"

我望着他，我想我的眼光并不友善。

"你是匪夷所思啊，石先生，出钱为你的弟弟买一个爱人！你怎么知道别人的感情都如此廉价？"

他迎视着我，他的眼睛锐利而不留情地望着我，我觉得，那两道眼光一直透视到我的内心深处。这个人，他显然能剖析我的感觉，也能剖析我的思想。

"这对你并没有什么不公平的地方。"他冷静地说，把手边的一个镜框递给了我，"这是小磊的照片。"

我看了，立即明白了石峰的意思，照片中是英俊、漂亮，而又十分"男性"的一张脸：浓而挺的眉毛，灼灼逼人的眼睛，微微带点野性，但那嘴角的微笑弥补了这点野性，反增加了几分文质彬彬的味道。很漂亮，相当漂亮，比他的哥哥强得多。以我来配他，可能是"高攀"了！

"嗯，"我冷冷地哼了一声，"很漂亮，但是不见得赶得上阿兰·德龙和华伦·比提！"

"当然，"他淡淡一笑，仿佛胸有成竹，"我并不勉强你，余小姐，你可以考虑一下：愿不愿意继续做下去。"

"你好像——"我望着他，"已经断定我会接受这个工作。"

"是的。"他也望着我。

"为什么？"

"因为你善良，你仁慈，你有一颗多感的心，而你——又很孤独。"

我震动了一下，愕然地看着他，他的眼光温和而诚恳地停在我的脸上，继续说："你放心，余小姐，我并不要你完全替代小凡，如果你能治疗他，使他不再沉沦，就是成功，随你用什么方式，如果事情成功，石家该是你栖身的好地方，没有人会亏待你，而且，你会发现小磊的许多优点，他是——值得人喜爱的。"

"但——但是，"我结舌地说，"你应该知道，成功的希望并不大。"

"值得尝试，是不是？"他问。

"你怎么知道，他一定会注意我呢？"我问。

"你长得像小凡。"他低低地说。

我们彼此凝视着，我心里有些迷糊，整个事情太意外了，我来受聘做秘书，却变成了来做——做什么呢？心灵创伤的治疗者？太冠冕堂皇了！我困惑到极点，一时十分心乱，不知是否该接受这个工作，石峰又静静地开了口："怎样，余小姐？或者你愿意明天给我答复。"

"除了长得像小凡之外，你凭哪一点选中了我？"我问。

"你的机智——你是很聪明的，余小姐。"

"你知道吗？"我盯着他，"我的理智要我向你辞职，这工作并不适合于我。"

"你的感情呢？"他问。

"不是感情，"我闷闷地说，带着浓重的鼻音，"我好奇，我愿意见一见你的小磊，小凡的冬冬。但是，这只是我帮助你，并非一个职业，你必须明白。"

"好的，余小姐，"他很快地说，一层胜利之色飞上他的眉梢，"如果你有不满意的地方，随时可以离开这儿。"

"一言为定！"我说。

"一言为定！"他说。

七

星期天，早晨。

满花园的玫瑰花在盛开着，我一早就挽了个小篮子，在花园里剪着花枝，我要剪一篮玫瑰花，把翡翠巢每间房间都插上一瓶花。我剪着，走着，哼着歌儿。

有摩托车疾驶而来的声音，门铃响，老刘去开了门，我正远在花园的一角，是谁？翡翠巢几乎是没有客人的，我回过头去，手里还拿着一枝刚剪下来的玫瑰。一个年轻人扶着摩托车，愣在那儿，眼睛直直地盯着我。我有些诧异，但是，立即我就明白了，这是他，石磊。

我想，我们两人都怔了一会儿，他发怔，大概是因为他以为自己有了幻觉，我发怔，是因为他确实漂亮，更赛过了他那张照片。好一会儿，我才醒悟过来，笑了笑，我说："嗨！"

他把摩托车交给老刘，向我大踏步走了过来，站在离我很近的地方，他用灼灼逼人的目光上上下下地打量我，然后，他的嘴角痉挛了一下，低低地诅咒了一声："见鬼！"

然后，他问："你是谁？"

"余美蕑，"我说，"你呢？是石磊？是不？我听你哥哥谈起过你。"

他用牙齿咬了咬嘴唇，眉宇间充满了烦躁和不驯之气，再盯了我一眼，他说："你在这儿干吗？"

"剪玫瑰花。"我说。

"见鬼！"他又诅咒了，"我问你在我家做什么？"

"我是你哥哥的女秘书，"我说，对他微笑，"你愿意帮我提一下篮子吗？我马上就剪好了。"我不由分说地把篮子递给了他，他也顺从地接了过去。他的眼睛依然盯着我，正像石峰所预料的，我的相貌引起了他的注意。但是，他这样盯着我使我十分不舒服，同时，我有一个感觉，觉得我在冒充别人，在诱惑这年轻人，一阵不安和烦躁掠过了我，我不经思索地说："你是不是见了任何人都这样死盯着人看的？"

"噢，"仓促中，他有些狼狈，"对不起，这是，因为——因为你长得像一个朋友。"

一千多个应征者里挑出来的！当然有些像啦！我望着他，那层烦躁的神色已经从他眉宇间消失了，起而代之的，是几分狼狈，几分不安，和几分颓丧。我顿时同情他起来，深深切切地同情他。小凡的冬冬！人怎能眼看自己的世界被摧毁，被幻灭？已经摧毁的世界又如何能重建起来？我不由自主地为他难过，被他感动，放柔和了声音，我用发自内心的、充满感情的声音说："是吗？很像吗？"

"并不很像，"他垂下头，怅然若失地，"你来了多久了？"

"一个星期。"

"我不知道大哥为什么要请秘书。"他自言自语地说，再度抬起头来，注视着我，他看来有些神思恍惚。"你该穿粉红色的衣服。"他说，声音很轻。

"因为她最常穿的是粉红衣服？"我不经心似的问，再剪了两枝黄玫瑰，放进他手中的篮子里。

"她？"他皱着眉。

"是的，她——小凡，对不对？"

"小凡！"他像被刺着般跳了起来，"你怎么知道这个名字？你知道些什么？"

"知道一个故事，"我轻声说，"一个关于小凡和冬冬的故事，我是无意间知道的，我住了她的房间。"

他眉间的紧张神色消失了，那层落寞又浮了上来。"你看了小凡的日记。"他说。

"是的。"我把最后一枝玫瑰放进他的篮子里，抬头看了看天空，天蓝得透明，云稀薄得像几缕白烟，淡淡地飘浮着，阳光明亮，秋风轻柔，我不由自主地伸展着手臂，说："噢，好美好美的天气，一到这种不冷不热的季节，我就会浑身都舒畅起来。我们总是很自然地就接受了许多变化，是不是？像季节的转换，花开花谢，天晴下雨……太多太多了，可是……"

"可是，"他接着说了下去，"有些变化却是我们无法接受的！"

"不错，"我看看他，"当这变化和感情纠葛在一起的时候，是不？"我深呼吸了一下，调转了话题："来吧！进屋里去，你愿意帮我把这些花插起来吗？"

他耸耸肩，没有说话，我们走进了屋里，突然阴暗的大厅里带着凉意，我把花朵放在桌子上，秋菊已经善解人意地收集来了所有的花瓶。我坐在桌前的沙发里，把花一枝枝剪好了，插进瓶子里。室内很安静，石磊坐在一边，闷闷地看着我插花，不知他心中在想些什么。好半天，当我把插好的一瓶花放在一边，再新插一瓶的时候，他突然轻声地念出几句话："雨过园林晴昼，又早暮春前后，名花独倚芳丛，露湿胭脂初透，折取归来，更觉丰韵撩人，正是欲开时候，翠压垂红袖。"

我看了他一眼，微笑着代他念出下一半："低亚帘栊，爱护殷勤相守，妖娆无力，梨花半同消瘦，怪煞东风，惯能搓捻韶华，故把轻寒迤逗。"

他对我扬起了眉毛："这是清词，你怎会知道？"

"你又怎会知道？"我笑着说。

"我在研究所里念中国文学！"

"我在大学也学的是中国文学！"我说。

他瞪着我，我也凝视着他，他的眼睛里有抹深思的味道，使他那张年轻的脸看来成熟了一些，然后，他把身子深埋在沙发中，默然地瞪视着天花板。我不再理会他，把花插好了，我说："我要上楼了，可能你哥哥有工作要给我做，你呢？"

"别管我！"他鲁莽地说，没好气的样子。是个变化无常而难缠的人呵！

我抱着两个花瓶往楼上走，到了楼梯口，我回过头来，一些话突然冲出了我的喉咙，完全不受管束地溜了出来："别生活在过去里，石先生。有许多事情，我们自己控制得了，也有许多事我们永远无能为力，我们总无法扭转天意的，是不是？毕竟我们人类是太渺小了，我们无法和那些看不见的厄运来苦斗呵！那些神秘的、不可思议的力量，你怎能去和它对抗呢？只是徒然自苦！忘掉吧！石先生，我们一生总是必须忘记许多事的呀！"

我的话一定很笨，从一开始见到石磊我就很笨，我应该装作对小凡的事一无所知的。我看到怒色飞上他的眼睛，他陡地跳了起来，暴怒地说："你是谁？你这个胆大妄为的东西！你有什么资格对我讲这些话？你最好滚到楼上去，滚！

滚！滚！"

我狼狈地冲上了楼，我听到他在开酒柜，取酒喝。我做了些什么？我又为什么要做这些事呀？我在楼上的楼梯口碰到了石峰，他显然站在那儿很久了，也听到了所有的对话。接触到他了然的眼睛，我立即说："我不干了，石先生。"

他的手落在我的肩上，他的眼睛温和得像窗外的阳光，轻声地，他说："你不要离开，留下来，余小姐。"

他的话里有着什么？他的眼睛里又有着什么？我迟疑地站在那儿，他又低声地加了一句："留下来——我们需要你。"

是吗？是吗？一生中，我第一次听说别人"需要我"，带着突发的、不可解的激动，我说："是的，我会留下来，我会。"

我怀里的玫瑰散放了一屋子的香味，我慢慢地把花分别捧进了石峰和石磊的房间。

八

晚上，我失眠了。

躺在床上，我无论如何都睡不着，我用各种方法催眠自己，但是，仍然无法入睡。于是，扭亮了床头柜上的小灯，我抽了小凡的一本日记，随便翻开，跳入眼帘的是小凡清秀而略带潦草的字迹：

如果真有那么恐怖的一个日子，冬冬会怎么样？我自己死亦无关。但是，冬冬，冬冬呵！好上帝，假若真有那样一天，照顾冬冬吧！让他有勇气活下去！让他能继续欢笑，能再找到幸福……

我抛开了这本册子，披上一件晨衣，走到窗前，窗外，皓月当空。花园里，花影仿蝶。月色凉凉地照着窗子，花香清清地散布在空气中，有股诱惑的味道。我拉开房门走出去，沿着走廊，我轻轻地向走廊的尽头走，那儿有一道玻璃门，通往阳台。把手扶在玻璃门的扶手上，我怔了怔，阳台的栏杆边，有个人倚在那儿，有一点烟蒂上的火光闪烁在夜色里。是谁？石峰？还是石磊？推开门，我走了出去，那个人斜靠着，修长的身子，长长的腿，他一动也不动。当我走近他的时候，他静静地开了口："晚上的空气真好，是不，余小姐？"

我听出来了，这是石峰。

"是的，"我深吸了口气，"有花香。"弯腰伏在栏杆上，我望着那浴在月光下的花园，又抬头看看那半轮明月："小时候，我总相信有某个夜晚，月亮上会垂下银色的梯子，有个好仙女会从月亮里走下来，带给我许多东西，实现我的愿望。"

"是吗？"他吸着烟，"那时候，你的愿望是什么？"

"愿望被爱，"我微笑，"被所有的人喜爱，愿望有成群的朋友，而每个朋友都爱我。"

"贪心呵！"他说，"你的愿望不小。"

"是的，确实不小，"我望着月亮，"到现在，这好仙女还没有下来呢！"

"你怎么知道？"他说，"说不定她已经下来了。"

"啊？"我望望他，夜色里，他的脸半明半暗，不像白天那样严肃和难以接近了，"如果她下来了，她是为别人下来的。有些人天生惹人喜爱，我不。"

"你的傲气和自尊，是你最大的阻碍。"他说。

"你又何尝不是？"我说。月光使我胆大。

一阵沉默，然后，他笑了。"或者我们都该撤开一些障碍。"他说。

我不语，但是，感到莫名其妙的心跳。这句话是什么意思？我衡量不出。他也不再说话，好一会儿，他才又慢吞吞地开了口："你从小没有兄弟姐妹？"

"没有。"

"十岁丧母？十五岁丧父？"

"是的。"

"那么，你也认识过孤独，也领略过那种被压迫着的寂寞，和想闯出去，想挣扎、呐喊的滋味。"

"是的，是的，是的。"我一迭连声地说，"你也是这样的吗？"

"我自幼是独子，好不容易小磊出世了，父母就相继而去，结果，我不像是小磊的哥哥，倒像他的父亲。"

"你的童年里也没有欢笑吗？"

"孤独，过多的死亡和悲哀，稍大一点，压在肩膀上的就是责任，但是——噢！就像你说的，人一生总是必须忘记许多事的呀！这些都是该忘的！"

"可悲的是，该忘的都是我们忘不了的，而被我们遗忘的那些，都是在生命里留不下痕迹的东西。"

他望着我，他的眼睛在夜色里发着光。

"你的话超过了你的年龄。"

"我的年龄该说些什么话呢？"

"梦话——这是做梦的年龄。"

"你像我这样的年龄，就在做梦吗？"

"不，那时祖父正病着，我身上是整个家庭的重担，念书，做事，打夜工，我太忙，没有时间做梦。"

"当你有时间做梦的时候，你做了吗？"

"做了，一个荒谬的梦，"他咬咬牙，脸上的线条突然僵硬了，"一个很美丽的梦，像晚霞一样，美得迷人，幻灭得也快，接踵而来的，就是黑夜。"

"你是指——"我冲口而出，"你的太太吗？"

他猛地一震，仿佛烟蒂烧到了手指。迅速地掉过头来，他的眼睛狠狠地盯着我。友谊从我们之间消失，那好心的小仙女又回到月亮里去了。他的声音冷冰冰而又怒冲冲："别去探问你所不该知道的事，余小姐。你未免太越权了。"

我的心发冷，寒气从月色里传来，从花香里传来，从我脚下的磨石子地上传来。我挺直了身子，我的声音尖刻而生硬："我会记住您的提示，石先生，也会记住我自己的身份。"我的话说得很快，说完，我就及时离开了那座阳台，回到我自己的房间里。

我是更不能睡了。坐在窗前的椅子里，我用手捧着头。见什么鬼？我会留在这个地方？担任一件莫名其妙的工作？是什么命运把我带到这儿来？认识这些奇怪的人物，知道一个离奇的故事？

床头的灯光幽幽暗暗的，我就这样坐着，一动也不动。我一定坐了很久，直到我被一阵脚步声所惊动，有人在走廊里走动，脚步沉重而不整，是谁？我正在愕然之间，我的房门被推开了，一个黑影闪了进来，我用手蒙住嘴，差点爆发出一声尖叫，但是，立即我认出他来，是石磊！他衣冠不整，步履蹒跚，他喝了过多的酒。

我站起来，走到他的身边，想去搀扶他。

"你喝醉了。"我轻声说，不愿惊醒屋子里其他的人，"你应该回到屋里去睡觉。"

他瞪视着我，他布满红丝的眼睛里燃烧着一簇奇异的火焰，他整个脸庞都被那簇火焰所照亮了。伸出手来，他颤抖地碰触着我的脸，嘴里梦呓般地反复低唤着：

"小凡，呵，小凡！小凡！"

我的心疼挛着，他的颤抖迅速地传染给了我，我看到了一个被感情折磨得濒临死境的年轻人，听到了他痛楚、疯狂，而炙热的呼唤，但是，我不是小凡，我不是小凡，而我不忍于说明，不忍打破他的梦境。

"小凡！"他再喊，他的手揽住了我，于是，骤然间，我被拥进了他的怀里，他的嘴唇饥渴地压在我的唇上，狂猛地揉搓吸吮。我的头发昏，喉咙里干燥欲裂，但我没有失去我的理智，余美蕾，可怜的美蕾呵！这是我的初吻，我第一次被一个男人拥抱，而我是另一个女人的替身！

他突然放松了我，他的眼睛一变而为狂怒凶狠。

"你是谁？"他恶狠狠地问。

"余美蕾。"我的声音又干又涩。

他的脸扭曲而变色。"余美蕾是什么鬼？"

"不是鬼，是人。"我无力地说。

"你从哪里跑来的？你为什么要在这儿冒充小凡？你说！你说！"他咆哮着。

我振作了一下，走开去，我开亮了房间中间的小吊灯，我知道，我必须击倒他，如果我一味让他在我身上找小凡的影子，是无法救他的。我猛地车转身子面对着他，用出乎我自己意料的大声，也对他吼了起来：

"你真奇怪！石先生，你为什么半夜三更跑到我房间里来？请你解释，石先生，我不认得什么小凡，根本不认得小凡，你不要满嘴胡言乱语！我是你哥哥的女秘书！你深夜到这儿来是什么道理？你解释！"

我的声音真的把他吓住了，他愕然地瞪大了眼睛，凝视着我，接着，他就颓然地垂下头去，就像我在花园里碰到他之后的表情一样，狼狈而沮丧。他跟跄后退，嘴里嗫嗫嚅嚅地说："我——我抱歉，我是喝多了酒，我——我——"他徒然地乱摇着他的头："我认错了人，我以为——我以为——反正，我抱歉！"

他退向房门口，那满面的凄惶之色令人心痛，我不由自主地追到门口，用手扶着门，我目睹他踉踉跄跄地退回自己的房间。然后，我看到石峰站在走廊里，穿着睡衣，双手插在口袋中，静静地望着这一切。我们四目相瞩，好半天，他才轻声地说："做得不坏，余小姐！"

我心中忽然冲上一股怒气，我控制不住自己，气愤而不平地，我说："你不该把我拉进这个故事里来，使我退不出去，我跌进了你的陷阱！别以为我高兴做这件事，我不走，只因为我同情他！"

他向我走来，眼睛生动地停在我脸上。

"怎么，我又伤了你的自尊？"他问。

"我——"我的眼睛忽然蒙上一层泪翳，我受伤的又岂止是自尊？"我是万万不应该到这儿来的！我不知道是什么鬼让我接受这荒谬的工作！"

"不是鬼，是你宽厚的同情心！"他学我刚刚对石磊的口气。我看了他一眼，莫明其妙地摇摇头，慢慢地关上了我的房门。

天已经快亮了，曙色爬上了远远的山头。

九

星期一，石磊没有回学校，他留在翡翠巢，星期二、星期三、星期四——一个星期过去了，他不再提返校的事，我们迅速地建立起友谊来。

　　我在石峰的脸上看到了喜悦，我在石磊的脸上看到了生机，只有我，像沉在一个万丈深的井里，挣扎不出去，我不明白我为石家兄弟做了些什么。我只有一个直觉，觉得整个事件都不太自然，觉得我该离去，觉得平静的状况底下随时隐藏着风暴。但我走不了，一种无形的束缚牵掣着我，我爱上了翡翠巢，和翡翠巢中的一切！

　　这天一清早石磊就出去了，我不知道他到何处去的。午后，他和他的摩托车风驰电掣地回到翡翠巢。他在楼下的大厅里抛下他的手套和墨镜，就冲到酒柜旁边去攫出一瓶酒来，我从没有看到他的脸色苍白成这样，握着酒瓶，他冲上楼梯，我不由自主地追过去，喊了一声："石磊！"

　　"滚——开！"他大喊，继续冲上去。石峰从他书房里跑了出来，拦在楼梯口，皱着眉喊："小磊！"

　　"滚开！滚开！你们都给我滚！"他大叫，叫得声音都裂了，用力推开了石峰，他冲进他的卧室，砰然一声合上了门。立即，门里传出他强力的、悲痛的、裂人心魂的饮泣之声。

　　我和石峰面面相觑，石峰一脸惨然之色，半晌，才轻声地说："他又去看过小凡了。"

　　"她在哪儿？"我问。

　　"就在这附近，一家私人医院的附设病房里，医生是我的朋友。"

　　"她——"我犹疑地说，"没有希望治好吗？"

　　"如果是受刺激而得的精神分裂症，是有希望治好的，但是，她是遗传——你知道的。"

我知道，换言之，这病是不治的。为什么老天要给人这么多苦难呵！石峰走到石磊的房门口，门内，石磊仍然在啜泣，一种惨痛的、男性的啜泣，使人不能不心酸战栗。石峰用手叩着房门，喊着说："小磊！小磊！开门，小磊！"

"滚！"是石磊号叫着的回答，接着，是一声重击的、破碎的声音，他把什么东西砸碎了。再接着，更多的东西被疯狂地抛在门上，墙上，屋里充满了一片抛掷和破碎的音响。在这些音响声中，夹着石磊疯狂的哭叫："为什么会这样？为什么？为什么？这世界上有神吗？有公平吗？为什么呵！"

闹了好半天，室内终于安静了，他一定把能够砸碎的东西全砸完了。跟着这阵沉寂，又是他的啜泣，他多半是把头埋在枕头里，啜泣声是沉重而窒息的。

石峰无奈地看了看我，说："我们走开吧，让他自己去好好地哭一场。"

我跟着石峰走进他的书房。在椅子里坐了下来，我长长地叹了一口气。"这是人间最悲惨的事情，"我说，"眼看自己所爱的人，被厄运所控制，这比爱情的幻灭更悲惨！"

"未见得！"石峰说，燃起了一支烟，"他们这段爱情，是被外界一个不可知的力量所摧毁的，这总比爱情本身发生动摇好得多。"

"你是说——"我不解地望着他。

"若干年后，"石峰半坐在书桌的桌沿上，用一只手抱着另一只手，深思地说，"当小磊回忆起这段恋情来，仍然有它美丽的地方，和动人的地方，这段恋爱在他记忆里将永远绚丽，这就是安慰。目前的情况固然残忍，总比小凡变了心，或者，小磊发现小凡完全不是他想象中的那种女性，而是一个破灭了的幻象，要好得多。"

"破灭了的幻象？"我咀嚼着他的话，凝视着他。

"我认识一个人，"他忽然有些激动地说，"他爱上了一个女孩子，认为她是完美的化身，崇高，不凡，神圣。他用各种方法追求她，最后娶了她。却发现她是个虚伪而又虚荣，谈不上丝毫内在和修养的女人。你能了解这种幻灭吗？"

"这人也该负责任。"我说。"他应该在婚前观察得清楚一些。"我说。

"爱情是很容易蒙住人的眼睛的。"

"对你，应该不是。"我说，"你有纤细的观察力和冷静的头脑。"

"哼！"他哼了一声，狠狠地瞪了我一眼。

"不过，"我接着说，我的舌头灵活得出奇，"欺骗了你的并不是她，而是你自己过分丰富的感情！"

"见鬼！"他把头转开，低低地诅咒，牙齿咬着烟蒂。

我站了起来，向门口走。

"我想去看看石磊。"我说。

"等一下！"他喊。

我站住，他走过来，凝视着我的眼睛十分奇怪。我有一阵神志朦胧，他距离我很近，有副宽宽的肩膀，有张坚定而易感的脸。我心跳，呼吸急促，心境迷茫。他的手轻轻地伸了过来，碰碰我的头发，他的眼睛里罩上了一层薄雾，使那对眼睛看起来深深幽幽的。他的声音轻而柔，飘浮在我的耳际："你应该有和我同等丰富的感情呵！"

是吗？我说不出话来，他忽然用双手捧着我的脸，我感到他身子的颤动，我看到他眼睛里炙热的火焰，他的头向我俯来，喉咙里低低地、喃喃地说："你不需要月亮里的好仙女，你就是一个来自月亮的好仙女呵！"

我不知道是怎么一回事，但是，我的手环住了他的腰，我的身子贴住了他的，我的眼睛里充塞了泪水，我的心脏里涌塞满了急需奔放出来的东西……我微仰着头，他的脸离我的那么近，他的呼吸热热地吹在我脸上，我在等待、等待、等待……等待了像一个世纪那么长久，他突然重重地推开了我，用沉浊的鼻音，迅速地说："你去吧！去看小磊！"

我冲向了门口，一时间，屈辱、伤心、愤怒……各种复杂的感情齐聚心头。石峰！他以为他是什么？我的主人？我又是什么？是他雇来娱乐他的弟弟的人？而我为什么要留在这儿，接受这屈辱的工作？我为什么不能洒脱地一走了之？管他什么小磊、小凡！我留在这儿，到底为什么？我的潜意识在期盼，我的灵魂在等待，我知道……我也了解……我在期盼，我在等待，从我到翡翠巢来，从我第一次走进石峰的书房，我就在期盼着什么，等待着什么，而我，等待到了什么？

我奔出书房，没有去看石磊，我一直回到自己的房间，我必须先冷静一下自己，好好地想一想。我想了很久，想到太阳西沉，想到暮色弥漫，我想不出所以然来。直到那山间的庙宇里，突然响起了钟声：

"叮——当！叮——当！叮——当！"

我像是被什么所惊醒了，那钟声带着无比的庄严、肃穆和宁静，跟着暮色一起卷进我的屋子里来。我觉得心头的烦躁渐息，杂念渐消。我不该有所求呵！或者，我只是一个使者，到这儿来抚慰一个受伤的灵魂。

有人轻敲我的房门，我扬着声音问："是谁？"

"我，石磊。"

我开了门，石磊站在房门口，苍白而疲倦。眼神迷茫无助地望着我，他求救似的说："陪我到外面去走走，好不好？"

"好的，"我很快地说，"你等我拿件衣服。"

拿了件毛衣，我跟着他走下楼，走出翡翠巢。天边的晚霞一层又一层地堆积着，晚风里带着秋意，路边的凤凰木飘落着细碎的黄叶。我们沿着石子路走到柏油路口，这儿有一棵大树，树下有张刻着"翡翠巢敬赠"字样的石椅，也就是我第一次到这儿来时，曾经坐下休息的。我们走过去，坐了下来，石磊幽幽地说："以前，我和小凡每到黄昏，就散步到这儿来。"

我依稀想起，我第一次来这儿的时候，曾感觉这附近有人窥探我。是我的第六感？是小凡的阴影？我摇了摇头，看着远处的天边，晚霞明亮而美丽，把山坡上的草都染红了。

"这椅子是大哥建的，翡翠巢附近所有的房子都是大哥建的，"石磊自顾自地说，"那时这山坡上的地没有人要，大哥建了房子出售，由此而起家，也由此才能供给我完成学业。不过，最初真是惨淡经营。"

"那么，"我沉吟地说，"这路也是他建的。"

"当然，最初这里只是荒山，只有一条小石子路通到山上的尼姑庙里。"

我想起第一次碰到石峰，和我们的对白。我几乎有些想笑了。石磊仍然沉浸在他的思潮里，微蹙着眉，他说："以前，我总和小凡手牵着手，从这条路一直散步到尼姑庙里，我们在庙中烧香，许愿，求签，小凡称这条路作天堂路，而现在——"他的脸扭曲着："她在地狱里。"

"不，"我说，"她现在的世界是我们所不了解的，她并不痛苦——痛苦的是我们。对一个神志失常的人，应该没有思想也没有感情。"

"你怎么知道？"

"我猜想。"

我们站了起来，沿着那条路，我们无目的地向上走，松树低吟，竹叶簌簌，我们没有说话。凉凉的风，凉凉的黄昏，我们来到一个由大山石堆成的谷地里，那么巨大的石块！有慑人的气势，我愕然地说："这么大的石头，是怎么搬到这山上来的？"

石磊扑哧地笑了，难得的笑！望着我，他说："连参孙也搬不动这样大的石块，这怎么会是搬上来的？这是本来就在山上的，这座山遍布这种大岩石。"

"是吗？"我笑着问，"我以为是人工！"

"这人可太傻了！"

穿出谷地，就是那座小小的庙宇了，庙前有一块空地，庙内设着观世音菩萨的神座和拜坛。青烟缭绕，空气里弥漫着淡淡的烟香。我们走过去，在庙门前伫立片刻，一层无比无比的宁静来到我心里，我在观世音菩萨前面垂眸片刻，石磊问："你干吗？"

"祷告。"

"祷告什么？"

"如果真有神，保佑天下苍生！"我说。

他看看我，没说什么。

绕过庙宇旁边的走廊，有个小天井，天井里，三个七八岁左右的女孩正在跳橡皮筋，一面跳，一面跳着歌谣：

"三轮车，跑得快，上面坐个老太太。要五毛，给一块，你说奇怪不奇怪？"

我掉头看着石磊，学着孩子们的声音说："你说奇怪不奇怪？"

石磊又扑哧一声笑了出来。笑完了，他凝视着我，我说："石磊，别再为小凡痛苦了，她如果有知，不会希望你这样，她如果无知，你的痛苦对她也没有帮助，是吗？"

他深深地望着我，然后，他握住了我的双手。

"美蘅——我可以叫你的名字吗？"

"是的。"我点点头。

"你是个好女孩，美蘅，"他的脸色平静安详，眼睛深幽明亮，"我不知道大哥从哪儿把你找来的？"

"他登报征求，我是一千多个应征者里的一个。"我说。

"征求——女秘书？"他微微扬起了眉毛，"这是烟幕弹，对吗？他是为了我，是不？"

我的脸红了。原来——他什么都知道，他一开始就知道了。我坦白地迎着他的目光，轻轻地点了点头。

"是的，"我说，"我后来才知道他的用意，但是，我留下，并不是为了想找一个栖身之地，而是——"

"我知道。"他打断我，"你看了小凡的日记，你如此善良，又如此热情，我感谢你——留下来了。"

"但是——"我觉得有很多事情要解释，却又无法解释，也不知道要解释些什么，我碍口地说，"但是——石磊，我——我想——"

"别说什么，美蘅，"他阻止了我，他发光的眼睛里带着神秘的笑意，"你说得对，我该振作起来了，不为了你，为了——我有那么一个为我苦心孤诣的好哥哥！"

我们彼此注视，天知道，我的脸是那样地发着烧，我的心是那样轻快地跳动……这个年轻人！他熟知我心中的一切！他了解我那秘密的感情！我们对视良久，然后，都笑了。他拉住我的手："走吧！我们回去！"

我们回到翡翠巢，已经是灯烛辉煌的时候了。石峰坐在餐厅里等我们吃晚餐，他用奇怪的眼神迎接着我们，从鼻腔里问："你们到哪里去了？"

"散步，"石磊抢先回答，"一直走到庙里。唔——"他伸展手臂："外面的空气真好，它使人振作。唔——我饿了！"

石峰的眼睛紧紧地盯着我。"很开心？"他特特别别地问。

"是的，"我回复了一个兴高采烈的笑，"很开心。"

"唔——"他咬咬嘴唇，突然大声说，"我们一定要等饭冷了才吃吗？"

我们坐了下来，开始吃饭。

十

接着的一个星期，石磊又到学校去上课了，但他一到没课的日子或星期六、星期天，就一定回到翡翠巢来。我们相处得融洽而又愉快，我想，我是一天比一天更爱翡翠巢了。同时，我真的开始整理起石峰祖父的文稿和日记来，这工作引起了我极大的兴趣，我从那些零星散乱的文字里，看出了那个时代的思想，和中国传统农村的风俗及人情味。那些文稿和诗词都美极了，使人爱不释手。这使我了解了石峰石磊两兄弟，一个学建筑，一个学外交，却都有极高的中国旧文学修养的原因，他们有个典型的中国文人的祖父！又在这祖父的熏陶教育下长大，环境和教育对人的影响毕竟是太大了。

我热衷于这份整理和阅读的工作，我又沉浸于和石峰石磊两兄弟与日俱增的友谊里，日子就十分容易过去了。石峰常常工作到深夜，我也常常阅读到深夜。一天夜里，他捧着一个托盘来敲我的房门，托盘里是一壶冒着热气的咖啡、两个杯子、糖罐及奶杯。微笑地站在那儿，他说："我看到你的房里还有灯光，我想，你或者愿意和我分享这壶咖啡。"

我喜悦地开大了房门，他走进来，我们相对而坐，喝着咖啡，谈着天。从他的祖父谈起，他的童年，倪家的白痴孩子，小凡，小磊……然后，是我的童年，我的父亲，母亲，叔父，和我的孤独。咖啡既尽，明月满窗，一屋子的秋，一屋子的夜色。他站起身来告辞，用手扶着门，他深深地望着我，迟迟疑疑地说："美蘅，我——我想，哦——好，再见吧！"

他猝然地转过身子，大踏步而去。我呢？有片刻的伫立，和一夜的失眠。

日子就这样流过去了，我和石磊经常去竹林里散步，松林里谈天，或去山上的小庙，求求签，听听尼姑们念经，也都特别喜欢听那暮色里的晚钟和木鱼声。他和我在一起的时候，永远谈的是他的小凡，和他的"大哥"，这是他生命中的两个中心人物。小凡的一切，我几乎可以背得出来，至于那位"大哥"呢？

"大哥在八年前结的婚，"石磊说，我们在一片松林里，他的一只脚踩在一块石头上，手里拿着一枝松枝，他一面用松枝无意识地扫着地上的落叶，一面说，"他用尽各种方法来追求我的嫂嫂，简直对她如疯如狂，可是，婚后不到一年，就变成了长期的冷战，然后，他们就各过各的日子，大哥依旧是大哥，只是比以前消沉。嫂嫂呢？她用哥哥的钱，去买自己的快乐。"

"他们为什么不离婚？"我不经心似的问，用手抱住膝，坐在一块石头上。"嫂嫂要哥哥付一笔钱，一笔庞大的数字，大哥并不是没有，但他不甘心，于是就拖着。不过，我看，这问题快解决了。"

"怎么？"

"有朋友从美国来信，我嫂嫂找到更好的对象了，"石磊轻蔑地撇了撇嘴，"一个土生土长的华侨，在纽约有两家中国餐馆，她不会在乎我哥哥的赡养费了，看吧！不到年底，她一定会来办离婚手续的。"

"你大哥——"我有些碍口地说，"他对你嫂嫂——难道一点感情都没有了？"

石磊的眼睛闪了闪，很快地扫了我一眼，他笑笑说："岂但没有感情，有一段长时期，我哥哥憎恶全天下的女人，他说女人全是虚伪的动物，爱情是多变化的晚霞，他既不相信女人，也不相信爱情。他连——"他的眉头微微地蹙了蹙："小凡都不信任。"

"是吗？"我深思地问。

"是的，不过现在——"他突然把话咽住了。

"现在怎么？"我问。

"不怎么，"他丢掉了手里的松枝，拍了拍身上的尘土，"我们回去吧！"

我们回到翡翠巢，刚好满天晚霞，映红了客厅中整面的落地玻璃窗，石峰沉坐在圆形的藤椅里，意态寥落地握着一个高脚的小酒杯，静静地望着我们。晚霞在他的眼睛里燃烧，是两簇奇异的火焰。

这天早上，石磊去学校上课了。我在屋子中整理石峰祖父的手稿，整个翡翠巢都静悄悄的。那天天气不好，有些阴云密布，风中带着雨意，室内显得阴暗和森冷。从一清早起来，我就有不安的感觉，属于我的第六感，我想。可是，十点钟左右，石峰推开了我的房门，他的脸色沉重，眼神不安而奇怪，用很特别的声调，他说："美蘅，你愿不愿意陪我出去一趟？"

"去哪儿？"我问。

"去看小凡。"

我背脊上有股凉意，那个我从没见过的女孩！那个长得像我的女孩！那个精神失常的女孩！我确实想见见她，基于好奇的本能。但是——有什么不对？

"她——怎么了？"

"不知道，医生打电话来，要我去一趟。我想——她不大好了。"我从衣橱里取出了我的风衣。

"我们去吧！"我们下了楼，老刘已经把汽车开到客厅门口，上了车，车子开出翡翠巢的大花园，驰向石子路，转到柏油路，往下山的方向走。没走多远，车子转向一条岔道，又开始上另一座山。我想起石峰告诉过我，小凡的医院离翡翠巢并不远，果然，车行不过半小时，我们到了。

这只是一家小型的私人医院，有个很宽大的花园，铺着草皮，中间是栋四四方方的、二层楼的建筑，大约有十几间病房。也是依山而造，倒是养病的好地方，大门口竖着一块牌子，写着："心安精神疗养院"。

车子一直开进花园，停在医院门口，一个白衣服的护士小姐迎接着我们，她投给我好奇而诧异的一瞥，对石峰恭敬地点了点头，说："石先生，我们院长正在等您。"

我们走进了院长室，那位院长的年纪并不大，大概四十岁出头，戴着近视眼镜，整洁而给人好感。石峰担忧地望着他，没有经过任何一句客套，立即问："小凡怎么了？"

"噢，石先生，您坐下谈。"院长递给石峰一支烟，沉吟地说，"小凡目前没有什么，以病情来论，她在进步。"

"你是说——"石峰不解地皱起眉。

"你知道，石先生，"院长深吸了一口烟，"我对小凡的病，用尽了所有能用的方法，我一直不死心，像她这种病例，并不是百分之百的不治。近来，小凡确实有了进步，你记得她以前不肯穿衣服，抓住什么就撕烂什么，现在呢，她喜欢穿衣服了，也不再撕东西，最可喜的，是一桩料想不到的奇迹……"

"怎么？"石峰焦灼地问。

"她近来常常独自坐着，仿佛在想什么，一坐就好半天，也不打人了，也不砸东西，从来没有这么乖过，有一天我去看她的时候，她居然说出一句：'冬冬在哪儿？'"

"什么？"石峰惊喜交集，"你是说，她的意识在恢复？"

"很可惜，那只是昙花一现，马上她又神志混乱了。近来，她就好一阵坏一阵，她的意识在半朦胧的状态里，我几乎怀疑，她常有一刹那的神志清晰，这样下去，如果能再继续治疗一年两年，说不定她会好转，也未为可知。但是，我请你来，并不是为了这个。"

石峰用疑问的眼睛瞪着他。

"小凡在精神病方面，虽然有了进步，但是她的生理方面的病症，我却无能为力。我昨天又给小凡做了一次心电图和静脉压，石先生，小凡恐怕挨不过这个冬天！"

"李院长！"石峰惊喊。

"她是先天性的心脏病，这种先天性的心脏病比遗传的精神病更加可怕，她能活到今天，已经是奇迹了！"

石峰脸色苍白，转开了头，他喃喃地自语："受诅咒的家族！"

李院长停顿了一下，继续说："所以，我要请你来商量一下，是继续把她留在我这儿好呢？还是把她转到普通医院的心脏科去好？"

石峰默然不语，只是一个劲儿地猛抽着烟，那一口继一口的烟雾把他整个的脸都罩住了。半晌，他抬起头来，那对眼睛里带着深沉的痛楚。

"你认为——"他说，"她的心脏病有没有治愈的希望？"

李院长摇了摇头，说："我认为没有，但是我不是心脏科的医生。"

"我懂你的意思。"石峰说，"那么，你认为她能送普通医院吗？"

李院长犹疑地看看石峰，又摇摇头。

"我没有把握，她发作起来是很可怕的，你知道。伤害别人的可能性还小，伤害自己的可能性大，除非你从早到晚雇人看着她。"

石峰又沉思了片刻，决然地站了起来："她留在您这儿，李院长，但我明天会请一位心脏科的医生来诊断她，你现在——给她用心脏药吗？"

"是的。"

"您是个好大夫，李院长。"石峰说。

李院长微笑了一下，眼镜片后面的眼睛是亲切的。

"你们兄弟使我感动，"他说，"我但愿能治好小凡。"

"带我们去看看她吧！"石峰说。

李院长站了起来，我们跟着他走出院长室，沿着走廊，我们走向病房。这是我第一次参观精神病院，走廊的两边是一间间囚笼似的病房，轻病的患者像幽灵般在走廊里移动，重病的都单独一间，锁在屋子里，连窗子都加了木条，那些病人有的瑟缩在墙角，有的躺在床上大呼大叫，有的歌舞不停，有的挥拳摩掌，形形色色……我的胃部不由自主地痉挛起来，看着那大部分重病病人，连棉被都没有，只裹着一条鲶布袋，我觉得这是残忍的。

"为什么不给他们棉被？他们已经有了精神上的病，似乎不应该再让他们患上生理上的病啊！"我忍不住地说。

"他们撕碎一切，"李院长看了我一眼，说，"凡是他们抓到的东西，他们就撕碎，鲶布袋是撕不碎的。"

怎样的人类啊！为什么人会疯狂？为什么有这样悲惨的世界？可是，当我看到一个病人玩弄着一条纸带，嬉笑得像个无知的孩子时，我又迟疑了——他们真的悲惨吗？

我们停在一间病房前面，推开房门，有个护士小姐坐在那儿（后来我才知道，石峰是经常雇用特别护士照顾她的），李院长问了句："她今天怎么样？"

　　"还好，院长。"护士说。

　　于是，我看到小凡了，我真不敢相信我的眼睛，这就是小凡吗？她坐在一张椅子里，穿着一件宽宽大大的病院中的衣服，是件套头的白色长袍。那件长袍就像挂在一个衣架上，她瘦削得只剩下了一副骨骼。美，是再也谈不上了，那干枯的、被医院剪得短短的头发，那狂乱的眼睛和瘦削的鼻梁，那毫无血色的嘴唇……她就像一个幽灵，一个鬼魂，一具被榨干了所有水分的活尸。她安安静静地坐在那儿，不动也不说话，眼睛直直的，毫无表情地瞪着门口的我们。

　　石峰走上前去，尝试着用手碰触她的肩膀，低低地喊了一声："小凡！"

　　她猛跳了起来，像逃避瘟疫一般奔向墙角，她就把整个身子紧贴在墙上，用充满敌意的眼神望着石峰。石峰再向前走了一走，她的头昂了起来，像一只备战的猎狗，全身紧张而气息咻咻。李院长拉住了石峰。

　　"别去！石先生，她今天有些不安静，让她休息，我们走吧！"

　　石峰颓然地垂下了头，我们默默地退向门口，小凡忽然冲了过来，我们已经走到门外，她用手抓住了窗口的木条，对着我们爆发了一阵莫名其妙的狂笑，声音格格然如枭鸟夜啼。我觉得汗毛直竖。她的脸紧贴在窗格上，那瘦骨嶙峋、发青的脸庞！那咧开的嘴！……不，不，这不是小凡，这不是我在日记中所认得的那个痴情的、天真的、调皮的小凡！我们沉默着走向医院门口。

石峰的脸色十分难看，站在那儿，他留下了一笔钱给院长，低低地说："我觉得，死亡对于她，也未见得是悲剧。"

"可是——"李院长不以为然地说，"她的精神病是有希望治好的。"

我们上了车，向李院长挥手告别。车子发动了，驰向一片苍翠的山路，我把头转向一边，石峰伸手握住了我，问："怎么了？"

"我不舒服。"我说。

"她曾经比现在更厉害，"石峰的声音很轻，望着我，"对不起，美蘅，我不该带你来。"

"不。"我虚弱地说。

"我只是无法单独去看她，你知道？"

"是的。"我了解地说。想着石磊，他每次去看她时，是如何忍受的？

"可怜的小磊！"石峰似乎读出了我的心事，他叹息着，"他比小凡更可怜，如果他知道真相……"

"什么真相？谁知道？"我诧异地问。

"哦……不，"石峰咽住了，"我是说——你别把今天去看小凡的事，和小凡生命将尽的真相告诉小磊。"

"我——知道。"我说，望着石峰，他要说的就是这些？还是——他还隐藏着一些什么秘密？

车子平稳地向前滑行，一阵凉风掠过，阴暗的天空开始飘起细细碎碎的雨丝来。

十一

雨接连下了好几天，天气骤然地转凉了，窗外总是一片迷蒙的雨雾，室内就充满了阴冷和落寞的气氛。秋，不知不觉地深了。

连日来，石峰都很忙，早出晚归，回来后就显得特别地疲倦和忧郁。石磊在家停留的时间却逐渐增加了，他开始帮我忙，整理他祖父的手稿。望着他，我就想起小凡，可怜的小凡，可怜的小磊！我说不出心中的感觉。闭上眼睛，我就能幻想童年时代的小磊和小凡，一对天真的孩子，嬉戏于山前水畔，浑然不知人间的忧郁烦恼，和将来会降临的厄运……噢！慈悲的万物之神！

这天晚上，石峰走进我的房间，坐在书桌前面，他静静地告诉我："小凡已经确定是没救了。"

"你请过心脏科的医生？"我问。

"是的，好几个医生会诊，她的生命顶多再维持六个月，这就是倪家最后的一代。"

"他们整个家族都是短命的——"我喃喃地说，"这不是诅咒，只是遗传。"

他不语，室内很静，只有窗外细碎的雨声。好半天，他长叹了一声，说："我不明白，生命到底是怎么一回事？像小凡，她何苦到这人间来走一趟？宗教总解释生命是神的意旨，那么，神何必安排像小凡这样的生命？何苦？美蘅，你说，这是何苦呢？"

我回答不出来。雨点敲击着玻璃窗，叮叮当当地响着。石峰坐在桌前，桌上的一盏台灯，映亮了他的脸。他划着了一根火柴，点燃了一支烟，烟蒂上的火光闪闪烁烁的。我看着这一切，心中恍恍惚惚地若有所悟。良久，我说："小凡没有白来一趟，别忘了，她爱过。人只要爱过，就没有白活。"

"是吗？"石峰用疑问的眼光看着我。

"你看，每个人的生命是不同的，"我词不达意地想解释我的思想，"但，每个人都会有一分光，一分热，这分光和热就是他的爱心。尽管爱心有多有少，总是会有的，不是吗？有的人可能是一根火柴，燃烧一刹那就熄灭了，有的是一支蜡烛，燃烧得长久一些，有的是一盏灯，有的是炉火，有的是——太阳。"

"太阳？"他沉吟道。

"是的，这种人他的爱心是用不完的，像太阳，普照大地，广施温暖。人，多多少少都会有一些爱心的，多的像太阳，少的像一支火柴，他们都不是白白存在的，都有它的价值，都——燃烧过。"

我想，我有些词不达意，但，石峰显然是了解我了，他深深地注视着我，很久很久没有移开他的目光。然后，他用特殊的声调说："美蘅……你简直——令人眩惑！"

我的脸蓦然发热，这赞美竟鼓动了我的心，使它快速地跳动起来，我又感到我潜意识中那种期盼和等待的情绪了。我垂下眼帘，竟然讷讷地不知所云："你——你在嘲笑我——"

"我吗？"他低喊了一声，骤然走到我的面前，他的一只手握住了我的，他的手心发热，而我的冰冷战栗，他的眼睛发着光，热烈地盯着我，急促地说，"我嘲笑你？美蘅？从看你的自传起，从在山路上撞了你的那一刹那，我就对你……"他说不下去，眼睛热切地在我脸上搜寻，然后，他低喊："噢！美蘅！"

我的呼吸静止，我的灵魂飞向了窗外，驾着雨雾在山间驰骋……但是，他突然放开了我，走向窗口，他的声音变得冰冷而僵硬："我们刚刚在谈什么？小凡吗？"

我闭上眼睛，泪水滑下我的面庞。逃避吧！石峰！你尽管逃避！咬紧了牙，我甩了甩头。"是的，小凡，"我的声音坚定而冷淡，"你告诉我，她活不了六个月。"

"你会对小磊保密吧？"

"当然。"

"那么，好的，"他退向门口，"再见，余小姐！"

"再见，石先生！"他退出去了。门，在我们两人之间合拢，是一道坚强而厚重的门。

第二天，我和石磊又去了庙里，我们在细雨之中散步，别有情调，那些松林，那些岩石，那些竹叶，在雨中更显得庄严。黄昏后，我们回到翡翠巢，秋菊告诉我们家里有客人，在石峰的书房里已经谈了很久。

"是谁？你认得吗？"石磊有些诧异地问。石峰在城里另有办事处，很少有客人会到翡翠巢来。

"是方先生，方律师。"

"哦。"石磊的表情很复杂。

我们站在大厅里，我脱去了披在身上的雨衣。石磊沉思有顷，对我说："你等一下，我去看看。"

他匆匆地跑上了楼，我有些诧异，这是个特殊的客人吗？我摇摇头，不想知道什么，走到窗前，我眺望着窗外的雨雾和暮色。石磊跑回来了。

"美蘅，"他走到我的身边，带着一脸的不安和忧愁，"哥哥离婚了。"

"你说什么？"我怔了怔。

"方律师是我嫂嫂的律师，他带了委托书和离婚证书来，刚刚我哥哥已经签了字。"

"哦。"我看着那些雨。

"可怜的哥哥！"石磊说，他的声音里带着浓厚的挚情，"他一生只会为别人安排，为别人设想，却最不会安排他自己。"他盯着我："他并不像外表那样坚强，他有一份自卑，对于爱情，他比我受的伤害更大。"

我迎视着他的目光。"你告诉我这些做什么？"我问。

"你知道的，是吗？"他的目光深沉莫测，定定地停在我的脸上，"我们是彼此了解的，对不对？美蘅？"他停顿了一下，又说："我是在竭力振作，你看得出来的，我会好转的，美蘅。你放心。"

我迟疑地看着他，他握住了我的双手。

"不知道该怎么谢谢你，"他的声音低而温柔，"也不知道怎么谢谢哥哥。我想，就像你说的，小凡有知，不会愿意我沉沦，小凡无知，我的痛苦对她更无助于事。我是该振作了，为你，为哥哥。"

"石磊！"我眼眶潮湿地喊，"不过，我——"

"别说！美蘅，我了解的。你比我年轻，但你对待我像一个大姐姐，我了解，美蘅。而我呢？小凡把我的心填得太满了——别怕你会给我伤害，美蘅。"

我们对视着，在这一刹那，我满心充满了感动和温情，是的，我们彼此了解。他紧握着我的双手，我们就这样站在暮色渐浓的窗口，然后，我听到脚步声走下楼梯，我和石磊猝然分开。但是，来不及了，石峰和他的客人站在楼梯口，他看到了我们：手握着手，依偎在一块儿。

石峰的脸色很坏，一刹那间看不出他心中作何想法，对我随便地点了点头，他送走了他的客人。回到大厅里，他面有怒色，没好气地说："你们不一定必须在客厅里表演亲热呵！"

石磊笑了笑，笑得古怪。

"是吗？"他打鼻腔里说，"爱情还要管时与地的吗，哥哥？"

"你们？"石峰耸起了眉头，他的脸扭曲了起来，陡然间憔悴了十年，"啊，随你们。"他大声地喊秋菊，告诉她他不在楼下晚餐，要她把他的晚餐送到楼上去，最后，还加了一句："送一瓶白兰地来！"

他走了。我望着石磊。

"你为什么要这样做，石磊？你为什么要欺骗他？"

石磊又笑了，笑得含蓄。

"你还看不出来吗，美蘅？他嫉妒得要发疯了！"

"石磊！"我喊。

"美蘅，"他深深地望着我，"我不能有更好的希望了，假如——假如——"

"假如什么？"

"假如你能做我的新嫂嫂！"

"石磊！"我再喊，"你什么都不知道！"

"我什么都知道！"他笑着说，"他快为你发狂了，从早到晚，他的眼睛就跟踪着你！美蘅，当局者迷，旁观者清呵！"不等我回答，他跑上了楼梯。

我仍然站在那儿，灰蒙蒙的暮色从窗口涌进来，把我紧紧地包围在中间。

十二

一夜风雨，早上，却出乎意料地，天晴了。

阳光使人振奋，尤其是雨后的朝阳。我冲下了楼梯，带着满怀的喜悦，跑进了花园里。满园花香，缤纷灿烂，一朵朵的玫瑰上，都带着隔夜的雨痕。我拿着剪刀，剪了一大把玫瑰。捧着玫瑰花，我愉快地跑上楼，一路哼着歌儿，经过石峰的书房时，我停住了。

书房里静悄悄的，没有一点声音，石峰想必还在卧室中高卧未起，我知道他昨夜曾经纵酒到深夜。望望怀里的玫瑰，我略微沉思了一下，何不插满他书房中的花瓶？让一瓶鲜花带给他一个意外的、芬芳的早晨。含着笑，我推开房门，轻快地走了进去，可是，立即，我呆住了。

石峰正沉坐在桌前的安乐椅里，两只脚高高地架在书桌上，他手边的一个小茶几上，酒瓶、酒杯、烟蒂、烟灰狼藉地堆着，也不知道他到底喝了多少酒，抽了多少烟。室内的电灯仍然亮着，在满窗的阳光下，那昏黄的灯光显得异常地可怜。石峰的头仰靠在椅背上，他并没有醉倒，他的眼睛大大地睁着，眼白布满了红丝，脸色是铁青的，他竟一夜没有睡觉！

"噢，"我愕然地说，"我——以为……这儿没有人呢！"

"关上门！过来！"他冷冷地说，又带着我最初见到他时，他那种命令的语气。

我机械地关上门，有些手足无措，他的神色令我有惊吓的感觉。他的眼睛紧紧地盯着我。

"你从哪儿来的？"他自语似的问，"月亮里？"

"不，"我的思想恢复了，走过去，我把怀里的花放在桌上，"月亮里没有玫瑰花，何况，现在没有月亮，太阳已经快升到头顶上了。"

我走开，拉开了半掩的窗帘，给室内放进更多的阳光，再熄灭了所有的电灯。满屋的酒气和烟味，我把烟灰缸和酒杯酒瓶都收集在托盘里，放到门外走廊的地上，秋菊会收去洗。我忙碌地走来走去，想让这零乱的房间清爽些，想赶走室内的沉闷的气氛。他望着我在房间里移动，静静地不动也不说话，直到我想掠过他去取花瓶时，他一把抓住了我。

"美蘅！"他喊。

"嗯？"

"你成功了！是不？"他的呼吸重浊，语气并不友善。

"什么东西成功了？"我不动声色地问。

"别装傻！你的工作！你对小磊的工作！"

"我没有做任何工作。"我闷闷地说。

"那么，你是爱上他了？"

"我没有爱上谁。"

他的手箍紧了我的手腕。

"我想，你要来告诉我，你要嫁给小磊了？"

"我也没有要告诉你什么。"

他的手指陷进了我的肌肉里，弄痛了我，他的眼睛里冒着火焰。

"你值得加薪，美蘅，你的工作效率超过了我的预料，哦，对了，我忘记把你的薪水付给你！"他打开抽屉，取出一沓钞票，丢在我的面前。

我有几秒钟没有思想：只觉得所有的阳光都从窗口隐去。

然后，我开始发抖，不能遏制地发着抖，泪水窜进了我的眼眶，使我什么都看不清楚，我张开嘴，想说几句什么，说几句漂亮的话，但我什么都说不出来。在这一刹那，我看清我眼前什么都没有，只有被凌迟了的自尊，和被凌迟了的感情。

我挣脱了他的掌握，转过身子，慢慢地把自己"移"向门口，我的脚步那样滞重，我的身子那样软弱，我的头脑那样昏沉，而我的心——在撕裂般地、尖锐地痛楚着。抓住了门钮，在一瞬间，我全盘崩溃，我把头扑在门上，我沉痛地啜泣了起来。

石峰迅速地冲到了我的身边，他的手攫住了我的手臂，把我一把拥进了他的怀里，他的声音焦灼地、懊恼地、痛苦地在我耳边响起："美蘅，美蘅，我不是有意的！你原谅我，我喝了过多的酒……我说那些，因为我自己痛苦……美蘅，你不了解，我不是有意要伤害你……"

我听不进去，我什么都听不进去，挣扎着，我想挣出他的掌握、他的怀抱，逃出去，逃得远远的，远离翡翠巢，然后永不回来！永不！我推着他，想去扭开那门钮，一面哭着喊："你让开！让我走！"

"不！美蘅，你听我，你听我……"

"你放开我！"我喊着，挣扎着，"我们有过君子协定，我随时可以走，现在是我走的时候了，你让我走！"

"不！美蘅！"他喘息着，紧紧地抓住我的手臂，"我有话要对你说，你不能这样离去，我不让你走！你绝不能走！"

"你没有权干涉我！"我大喊，"告诉你！你雇用我的期限结束了！我不干了！"

"你这样说太残忍！"他也喊了起来，"我承认我刚才做错了！留在这儿是你的仁慈，我承认我错了！我们是朋友，是不是？"

"不是！"我大叫。

"美蘅！"他大叫，"你要讲理！"

"讲理？"我愤然地一甩头，紧盯着他，"讲理！石先生，你知道我孤苦无依，你知道我贫穷，你用计把我骗到这儿来，要求我做一件我不可能答应的事。我留下，以为我们彼此了解，我想帮你的忙，我想尽我的力量，救助一颗受伤的心，我是为了钱吗？我是吗？我再穷，还不到出卖青春爱情的地步！你还能对我有怎样的侮辱？你……"

"我知道你不是！"他打断我，吼着，"我完全知道你为什么留在这儿，知道你那善良而热情的心……"

"那么，你为什么要侮辱我？为什么……"

"因为我爱上了你！我不要你靠在小磊的怀里！"他喘息着大叫。

我愕然，室内突然地安静了下来，我张大的眼睛里，看到的只是他的脸，他那激动的、发红的脸庞，他那燃烧的、受苦的眼睛。我微张着嘴，愣愣地看着他，我们就这样地对视着，然后，他猛地拥紧了我，他喉咙里低低地吐出一声炙热的呼唤："噢，美蘅！"

他的嘴唇一下子紧压在我的唇上，我的手不由自主地揽住了他的脖子。我心底的喜悦在一刹那间流窜全身，我感恩，我狂喜，我说不出心中酸甜苦辣的情绪，这才是我真正的初吻，我所期待梦寐的恋情……当他的头抬起来，我已经泪痕满面。

他的眉头倏然紧蹙，放开了我，他转过身子，踉跄着走向他的桌子，嘴里喃喃地说："对不起，美蕾，我又做错了……你……去吧，不不，别去。"他语无伦次："我是说，你去小磊那儿吧，去吧！去吧！"

我的背靠在门上，我的心里一片欢愉，靠在那儿，我望着他，不动，也不说话。好半天，他回过头来，瞪视着我。

"你为什么还不去？"他粗声地问。

"去哪儿？"

"小磊那儿！你知道的！"

"我去那儿干吗？"我问，扬着眉毛，"我没有爱上他呀！他也无法容纳我，他的心已经满了，小凡，你知道。他没有位置再容纳别人了。"

他望着我，可怜兮兮的。眼底有一丝求助之色，看起来像个无助的孩子。

"你在安慰我？"

"不，"我说，"你糊涂，石峰。小磊的振作，并不是因为有了新的爱情，是因为——他有个好哥哥。"

"是——吗？"他拉长了声音。

"是的。"

"你怎么知道？"

"他告诉过我。"

"真的？"

"真的。"

于是，他不再说话了，我们长长久久地对视着。于是，他紧蹙的眉头放松，眼睛明亮。于是，他向我伸出了他的手，而我的头紧靠在他的胸前了。于是，孤独的余美蕖不再孤独，寂寞的石峰不再寂寞，而阳光正一片灿烂地照射着整个的翡翠巢。

十三

晚上，明月满楼。

我和石峰依偎在阳台上面，凭栏远眺，月光下的原野是朦胧的，远山隐隐约约，而近处的松林和竹林，像一片墨绿色的海。只有翡翠巢的花园清晰可见，月光把花朵上都染上了一层银白。

"看到了吗？"我说。

"什么？"

"月亮下面垂着一个梯子呢！那好心的仙女下来了。"我深吸一口气，满足地叹息。

"你不需要好仙女，你就是好仙女。"他说，他的手揽着我的腰，我的头不由自主地靠在他的肩膀上。他侧过头来，嘴唇轻轻地碰着我的前额。"你就是那个漫不经心地走在山路上，被我撞倒后，像个竖着毛的小怒猫般大吼大叫的女孩吗？"

"你呢？"我笑着问，"你就是那个横冲直撞，自命不凡，却像个被许多缰绳捆住的野马般暴怒不安的男人吗？"

"嗨，你取笑我！"

"别忘了，你一直在捉弄我！"

"捉弄你？"

"你给我的好工作！"

"不，美蘅，"笑容从他的唇边隐去，"我不是捉弄你，我是捉弄我自己。我以为——可以用一个女孩来代替小凡，来拯救小磊。可是，一开始你就跨进了我的心里，我从来没有碰到过像你这样的女孩子，锋利的时候像一把刀，温柔的时候像一池水，我必须用最大的克制力来把我的心从你的身边拉开……噢，美蘅！"

他的面颊贴着我，我垂下了眼睫。

"唔，"我从鼻子里哼了一声，"你真是个好哥哥，连爱情也准备拱手相让呵！"

"你的刀锋又转向我了！"他说。

我扑哧一声笑了起来，紧倚着他，我心中是那样地喜悦呵！在这个时候，我才清晰地感觉出来，留我在翡翠巢的力量，不只是小凡，不只是石磊，也不只是那个动人的故事，最主要的，只是我身边这个男人！我举首向天，那一轮明月掩映在薄薄的云层之中，是我的好仙女引我走向翡翠巢的吗？我神思恍惚，整个心灵都沉浸在喜悦的浪潮里。

"美蘅。"他低喊。

"嗯?"

"你——"他有些不安地说,"没有一些喜欢小磊吗?"

"你说什么?"

"小磊。你看,他比我年轻,比我漂亮,比我有才气……你竟——不喜欢他吗?"

"当然,我喜欢他,非常非常喜欢他。"

"哦,"他喉咙里像突然塞进了一个鸭蛋,"那么,你骗我了?"

"不,我像个姐姐一般地喜欢他,"我说,"那不是爱情,是不是? 何况,我也不是小凡。"

"是的,"他承认地说,"你不是小凡。"

"你低估了小磊,石峰。"我说,"在小磊的心里,没有人能代替小凡的,他们不是寻常的感情,他们是用生命来相爱的,即使将来小磊再恋爱了,他心里仍然有一个位置,是永远为小凡而保留着。"我叹了口气:"这段爱情很凄凉,但是,也很美丽。"

"并不像你想的那么美丽,美蘅。"石峰深沉地说。

"怎么?"我愕然地望着他。

"一切外表美丽的东西,内在不见得都美。"

"你是被吓怕了,"我皱皱眉,"你说这话,因为你曾有个不如意的妻子,你不能因此连小凡都否决了。下一步,你会否决我。"

"不,你不懂,美蘅。"

"我不懂什么？"

"小凡。她并不像她日记本中所表现的那么单纯，她在疯狂以前，有一大段日子没有日记，这段日子，才是故事真正的转折点。"

"我不知道你在说什么。"

"这件事只有我和小凡知道，"他慢吞吞地说，"小凡疯狂之后，这事就只有我一个人知道了。我用尽心机来隐瞒小磊，感谢天，他是深信小凡心里只有他一个的！但愿这秘密永不揭穿！"

"我知道了，"我的心发冷，"小凡后来爱上了你。"

他张大了眼睛，瞪视着我，然后，他蹙着眉头笑了。

"美蘅，你以为别人也像你那么没有眼光，会爱上我这匹套着缰绳的野马吗？"

"那么——"我困惑地说，"是怎么回事呢？"

"假若没有那件事，小凡或者不至于疯狂。"他靠着栏杆，身子半坐在水泥栏杆上，仰头看着月亮旁边的一块浮云，他的脸色沉重而黯淡，"这事我也该负责任，一直到今天，我仍然感到内疚。"

我不语，他燃起了一支烟。

"小凡在学校里念到初中二年级，这之后，我就发现她有先天性的心脏病和潜在的疯狂。同时，她一直娇娇弱弱的，对念书也没有兴趣，所以，十四岁之后，她就没有再进学校，而一直住在家里。我总是很忙，小凡就跟着小磊，念念中文，看看小说，打发她的日子。因此，小凡的生活面非常狭窄，除了我和小磊，她没有亲人，也没有朋友，除非跟着小磊，她也从不去看电影或上街，这样，她和小磊的恋爱也等于环境所造成的。她的生活——我抱歉，现在我每每回想起来，总觉得我有错，我太忙，太忽略了，她的生活并不正常和健康，她缺乏一般女孩所有的许多东西：友情、嬉笑，和社交。

"她爱小磊是必然的发展，你看，除了小磊，她根本没有机会认识别的男孩子，何况小磊对她一往情深。这样，直到她疯狂前的四个月，有个男孩子撞了进来。"

他停顿了一下，深吸了一口烟，望着我。

"你常去山上的小庙？"他问。

"是的。"

"就是那座小庙。"他继续说，"那时候，小磊大学毕了业，正在南部受军训。由于他不在家，你想象得出来，小凡有多寂寞，她就天天跑到那座小庙里去，和尼姑们聊聊天，和乡下孩子们玩玩，或者拿一本书，到松林里去看，去散步。这样，有一次，有个大学里的几个男孩子，跑到这山上来野餐，他们发现了她，于是，她加入了他们。这大概就是她认识那个男孩子的开始。这以后，她就经常和那个男孩子约会，在那个小庙中见面。

"从这时开始，小凡就有些神思恍惚了，我想，一定是小磊和那男孩子在她心中发生了斗争，而她又本性善良，不容许自己背叛小磊。反正，等我发现有这么一个男孩子的时候，他们已经来往得很密切了。

"当时我很恐慌，也很失措，一来我怕伤害小磊，他是根

277

深蒂固地爱着小凡，二来我怕伤害小凡。坦白说，我不信任那个男孩子，那是个肤浅而油滑的孩子，我不相信他能使小凡幸福。小凡自幼在我家长大，我一直把她当作自己的小妹妹，何况她又有病，我绝不能让人欺侮她。于是，我去找了那个男孩子。"他又停顿了，他眉心中有两条竖着的皱纹，深深地刻在那儿，他的眼神深沉而痛苦。

"我想，我是做错了，我找到了那个青年，把小凡的家世和盘托出，我告诉他，如果他真爱小凡，他必须尽全力来保护她，那就娶了她。否则，就不要再继续纠缠小凡，结果，那青年从此不来了。而小凡，起先几天只是神志迷茫，我请了医生，却无法挽救她，从此，她就疯了。"

他凝视着我，悲哀而沉重。

"这就是我隐瞒了的故事，美蕴，你想，我做错了吗？"

我望着他，他那坦白的眸子里盛着疑惑，那张浴在月光下的脸高贵而庄重。我握着他的手，这故事使我不安，摇了摇头，我说："你没有做错，可是，我但愿你没有告诉我这个故事的尾巴，这是残忍的！它破坏了我心目中那份完美，我不喜欢这件事，这使小凡的恋爱不再动人了！"

"也就是这个原因，我用尽心机来隐瞒小磊，小凡已经疯了，如果小磊再知道真相，就太残忍了。小磊是那么深深地爱着小凡。"

"我不相信这个。"我深思地摇着头。有片浮云遮住了月亮，我忽然有了寒意。"她是始终爱着小磊的，我深信。她写得出那份日记，就绝不可能移情别恋。"

石峰对我悲哀地摇着头。

"美蘅，你是多么迷信地相信着完美呵！"

是的，我是。把头倚在石峰的肩上，我不愿再去想小凡。好半天，我们就这样站着。云层掩上了月亮，又轻轻地移开了，夜风来了又去，去了又来。时间在不知不觉地消逝。我们不知站了多久，然后，我低低地微喟了一声，说："石峰。"

"什么？"

"不管小凡是怎样的，你为石磊和小凡做了多少事呵！你知道吗？你就是这些地方让我感动。"

"美蘅！"他轻喊，"对我，没有比你这句更好的恭维了。"

"还有——石峰。"

"什么？"

"相信我，我是不变的。"

"噢，美蘅！"

他拥住了我，我满脸的泪——为了我和石峰的喜悦，为了石磊和小凡的悲哀。深夜，回到房间里，我在门缝的地板上，拾起一张纸条，上面是石磊的笔迹，写着：

爱神需要人帮一点忙，嫉妒该是最好的帮手，所以我稍稍地利用了一下。我没错，是吗？祝福你们！

磊

我把纸条捧在胸前，好一个小磊呵！

十四

知道了小凡疯狂的始末之后，我有好几天都很不舒服，翻开小凡最后一本日记，我研究又研究，找不出另一个男人的影子。她显然抗拒他，甚至不愿把他写进日记里。小凡，她又何尝不崇敬着"完美"？但是，我找出不少她挣扎的痕迹，例如，在一页上，她胡乱地写着：

> 冬冬！回来吧！求你回来！你为什么要离开我那么远呢？没有你，日子黑暗得连边都摸不着……冬冬，冬冬，来吧！赶快来！救救我！
>
> 冬冬，我活着是你的，死了也是你的，无论你走到哪儿，我与你同在！冬冬，我心里只有你，只有你，只有你！上帝知道！我心里只有你呵！魔鬼！你走远一点！冬冬，来吧！拥抱我，即使有一天我会死，我也愿死在你的怀里，真的。冬冬呵！

再有一页，当初我认为是不知所云的，现在也找出了一些蛛丝马迹：

> 那个夏天到处都是燠热的，只有湖水冷得像冰，那是死亡之湖！一个公主走到水边，她背叛了她的王子，只能让湖水浸过头顶，她说："神呵！让我

死！这是我该得的审判！"冷水灌进她的咽喉，在她的腹内凝成冰块……

噢！冬冬呵！我好热，我又好冷呵！

重新翻看这些日记，使我更加了解了小凡，她疯狂的原因并不单纯是遗传，她曾经怎样挣扎过！痛苦过！而又自责过！捧着这本日记，我去找石峰，说："石峰，你错了，小凡始终爱着的只是石磊，那个男孩子从没有占据过她的心，她和他玩，是因为她寂寞。"

石峰对我温和地笑，捧着我的脸，他说："美蘅！你多么善良！你是个编织梦幻的女孩，不过，我想，你是对的！"

是的，我是对的，我深信。

然后，那最后的一日终于来临了。

那天，阳光仍然很好，但是，天气已经凉了，秋天不知不觉地过去，是初冬的季节了。

我一清早就下了山，回到叔叔婶婶家里。自从到翡翠巢之后，我很少"回家"，这次，我回去有一个很重要的任务，我告诉了他们关于我和石峰的事。婶婶热烈地祝福我，叔叔问了许多石峰的情形，然后，他让堂妹去买了好多的酒菜，为我大事庆贺。堂弟妹们整天环绕在我身边，问长问短，问什么时候可以喝我的喜酒。我被一片亲情所包围着，那么温暖，那么亲切，使我不想立即回翡翠巢了。

我在叔叔婶婶家里一直逗留到吃过晚饭才离去。到北投的时候，已经快九点钟了。

我独自走上那条上山的柏油路，一边是松林，一边是竹林，晚风吹过，一片簌簌然。天很冷，我围紧了围巾，慢慢地走上山坡。路边没有装设路灯，幸好月光如水，把道路照得非常清晰。冬季的风阴而冷，吹到身上凉飕飕的，松林内耸立的大岩石在月光下显得有些狰狞。山上并不寂静，松涛竹籁，此起彼伏。我的心中仍然涨满了叔婶的温情，一路走上去，我又情不自禁地回忆起第一次走这条山路，石峰和他的摩托车！那时候，我做梦也不会想到那个撞了我的男人会和我有怎样密切的关系。我边走边想，心底迷茫地浮着一层喜悦。月光把我的影子投在地下，瘦瘦长长的，我的高跟鞋敲击着路面，发出清楚而单调的声响。

忽然间，我听到有些簌簌的声音，发自我身边的松林里，一阵寒风掠过，我猛然打了两个冷战。回过头，我看看身边的树林，岩石，松树，月光……我没有看到什么。但是，我开始感到不安，一种强烈的不安，我的心跳加快了。不知道为什么，有种恐惧和紧张的情绪控制了我。

我加快了步子，再走几步，我到了那个有石椅的大树底下。我停住，想平息一下我因急走而起的喘息，就在这时，我第一次所有的那种感觉又来了，这儿不止我一个人，有人在某处窥探着我。我迅速地回过头去，有三块大岩石像屏风般竖立在那儿，我的呼吸静止，月光下，我清楚地看见一条人影，轻轻一闪，消失在岩石后面。恐惧使我张皇失措。月光、松涛、竹籁、岩石、人影……汇合成一种巨大的、慑人的力量，我感到血液冰冷而毛骨悚然。

不知道怎么一回事，我开始奔跑了，沿着那条碎石子的小路，我向翡翠巢奔去。下意识里，我觉得那黑影在跟踪着我，这使我的背脊发冷，我不敢回过头去，怕发现身后是什么缺头没脸的鬼怪。我跑着，直到看到了翡翠巢那一带的房屋，和家家户户窗口透出的温暖的灯光时，我才长长地透出了一口气。放慢了步子，我继续向前走，一面竖着耳朵倾听，等到确定身后没有跟踪者了，我才怯怯地回头张望了一眼。月光下，道路直而平坦地伸展着，什么人影啦，声音啦，显然都出自我的幻觉。我放宽了心，不禁哑然失笑。余美蘅，余美蘅，你是多么怯弱，又多么地神经质啊！

我走到了翡翠巢的门口，立即，我感到有什么不寻常的事情发生了。翡翠巢的大门大开着，走进去，车房的门也大开着，石峰的汽车和两辆摩托车都不在，翡翠巢里静悄悄地没有一些声音。怎么回事？我跑进客厅，客厅里的两盏大灯都亮着，却没有一个人影。扬着声音，我喊："石峰！"

没有回答，我再喊："石磊！"

仍然没有回答，我愕然地走到楼梯口，正准备上去，秋菊从后面跑进了客厅，看到我，她用手拍拍胸口："还好，余小姐，你回来了，我一个人在这幢房子里怕死了！"

"先生和少爷呢？还有老刘呢？"我问。

"都出去了，有人打电话来，石先生很慌张的样子。他叫少爷出去找，又叫老刘开车去找，他自己也骑摩托车去找了！"

"去找？"我诧异地皱起了眉头，"找什么？"

"我不知道呀！他们一下子就都跑了。"

"你总听到一些什么呀！"

"是——是——我弄不清楚，石少爷抓起车子就冲出去了，我只听到什么医院还是疗养院的！"

医院？疗养院？是了！小凡！小凡出事了！我怔怔地坐进椅子里，小凡怎样了？死了？发病了？老天！保佑那些善良的灵魂！我发了好一会儿怔，才回过神来。

"这是多久以前的事？"我问。

"我们刚刚吃过晚饭的时候。"

那么，是好几小时以前的事了。我走到窗前，默默地凝视着，月光柔柔地照射着花园，在地上稀疏地筛落了花影。有什么东西在围墙边一闪，我没看清楚，张大眼睛，我再看过去，"咪唔"一声，一只好大的野猫，跳到树梢上去了。我心怀忐忑，敏感地觉得有什么大的灾难，就在这时，一辆摩托车直驶进来，停在客厅外面，我冲出去，是石峰！我问："怎么了？发生了什么事情？"

石峰跨下车子，大踏步地走过来，他的脸色铁青，神色凝重。"美蘅，小凡失踪了。"

"你说什么？"我大吃了一惊。

"医院一阵疏忽，小凡逃走了！"他掉头向秋菊，"少爷和老刘有没有回来？"

"没有。"我性急地说，"什么人都没有！"

"那么，他们还没有找到她！"石峰说，显得又沮丧，又疲倦，而又焦灼，"天知道她会跑到哪里去！"

"你刚刚到哪儿去找的？"我问。

"庙里，和附近的树林里。"

"都没有吗？"

"连影子都没有！"影子！我脑中灵光一闪，影子！我曾经看到了人影，在哪儿？是了，那棵大树底下，月光，岩石，松树……我所见到的并非幻影！她一定躲在那块屏风一般的岩石后面，想想看，那簌簌的声音，我的敏感……对了，那是她！一定是她！

抓住石峰的手，我急急地说："走！我们去！我知道她在哪儿！"

"你知道？"石峰蹙起了眉头。

"是的，在那边松林里！我来的时候看到那儿有人影，我本来以为是我眼花了，现在我才明白！走！我们去找她！快去！"

石峰迅速地回到了车上，我坐在摩托车的后座，用手抱住他的腰。车子立即发动了，我们冲出了翡翠巢的大门，一直往那个交叉路口驶去。没有几分钟，我们已经停在那棵大树底下了。树后面，那几块高大的岩石庄严地壁立着。

"就在这儿，那块岩石后面。"我说。

石峰停好车子，立即跑进了松林，绕到那块石头后面去了。只一会儿，他从另一边绕了出来，对我摊了摊手。

"这儿什么都没有。"

"我打赌看到过人影！"我说。

"你看到的可能是其他的什么乡下人，也可能是树的影子，即使真是小凡，有半小时的时间，她也早就不在了。"

"但是她走不远，"我说，"半小时不会让她跑得很远，她一定就在这附近的什么地方！"

"好吧！让我们再来搜索一下。"

我们走进了松林，松树的阴影在地下杂沓地伸展着，每棵树后面都可能藏得有人，但是每棵树后面都没有。我们走了好一会儿，然后，石峰从地上拾起了一样东西，一块水红色的围巾，他迅速地奔向附近的树丛和岩石后面去查看，他没有找着什么。折回来，他说："这是她的围巾，前几天小磊才给她送去的！她是真的到过这个地方！"

我们又找了一会儿，终于失望地回到树底下，石峰颓丧地说："这样找一点用也没有，我们不如回到翡翠巢，打电话到医院问问看，说不定医院已经把她找回去了！"

我们回到翡翠巢的时候，老刘和石磊已经回来了，他们同样一无所获。石磊伏在酒柜边的长桌上，用双手紧抱着头，绝望得像个刚听了死亡宣判的囚犯。石峰走过去，把那条水红色的围巾放到桌子上，石磊像触电般地跳了起来："你找到了她？"

"没有，只找到了围巾。"

"在哪儿？"

"松林里。"

石磊向门口冲，喊着说："我去找她。"

石峰伸手拉住了他，说："没有用，我都找过了。"

石磊又颓然地伏回到桌子上，斟了一大杯酒，他一仰而尽，然后，他用手猛力地在桌上捶了一拳，叫着说："难道我们就这样一点办法都不想吗，大哥？她现在毫无生活能力，她会被汽车撞死！会冻死，会摔死，会在树林里被毒蛇咬死……什么可能都有！我们就这样不管吗？"

"我去打电话问问医院看！"石峰向楼上走，电话机在石峰的书房里。

"我去打吧！"我说，"我要把高跟鞋换下来，你告诉我电话号码。"

石峰告诉了我，我走上楼，到了石峰的书房里，拨了电话，正像我所预料的，他们也没有找到小凡，不过，医院里已经报了警，同时，医生和工友护士组织了一个小型搜索队，仍然继续在附近的树林里找寻。我走到楼梯口，弯腰伏在楼梯的栏杆上，对楼下喊："他们还没有找到她！"

喊完，我走进我的卧房，开亮了电灯。坐在床沿上，脱下了高跟鞋，我走了过多的路，两只脚都酸痛无比。低下头，在床边找寻我的拖鞋，但是，有件东西吸引了我的视线，就在床前的地毯上，有个闪烁发光的物品，我俯身拾了起来，是那条缀着鸡心金牌的K金项链！上面刻着：

给小凡——你的冬冬，一九六二年

这项链始终收在抽屉里，我从没有动过它，它怎会跑到这床前的地毯上来的？我握着项链，怔怔地出着神。然后，我听到了一点什么声音，我顿时明白了，小凡！我们找遍了松林，却忽略了最该搜索的翡翠巢，我来不及回头，一只手不知道从哪儿伸了过来，一把攫走了我手里的项链，我抬起头，一袭白色的长袍拦在我的面前，医院里的长袍子！我张开嘴，想喊，但是，她一下子扑到了我的身上，她枯瘦的手指探索着我的脖子，大而狂乱的眼睛死死地瞪着我，嘴里喃喃地说："他是我的，他是我的！他是我的！"

她的指甲陷进我的肉里，她的另一只手臂压在我的嘴上，我挣扎着，喊着，但她力大无穷，我们在床上纠缠滚动，她开始大嚷："这儿是我住的，你不能来抢我的位置，他是我的！"

我奋力地想挣脱她压在我嘴上的手，心底还能思索她的话，她这几句话何等清晰！我们的喧闹引起了楼下的人的注意，一阵脚步声奔上楼来，她的手指从我脖子上抓过去，一阵尖锐的痛楚，我大喊。然后，有人扑了过来，小凡被控制住了，我从床上跳了起来，看到石磊正从小凡背后紧抱着小凡，而小凡拼命挣扎着，暴跳着，狂叫着。

我被石峰揽进了怀里，他的脸色白得像纸。

"你没有怎样吧，美蘅？我应该早警告你她是有危险性的！"他用一条大手帕掩在我的脖子上，打了个冷战。

"你在流血了，美蘅。"

我顾不得疼痛，小凡还在大吼大叫着："让我走！不要关我！不要关我！"

石磊的手紧箍着她，她在他怀里像一条疯狂的豹子，由于挣扎不开，她低下头，一口咬在石磊的手上。石磊并没有放手，只是一迭连声地猛喊："小凡！小凡！小凡！小凡！我是冬冬！小凡！你知道吗？你听我！小凡！小凡！小凡！"

这是什么呼唤？该是可以唤醒人的灵魂的吧？小凡忽然安静了，她慢慢地抬起头来，像做梦一般侧耳倾听，然后，她的眼睛发着光，慢慢地转了身子，面对着石磊，她的眼底有了灵性，她的脸上有了感情和生命，这是奇迹般的一瞬！她伸出手，不信任似的抚摸着石磊的脸庞，一层梦似的喜悦罩在她瘦削的脸上，竟使她看起来发光般地美丽，她轻轻地嚅动着嘴唇，喃喃地说："冬冬，是你吗？我找你找得好苦呵！"一朵微笑浮上她的嘴角，是个满足而凄凉的笑。她的身子倚在他的手臂上，微仰着头注视他，语音断续："冬冬，我要——告诉你，我——从没有过别人，我——是你的，冬冬呵！"她的笑美得像梦，然后，她的身子一软，整个人就倒在石磊的手臂上。

"小凡！"石磊狂喊了一声，把她抱了起来，但是，他再也喊不醒她了。仁慈的上帝，已经赋予了她奇妙的一瞬，而今，她安静地去了。那朵微笑还浮在她的唇上，她长长的睫毛那样静静地垂着，就好像她是睡着了。石磊站在那儿，一动也不动，只是低头看着她，抱着她。

我把脸侧过去，埋在石峰的肩上，低低地啜泣起来。"别难过，美蘅，"石峰的声音严肃而宁静，"她在他的怀里，她说过她要说的话，她可以瞑目了。"

十五

我们在一个初冬的黄昏埋葬了小凡。

在山坡上，靠近小庙的地方，石峰买了一块坟地，这儿，她曾和小磊携手同游过，她可以听她听惯了的暮鼓晨钟之声。

新坟在地上隆了起来，一抔黄土，掩尽风流。我们伫立在寒风之中，看着那小小的坟墓完成。我紧倚着石峰，心里充塞着说不出来的情绪。小凡，这个我只见过两次的女孩子，却和我的生命密切相关的女孩子（如果没有她，我就不能认识石峰，那么，我整个后半生的历史就要重写了），我说不出有多么喜爱她。而现在，她静静地躺在泥土下面，再也没有思想和感情了。石磊默默地站在那儿，静静地垂着头，整个埋葬过程中，他始终没有说过一句话，他的脸上毫无表情，谁也无法看出他在想些什么。

当埋葬终于结束之后，石峰说："我们走吧！"

石磊转过了身子，我们开始向归途中走去。冬日的风萧索而寒冷，卷起了满地落叶。我走到石磊身边，喊："石磊！"

他抬起眼睛，看了我一眼。

"这对她是好的——"我笨拙地说。

"别说什么，"他打断了我，低声地说，"我还有什么可求的呢？她始终那么可爱，那么一片深情，我得到的实在太多了，我还有什么可不满足的呢？"

我满怀感动，我知道，我不必再说什么，我们也不必再为石磊担心了。沉沦的时间已经过去，他会振作起来，不再消沉，不再堕落，解铃还须系铃人，使他消沉的是小凡，解救了他的还是小凡。

我们走向翡翠巢，暮色已经浓而重，散布在整个的山头和山谷中。天渐渐地黑了，冬天的白天特别短，只一会儿，月亮就从对面的山坳里冒了出来。

"林花谢了春红，太匆匆！"石磊低声地念，"无奈朝来寒雨，晚来风！胭脂泪，相留醉，几时重？……"

"冬冬，"我打断他，轻声地念，"我活着是你的，死了也是你的，无论你走到哪儿，我与你同在！"

"你念些什么？"石磊恍惚地问。

"小凡日记中的句子！"

他看了我一眼，垂下头去。

"是的，她与我同在！"他说，仰头向天，眼里有着泪，不是悲哀，而是喜悦。

石峰走近了我，他的手揽住了我的肩。我们对视了一眼，万语千言，尽在不言之中。

回到翡翠巢，我和石峰又凭栏而立。月明如昼，风寒似水，石峰说："看那月亮！"

我看过去，一片云拉长了尾巴，垂在月亮的下方，像一条银色的梯子。

好一个静谧的夜！

——全文完——

琼瑶写于一九六六年暮秋

（京权）图字：01-2025-0195

图书在版编目（CIP）数据

月满西楼／琼瑶著 . -- 北京：作家出版社，2025.1.
（琼瑶作品大全集）. -- ISBN 978-7-5212-3236-3

Ⅰ. I247.7

中国国家版本馆 CIP 数据核字第 20251Y4P68 号

月满西楼（琼瑶作品大全集）

作　　者：琼　瑶
责任编辑：杨兵兵
装帧设计：棱角视觉　纸方程·于文妍
责任印制：李大庆　金志宏
出版发行：作家出版社有限公司
社　　址：北京农展馆南里 10 号　　　邮　　编：100125
电话传真：86-10-65067186（发行中心）
　　　　　86-10-65004079（总编室）
E-mail: zuojia@zuojia.net.cn
http://www.zuojiachubanshe.com
印　　刷：河北京平诚乾印刷有限公司
成品尺寸：142×210
字　　数：190 千
印　　张：9.25
版　　次：2025 年 1 月第 1 版
印　　次：2025 年 1 月第 1 次印刷
ISBN　978-7-5212-3236-3
定　　价：2754.00 元（全 71 册）

品　琼　瑶　经　典

忆　匆　匆　那　年

琼 瑶 作 品 大 全 集